大鱼
有爱的青春陪伴者

夏日罐头

姜璟 著

江苏凤凰文艺出版社
JIANGSU PHOENIX LITERATURE AND ART PUBLISHING

图书在版编目（CIP）数据

夏日罐头 / 姜環著. -- 南京 ：江苏凤凰文艺出版社，2024.3
ISBN 978-7-5594-8121-4

Ⅰ.①夏… Ⅱ.①姜… Ⅲ.①长篇小说－中国－当代 Ⅳ.①I247.5

中国国家版本馆CIP数据核字(2023)第229730号

夏日罐头

姜環 著

责任编辑	王昕宁
特约编辑	年　年
出版发行	江苏凤凰文艺出版社
	南京市中央路165号，邮编：210009
网　　址	http://www.jswenyi.com
印　　刷	天津睿和印艺科技有限公司
开　　本	880mm×1230mm　1/32
印　　张	9
字　　数	276千字
版　　次	2024年3月第1版
印　　次	2024年3月第1次印刷
书　　号	ISBN 978-7-5594-8121-4
定　　价	42.80元

目录

目录

第一章 /

盛开的夏天

八月底，窗外蝉鸣声仍是无休无止，天气燥热。

那台年代久远的十七英寸电视机正在放映着不知道已经是重播第几遍的《宫》，声音像是嗓子进了沙子一般，模糊不清。

晴川：“如果你找不到我呢？”

八阿哥：“那我就一直找，一直找，找到老，找到死。”

云雨生抬眸看了一下，面前戴着黑框眼镜的中年女人显然正沉浸在男女主角感人的爱情中，一动不动地盯着电视屏幕，连手中的毛衣钩针也停住了。

她并不着急，不动声色地侧身往店里站了点儿。虽然这会儿已经是下午四五点，但外头的日光仍是灼烫。

终于等到插入广告的时间，老板娘嘴里自言自语着，总算是注意到门边纤细单薄的少女。最近经常看到这个女孩子过来借书，她不甚在意道：“喏，自己记一下就行。”

中年女人将一本封面已经泛黄磨损的笔记本推到桌台前，又继续低下头钩毛衣去了。

少女将厚厚的笔记本轻轻摊开，很快便找到了最新的日期——

2011.08.29

她把手上的三本书的书名依次填在日期下，署名落笔苍劲有力。

《逆水寒》《游侠纳兰》《少年无情》——云雨生，租。

云雨生把手里捏得微微湿润的一张十元纸币压在笔记本下，没有说话，转身便离开了。

三本厚重的小说被她塞进了书包里，压在肩上有些叫人喘不过气。

云雨生没有打伞，逆着太阳的方向往前走。柏油马路上热气蒸腾，似乎要将少女的白色帆布鞋上露出的那一小截儿脚踝彻底融化。

还有两天就要开学，午饭时母亲许慧芬终于想起了还有学费这回事，一边埋怨地数落着，一边将一个牛皮信封给了云雨生。

信封里的数额不多不少，精确到了零头，正好是学费的数目。此刻这个信封被少女小心翼翼地收在了书包的最里层。

云雨生的户口并不在北涪，而是在距离北涪一千多公里的老家，如果不是奶奶因病离世，许慧芬并不乐意将她接过来。

好在北涪六中有针对外来务工人员子女的优惠政策，云雨生的入学问题总算解决。

云雨生擦了擦额前的薄汗，微微掀了掀眼皮，看着眼前金光闪闪的招牌发了会儿呆。

这里就是北涪市第六高级中学，她即将开始三年高中生活的地方。

和老家那边的学校不一样，从雕花镂空的大门缝隙望进去，在郁郁葱葱的树木间，一栋栋高大的教学楼矗立着，窗明几净。

云雨生终于回过神来，抬脚往前走去，越往里走，林荫道两旁的蝉鸣声越清晰。偶尔吹过来一小阵风，带来水润的植物气息。

云雨生低着头再次看了一眼报告书，有些迟疑地选择了右手边的小道。

弯弯曲曲的鹅卵石小道似乎没有尽头，直到她犹豫着准备回头的时候，总算是看到了“招生办”三个大字。

进门的时候没看到负责招生的老师，里边只有几个年龄与她相仿的少女，正凑在一起叽叽喳喳地说着些什么。

她们穿着清凉又合身的连衣裙，正是时下流行的款式，一张张脸神采飞扬、青春逼人。

云雨生只看了一眼，便垂下头来，盯着自己那洗得发白的低腰牛仔裤发呆。

上半身的T恤领口已经有些松了，颜色是黯淡的白，和裤子一样都是亲戚家不要了打包送给她的。

再配上那头乱糟糟刚过耳的碎发，她整个人看起来莫名有种灰败感，和她们仿佛不在一个世界。

十五岁的女生正是爱美的时候，偏偏许慧芬嫌云雨生头发太长浪费洗发水，云雨生到北涪的第一天就被拉着去剪掉了一头及腰的黑发。

“同学，你也是新生吗？”一个齐刘海儿的圆脸女孩儿最先看到了站在门口的云雨生，笑眼弯弯地朝着她问了句。

云雨生下意识地往后退了一步，埋着头轻轻回了声“嗯”，在嘈杂的蝉鸣声中几不可闻。

对方显然没有听清她的回应，但还是眼尖地瞧见她右手紧握着的一角红色。

圆脸女孩儿很快就走了过来，自顾自拿起云雨生手里那封报告书。

“呀，还有姓云的吗？她的名字好好听，你们快来看。”

她朝着身后的几个同伴招呼着，全然没有注意到一旁局促不安的云雨生。

少女走了一路，被晒得潮红的脸突然变得苍白，缺水干燥的唇动了动，却没有发出半分声音。

几个女生说笑了半天，总算是想起了被晾在一旁的人。圆脸女孩儿笑着将报告书还给云雨生，招呼着：“过来签个名吧。”

云雨生仍是低着头，走到最里边的大桌前，从笔筒里抽出一支黑色水笔。

面前摊开的表格上密密麻麻写满了名字，她一眼看到了最上面那一行——程千峪。

三个字笔画极其随意，可组合在一起却又莫名有种潇洒飘逸的感觉，瞬间让她想到了武侠世界里身负长剑、来去自如的少年侠士。

名单上是以成绩排名来排序的，显而易见，这个人是今年这一届新生的年级第一。

倒是和云雨生原以为的学霸形象有些不同。

她还记得在老家时，班上的好学生写字都是方方正正，仿佛自带了一把尺子，丈量好了每个字之间的距离。

虽是标准，却似乎少了些灵魂。

都说字如其人，这会儿云雨生突然有些好奇，大城市里的优秀生会是长什么样子？

她正愣神，外边吵闹起来，夹杂着女孩儿的娇笑声和发育期男孩儿低哑的声音。

人一多，云雨生便有些紧张，匆匆忙忙在表单的最后一行找到自己的名字，快速地签了名，而后攥着红色的报告书，垂着头有些不知所措。

正犹豫着要不要离开，一个高大的身影突然朝着她奔了过来，一下子挡住了大半的光线。

刚打完球，男孩儿的身上出了汗，虽不算难闻，但那满满的男性荷尔蒙气息还是让云雨生不自觉蹙了眉，下意识往后退了几步。

“咦，这哥们儿也是咱们班的？”祁序扫了一眼签到表，低头看向一旁个子矮小的云雨生。

她的头发有些凌乱，然而发丝却是黑顺柔软，碎发遮住了她的眉眼，看不清楚表情。倒是那一截儿白得近乎透明的脖颈，无端叫人移不开眼。

“什么哥们儿，人家是女生好不好！”圆脸女孩儿周蛮蛮重重地给了祁序的胸口来了一拳。

祁序不满地吼：“暴力女，你别以为我不打女人啊！”

周蛮蛮不再理会，和门口的另一个人打了声招呼，然后说：“正好你们来了，带新同学去领校服呗，我们走不开。”

云雨生鬼使神差地抬起头，猛地撞见一双狭长漆黑的眼。

少年身形高大俊逸，有些懒倦地倚靠着门框，身上套了件简单的白T恤，黑色的球裤下露出劲瘦有力、线条野蛮的小腿，踝骨锋利流畅，脚下踩着一双红色的篮球鞋。

四目相对，少年一双凤眼水光潋滟，瞳仁宛若天然的黑曜石，眼尾微微上挑，右眼下藏着一颗极小的泪痣，沾染了几分邪气和桀骜。

云雨生慌乱地低下了头，随即听到一声清冷的单音节。

“行。”

那双红色的篮球鞋越走越近，在她的视线里停住，而后，她的头顶传来少年喑哑低沉的声音。

“新同学？跟我走吧。”

这样近的距离，云雨生可以清晰地嗅到对方身上冷冽又干净的气息，像是某种洗衣粉的香味，被日光暴晒后清爽又好闻。

也许是因为他们刚从太阳下回来，云雨生总感觉他的呼吸还带着一股热气，挥之不去。只是恍神了片刻，她便马上如小鸡啄米一般点了点头。

头顶那道灼热的视线终于离开，下一秒云雨生听到他喊着刚才那个男生。

“老祁，走了。”

祁序冲着周蛮蛮张牙舞爪，龇牙咧嘴地恐吓道：“哥哥一会儿再找你算账。”

云雨生垂着眼跟在两个男生身后，胡乱地想着，他们可真高，特别是刚才和自己说话的那个，自己得踮着脚才够到对方的胸膛。

前边的人突然停下脚步，云雨生没有留神，自然是直愣愣地撞了上去。

咝。

好疼。

这个年纪的少年背部挺拔坚硬，骨骼凸起，她差点儿以为自己的鼻子会撞歪掉。

“啧，看着点儿路啊。”祁序声音凉凉，盯着少女的头顶突然有些好奇，“这新同学有点儿害羞啊，怎么都不说话？”

而刚才被她撞上的少年也转身看了过来，语气里含着一丝警告的意味：“老祁。”

言外之意，别吓着人家小姑娘了。

说话间，他已经推开了杂物室的门，里边几乎没有下脚的地方，堆满了大大小小的麻袋。

云雨生很快便看到了六中的校服，天蓝与纯白的配色，很是简约清新。

“同学，你穿多大码？”祁序没有回头，在地上翻找着。

狭小的空间里，连呼吸的声音都变得格外明显。

云雨生喃喃道：“……S 吧。”她自己也有些不确定。

云雨生的声音实在太轻太弱，祁序没有听到她的回应，有些不耐烦地回过头吼了一句：“问你多大呢？”

敏感察觉到对方的不耐烦，云雨生更加紧张，手指不自觉攥紧了衣角。

“十……十五。”她弱弱地出声。

身旁一直沉默不语的少年突然笑了一声，微微侧头看向涨红了脸的少女。

她的耳朵很是小巧精致，耳郭泛红得似乎快要滴出血来，侧脸线条清晰，鼻头小而微翘，唇形生得极为好看，殷红的唇像是春日里的桃花一般。

只是一头刚过耳际的短发和单薄平板的身材让她看起来有些雌雄莫辨，也难怪祁序一开始会以为她是男生。

在少年无声打量云雨生的同时，云雨生终于鼓足了勇气，抬起头来，张了张嘴：“M 码。”

她心里想着，万一拿大了明年还能继续穿。

然而云雨生还是高估了自己的身高，M 码的校服穿在她身上，长度直接盖到了屁股，更显得宽松肥大，让她看起来像是一个偷穿大人衣服的小孩儿。

许慧芬看到不免又唠叨了几声，要她开学了去找老师换。

云雨生嘴上应着，却还是偷偷将校服洗了，跑到楼顶的天台上拉了根绳子挂了起来。

回屋的时候，许慧芬已经出门了，云雨生下意识松了口气，轻轻将卧室房门掩上。

这扇门本来是自带门锁的，然而她刚来的第一天，许慧芬就用锤头撬掉了，理由是进出不方便。

云雨生虽然没说话，但心里知道，这是父母在防着她。至于防着她的原因，她并不知晓，也不想去猜测。

昨天从六中回来，她偷偷将租来的武侠小说塞到了木床下，这会儿许慧芬不在，她迫不及待地拿出一本看了起来。

日光从沾满灰尘的玻璃窗投射进来，泛黄的书页有些潮湿的气味。

少女的下半张脸被被子的一角遮住，只露出雾蒙蒙的一双杏仁眼，瞳仁颜色很浅，像是浸了水的玻璃珠一般，内眦的双眼皮看起来有些寡淡，透着一股冷感。

被很多人在背地里喊作“怪胎”，云雨生并不是全然不觉。她不打扮，也不追星，更多时候都是默默地坐在教室的最后面，托着腮看向窗外的蓝天白云出神。

没有人知道，这个单薄瘦弱的少女每天都在想着什么。

只有云雨生自己知道，她是那样厌倦周围的一切，却又无法抽离。

长年在外务工的父母甚少想起过她，奶奶因为她是女孩儿而明里暗里嫌弃着她，学校里的同学也将安静孤僻的她视为透明。

只有小说里的世界，让云雨生向往。

不知怎的，她突然又想起昨天撞到的那个男生，明明只是看了一眼，少年那清冷俊美的面孔便在她的脑海里挥之不去。

如果身处刀光剑影的江湖，像他那样孤傲疏懒的人，应当是一身青衣、身负长剑的少年剑客吧。

这样的人，怎么看，都和云雨生不会有任何交集。

沉浸在快意恩仇的书中世界，时间便过得很快，似乎只是一眨眼的工夫，外边的天色已经变得漆黑。

听到许慧芬那大嗓门儿骂骂咧咧的声音，云雨生手忙脚乱地将书放回床底，刚缩回手，房门已经被许慧芬踢开。

“你这死丫头一天到晚窝在屋里下蛋呢？还不赶紧出来择菜。”

只是短短一个月的时间，云雨生已经习惯了母亲的粗鄙恶毒的言语，她低下头，顺从地下了床。

“一天天的什么也不会做，看着你就烦……”

身后的女人仍是念念叨叨，云雨生很想捂住耳朵，让对方不要再念了。

但也只是想想。

她很快就忙了起来，择菜、洗菜、炒菜，习以为常的家务，她做得十分顺手。

然而吃晚饭的时候，云雨生还是遭到了许慧芬一通责骂，无非是今天洗衣服时倒多了洗衣粉，炒菜的时候油也放多了这一类的事情。

“行了行了，天天吵吵吵，也不怕邻居笑话。”父亲云建国喝了口啤酒，不耐烦地朝许慧芬吼了句。

女人总算是停了嘴，埋着头扒了几口饭后，又小声嘀咕个没完：“家里多了一张嘴，这一年下来可是不少钱呢……”

云雨生再次觉得，她好像是突兀地出现在这个地方。

她把头埋得更低，只是小口小口吞咽着碗里的白米饭，不敢夹菜，更不敢发出声响，试图降低存在感。

她身旁的弟弟云日升却没办法安静下来，一会儿用筷子敲着碗边发出“噔噔噔”的声响，一会儿发出刺耳又无意义的叫声。

八岁的男孩子，本就处于活泼好动的年纪，让云雨生更觉得心烦意乱，却又无可奈何。

对于云日升的闹腾，夫妻俩默契地视而不见。许慧芬盛了碗汤，碗底是大块的排骨，轻轻放到儿子面前，柔声哄着：“吃了饭记得把汤喝完，长身体呢。”

汤是下午的时候让云雨生看着炖的，放了猪大排、玉米和胡萝卜，熬了好几个钟头，汤色清澈，香气四溢。

云雨生只是看了一眼，马上便收回了目光。

临睡前，许慧芬又把云雨生喊了过去。

她说：“这喝不完的倒掉太可惜了，你热一下喝了吧，记得把碗筷洗了……”

云雨生漠然地看着锅底剩的那一点儿汤，汤里已经看不见半分肉块，只零零散散漂着几颗玉米粒。

许慧芬说完话，很快便关了客厅的灯回屋休息去了。

四周一下子变得漆黑，只剩头顶一盏昏黄的灯忽明忽暗。

云雨生将最后那一点汤倒进碗里，尝了一口，虽然汤已经冷掉了，但舌尖却还尝到清甜。

她小口小口地回味着，不舍得一口气吞下。

终于喝完，看着水槽里沾满饭粒和菜油的碗碟，少女无声叹了口气，拧开了水龙头。

两天的时间过得飞快，很快就到了9月1日，新学期开始的第一天。

云雨生一大早便起来煮了饭，云建国和许慧芬还没醒来，她蹑手蹑脚关好门，背上书包出发了。

他们一家人住的这个小区是多年前建成的，周围也都是老破小，如今留下来的都是些外来务工人员，这边离繁华的市中心有些距离。

好在距离六中不算太远，也因此，许慧芬迟迟下不了决心给云雨生买一辆单车。

“这两年就走路去，当锻炼身体了。”

再一次想起许慧芬的话，云雨生擦了擦额上的汗，埋头快步往前走去。

虽然用了最快的速度，然而等她到了教室时，里边还是已经坐满了人。

云雨生从后门贴着墙进去，在最后一排靠窗的空桌前坐下。她还是喜欢这个位置，不用因为被其他人看到自己的背影而心神不宁。

教室很大，最后一排离讲台很远，黑板上的粉笔字有些模糊不清。

云雨生的眼睛并不近视，却有点儿散光。为了省钱，许慧芬也不乐意让她去配一副眼镜，于是就一直这样拖着了。

她继续抬头看向窗外，眼神放空的时候，整个人便显得无神。

头顶的风扇呼呼作响，周围仍是吵闹着，隐约听见前桌的两个女生在讨论某个男生。

“我昨天逛书店的时候看到班长了，一个暑假不见感觉他又高了好多。”

“他不是一直就挺高的吗？好羡慕孙婉妍啊，我看她和班长的关系真的很不错……”

云雨生正听着，突然间她们就像被按了暂停键一般，话题戛然而止。

她还在疑惑着，身旁的长凳被突如其来的一股力量往下压了些。闷热的风从教室后门吹了进来，带来少年身上清冽水润的气息。

像是暴雨过后清晨的空气，透明又干净。

云雨生缓慢地抬头望去，终于看清身旁那人的脸。

黑短的碎发湿漉漉的，垂落在少年冷峻的眉目前，鼻子高而挺，微薄的唇更显得淡漠，下颌线清晰锋利。

而他眼下那一颗小小的泪痣因冷白的肤色更加显眼，让他本来凌厉的眉眼多了几分恣意，又莫名有种说不清的欲感。

云雨生有一瞬间的恍惚，这一刻又觉得，他不像是青衣剑客，更像是戴着蓑笠的嗜血杀神。

察觉到少女的视线，他微微抬眸，神色仍是冷淡，嘴角懒懒地扯了扯："同学，早啊。"

男生的声线冷冽喑哑，仿佛是松间的清泉一般，叫人遍体冰凉。

云雨生几乎是立刻便转过头去，身体往窗边又移动了些，怎么也没想到，这人竟然会坐到自己的身边。

前桌的两个女生终于回过神来，其中扎着双马尾的女孩儿鼓起勇气回过头来搭话："程千峪，你怎么没和祁序一起？"

云雨生藏在衣袖下的手瞬间定住，有些不可置信。

他就是程千峪？那个年级第一？

她还以为，年级第一一定是规规矩矩、戴着金丝框眼镜的书呆子，怎么也不会是身旁这样桀骜不驯又闲散的样子。

可联想到那日看到的签名，云雨生又不那么惊讶了。

"他睡过头了。"

与女生的热情截然相反，程千峪眉目疏离，声音听起来冷冰冰的，似乎并不想搭话。

云雨生一直是一个人霸占整张课桌，这还是她第一次和男生坐到一起。她甚至能听到校服外套下自己剧烈的心跳声，就连后背也湿了一小块。

好在身旁的人很快就趴在课桌闭眼休息起来，他的长腿无处安放，只能微微屈着。

云雨生偷偷侧头看了一眼，少年似乎真的很困倦，长睫浓密如鸦羽，眼下还有些乌青，皮肤是近似病态的苍白。

她从未见过这样好看的男生，突然间，过往看过的小说里疏眉朗目的男主人公就都有了具体的面容。

云雨生正看得入神，眼前的人却冷不丁睁开了双眼，眸光锐利，如同利剑出鞘。

眼神相对的瞬间，云雨生的身体瞬间变得僵硬。

然而出乎意料的是，下一秒，程千峪又快速合上了双眼，仿佛刚才幽寒如冰的视线只是她产生了错觉。

呼！云雨生别过头，松了口气，又忍不住胡乱想着，程千峪刚才的眼神还真有几分冷血杀手的感觉。

像是蛰伏已久的猛兽盯上了猎物，阴鸷又狠戾。

身材高挑纤细的班主任很快便抱着一沓问卷进来，在讲台上对着名单逐一点名。

“程千峪。”

话音刚落，身旁的人头也不抬，如猿臂一般的长手已经高高举起。

云雨生被吓了一跳，转而又有些疑惑，这人到底是睡着了，还是没有？

“周蛮蛮，段晴霁，陈春兰……”

班主任一边念着，一边在表格上打钩，而云雨生的心情也越来越紧张。

她最害怕的，就是所有目光聚集在自己身上的感觉。

她是 61 号，应该是在名单的最后面。等待的时间越久，她的不安感越是加倍，就像下一秒要让她上断头台一般。

即使已经在心里演练过无数次，当班主任点到她的时候，云雨生还是紧张得面色发白，颤抖着抬起了左手。

然而也许是她坐得太靠后，又或许是前边的人个子太高，总之，班主任没能看到她。

“云雨生？”

这个名字又被重复了一遍，甚至这一回比刚才还要大声。

云雨生紧咬下唇，将手尽力举到了最高，又听到班主任严厉的声音：“云雨生来了吗？来了喊一声到。”

前边的人开始自发地往后张望，窃窃私语起来，云雨生能感觉到有汗滴落到眼睫，视线模糊不清。

“……到。”

她的声音如同蚊子一般，颤抖着，飘忽不定，像是受了惊吓似的。

在教室前边的班主任自然是听不到，就在她即将发火的前一秒，程千峪终于从桌上抬起头，声音懒懒的：“老师，她在这儿。”

他这一声如同平地惊雷，所有人一下子都朝着他们这个方向看了过来。

所有的目光就像是一支支冷箭朝云雨生射来，明明是坐在闷热到透不过气的教室，她却觉得自己像踏入了寒冷的冰窟，从脚底到头顶，血液在这一刻全部凝结。

无论在云雨生心里掀起了怎样的一场惊涛骇浪，这场小插曲还是很快就被众人抛在脑后。

接下去和每个新学期伊始都差不多，班主任强调了一会儿纪律问题，便喊了前排几个学生下楼去总务室搬课本。

云雨生那颗忐忑不安的心终于恢复平静，她低头塌腰，缩在自己的一方天地里。

程千峪仍趴在桌上睡着，四周的吵闹声似乎对他没有半点儿影响。

很快就有人过来分发课本，云雨生认出是那天和她搭话的圆脸女孩儿——隐约记得是叫周蛮蛮。

周蛮蛮似乎见惯了程千峪这副样子，没有出声叫醒他，只是将两个人的课本叠到了一起，递给了坐在里侧的云雨生。

开学第一天任课老师们都没有正式上课，多是说说笑笑，四十分钟便在嬉闹声打发过去了。

第三节课的下课铃响起，教室后门被人猛地撞开。

一个高大英挺的少年闯了进来，在教室里扫视一圈，他很快便看到了自己要找的人。

桌面被男生的拳头敲了敲，云雨生有些惊惧地抬起眼，发现来人是昨天粗声粗气吼她的那位——祁序。

“喂，赶紧起开，坐我位置干吗？”

前桌的两个女孩儿听到这声音都回过头来，她们也是从本校初中部直升上来的，自然认识祁序这位混世魔王。

这位一向是吊儿郎当、玩世不恭，要不是因为家里有钱，又给学校捐了一栋教学楼，以他常年吊车尾的成绩是绝对不可能直升六中高中部的。

作为一个资深学渣，祁序最喜欢的便是云雨生现在坐的这个位置。

教室的最后一排，靠窗的位置，他坐了好几年，一直默认这是自己的专属。

何况，祁序软磨硬泡好不容易才求年级主任把他和程千峪安排到同一个班，他自然是要和哥们儿坐在一起的。

云雨生不知道这些，她被祁序凶巴巴的样子吓得不轻，迅速收拾了自己的东西。可背好书包的一刻，她又犯了难。

他们这一排紧靠着教室后墙，而她想要出来，无法避免会碰到程千峪的后背。

从这个角度看去，他的后背孤傲挺直，肩膀宽阔，将普通的校服撑得格外有型。

祁序语气不耐烦地催促道："还不快让开？"

云雨生低着头，手里提着书包的肩带，全然不知所措。

双方僵持不下，她的头埋得不能再低，眼泪"啪嗒"一下掉落到桌面，一下子沾湿了桌上的教材封面。

祁序的声音震得人耳膜疼，程千峪倏地睁开眼来，正好瞧见了这一幕。

少女的双眼水雾弥漫，浅褐色的瞳仁像是透明的琉璃，小脸一片潮红，仿佛受了天大的委屈一般。

不用想也知道这小姑娘准是被那混世魔王吓着了。

"老祁，一边儿去。"程千峪终于直起身来，缓慢地掀了掀单薄的眼皮，语气中却是隐含警告。

"呵，这女的坐我位置，你还让我往哪边去？"

祁序看着一直埋头不说话的云雨生，心里更是直冒火，他最讨厌的就是女孩子这种黏黏糊糊的性子。

程千峪微微眯眼，伸腿踢了他一脚，没好气道："那么多位置不够你坐的？"

平白无故挨了一脚，祁序却没有发怒，反而将肩上的书包扔到了一旁，语气闲散轻慢道："今晚还去不去？去的话我下午就不打球了。"

"不去，累得慌。"

两人聊了起来，云雨生没有再听，犹豫了会儿，又将书包轻轻放下，小心翼翼地将课本重新拿了出来，在课桌里叠放整齐。

本以为老师很快就会调整所有人的座位，然而她没想到的是，班主任直接就按这一天的位置填了座位表，贴到了讲台上。

这也就意味着，接下来的一整个学期，云雨生都会和程千峪同桌。

她在心里悄悄叹了口气，总觉得接下来的日子不会太平静了。

下课铃一响，身旁的人连书包拉链都没有拉好，起身很快走出教室消失得无影无踪。

云雨生等到教室里的人都走光了，才慢吞吞地拿了钱包，往食堂的方向走。

前几天她特意踩了点，这一回没有花太多时间，她便从人少的小路到了六中的学生食堂。

六中走读的学生占了一半，又因为是开学第一天，食堂的人并不算多，云雨生没排太久的队便顺利打到饭。

她正要找个位置坐下，便看到周蛮蛮和几个女生在不远处冲她招了招手："同学，过来一起啊。"

云雨生踌躇了下，还是顺从地端着餐盘朝她们走去。

"她就是班长的新同桌，不是咱们本部的。"

周蛮蛮指着云雨生，对着另外一个长头发的女孩儿介绍着。

对方抬眼打量了云雨生一会儿，似乎有些惊讶——眼前这个女孩儿看起来有些畏畏缩缩的，脸只有巴掌大，五官似乎还未长开，略带了些稚气，一头短发却是干净利落，气质十分干净。

像是未经雕琢的美玉。

"你好呀，我叫孙婉妍。"长发女孩儿露齿一笑，朝着云雨生伸出了手。

孙婉妍是很典型的清秀小女生，黑亮柔顺的长发刚刚过肩，窄眼皮让她的眼神显得格外温婉，五官不算精致却没有任何攻击性，一张瓜子脸很是耐看。

看着伸到自己面前那双白皙细嫩的手，云雨生慌乱地垂下眼，有些不知所措，下意识便埋头开始扒饭。

被彻底无视，孙婉妍有些尴尬。其他人对云雨生的反应也有些诧异，还是周蛮蛮最先反应过来，打破了沉默："新同学有点儿害羞，没事没事。"

"那婉妍可以不用担心了，哈哈哈！"有个女生意味深长地说了句，随即引起了其他几个女生意会过来的哄笑声。

孙婉妍装作生气的样子："别胡说，我才没有担心。"

有个女生插了句："这么多女生也就我们婉妍跟程千峪走得近些，

还有什么好担心的。”

耳朵自动捕捉到那熟悉的三个字，云雨生嘴里咀嚼的动作停顿了下，很快便明白了过来，原来孙婉妍对程千峪……

也对，他那样的长相，的确很招人。

云雨生不再多想，很快便解决了午饭。见周蛮蛮她们聊得正欢，她安静地起身端着餐盘离开了。

回到教室的时候，程千峪已经在座位上了。

教室里空荡荡的，只有头顶的大风扇转动着呼啦作响，仿佛下一刻就会掉下来。少年趴在课桌上，半张脸埋在手臂内。

云雨生微微蹙眉，又面临了和上午同样的尴尬局面。

到底要不要叫醒他呢？

内心一番挣扎以后，云雨生还是选择了安静地等待对方醒来。她靠墙站着，侧头看着窗外澄蓝色的天际发呆。

大部分时候她总是天马行空，幻想着自己是仗剑走天涯的侠女，路见不平便拔刀相助，惩奸除恶。

可事实又是那样惨淡，她只是一个连与别人对视都不敢的透明人。

程千峪睡得很沉，直到上课铃响起，他才悠悠转醒。

一睁眼，他便看到了站在一旁安静到连呼吸都没有声音的少女。

程千峪突然想起中午吃饭那会儿，祁序无意间提起的一句——“那妹子皮肤是真白。”

这会儿仔细看她，那肤色确实白得发光。少女脖颈修长，隐没在宽大的校服外套下，整个人看起来单薄又羸弱。

六中的校服没有太多设计，板型也不修身。班上的女生早就将衣服拿去改短了，校服裤也改成束口的方便卷起，好露出一截儿脚踝。

而他的这个同桌，显然是反其道而行。肥大的校服外套罩住了大半个身体，显得个子更加矮小，裤腿随意地挽起一点儿，看起来松松垮垮的，仿佛下一秒就会往下掉。

他盯着人家瞧了好一会儿，发现这姑娘的头越埋越低，到了最后，他只能看到对方柔软的发旋。

“你不坐吗？”话音刚落，程千峪才突然意识到，原来是自己挡住了人家的路。

他站起身来，长腿跨到走道上，这才看到云雨生怯生生地贴着墙面走了进去，坐回她的位置上，白嫩的手指不安地搭在她的外套上，有一下没一下地攥着布料。

用祁序的话来讲，这姑娘真是又土又乖，莫名就让人想欺负。

程千峪微微挑眉，如果刚才自己没醒来，这傻姑娘该不会一直就在那儿呆站着吧？

站了快一个小时，云雨生的腿已经完全麻掉，嘴唇也因为干燥有些起皮。她小心翼翼地拧开了塑料水杯的盖子，小口小口地抿着，有些满足地眯了眯眼。

下午第一节课是数学课，而这个学科是云雨生最不感兴趣的。

她从书包里抽出早上匆忙塞进书包里的那本小说，垫在数学课本下，开始沉浸在自己的世界中。

云雨生没有注意到的是，她所有的小动作都没有逃过身旁少年的眼睛。

瞥见那本小说的封面，程千峪神情微动，眉心微不可察地跳动了下。

坐满人的教室有些昏暗，闷热得像是一个大蒸笼。

黑板上密密麻麻写着一堆数学公式，佝偻着背的小老头儿在讲台上手举三角板声若洪钟。

前排的学生坐直了身子、竖起了耳朵聚精会神，而后边几排已经倒下一片，只有零零散散几个学生还在与困意交战着。

蝉鸣声仍旧热烈，夏日仿佛永远没有尽头。

新学期的第一个星期无惊无险地过去了，云雨生已经渐渐适应在北涪六中的生活。

为了避免迟到，每天清晨五点半她就起床做好一家人的饭，匆忙喝完半碗粥便背上书包出门。

放学回家的路上，落日余晖仍旧带着散不去的温度，她会偶尔放慢脚步，站在桥上放空大脑，欣赏夕阳西下时波光粼粼的江面。

到家的时候无法避免会听到许慧芬尖酸的言语，或是和云建国为了一家四口的开销而争吵，或是为了点儿鸡毛蒜皮的事对着邻居指桑骂槐。

对于穷人家庭而言，米粒大的一点儿事都会让他们瞬间剑拔弩张，争吵不休。

在这种时候，云雨生都会自动关闭掉接受外界声音的通道，端着洗衣盆借口要晾衣服逃到楼顶的天台上。

北涪的夜比老家那边要热闹许多，天一黑，远处高楼的灯一盏盏亮起，楼下也传来各家各户炒菜说话的声音。夏夜的风吹破了浓重的黑雾，带来人间烟火的气息。

这里是很难看得见星星的，云雨生仰头费力地寻找着天边那颗黯淡的织女星，直到脖子微酸才结束。

下楼的时候，她正要回房间却被云建国叫住。这么久以来，这个中年男人从来没有正眼看过她，仿佛只有云日升才是他的孩子。

这还是第一次，云雨生从父亲的嘴里听到自己的名字。

他从钱夹里掏出一张钞票，要云雨生去楼下超市买几瓶啤酒。

她点了头记下了，匆忙间忘记换鞋，踩着人字拖就出来了。

晚风习习，云雨生穿着的宽大长T恤被风吹得鼓起来，身影也被橘色的灯光拉得很长。

不巧的是，超市老板也不知道怎的，今天很早便关了门。

她盯着生锈的卷帘门发了会儿呆，透明的玻璃能看清里边昏暗的一片，堆满了好几个箱子的货物。

云雨生忽然想起，这附近是有另外一家超市的，只是要走一段没有路灯的小路，经过附近早已废弃的球场。

时间还早，她没怎么犹豫，掉了个头就凭着记忆往球场那边走。

光线逐渐变得昏暗，直至完全漆黑。云雨生只能借着朦胧如水的月光看着脚下的路，避免被小石子绊倒。

这条路过分静谧，少女不自觉加快脚步，听到自己的心跳声隔着单薄的布料传来，扑通扑通。

然而走到前边的时候，她却突然听到了鞋子和篮球与地面碰撞摩擦出尖锐而刺耳的声响。

云雨生不自觉停住，侧头看去，三个高大的男生正在篮筐下无声厮杀着，气氛暗潮汹涌。

她正要收回视线，却忽然发现正在运球的那个身影有些眼熟，再看过去时，少年棱角分明的侧脸在夜色里半隐半现。

额前的黑发挡住了他的眉眼，看不清表情，薄唇仍是抿着，神情很淡。再往下，是略微凸起的喉结，白色工字形背心半湿。

刚投进一个球，他漫不经心地撩起衣服下摆擦了擦脸，无意间露出腰间紧实野蛮的线条。

少年擦完下巴的汗，朝着这边走来，在石凳上拿起一瓶矿泉水，单手拧开，仰头往嘴里灌。

一瓶水一下子被喝了大半，水珠随着他微微滚动的喉结往脖颈滑落，消失在纯白的布料下。

云雨生怎么也没想到，会在这个地方碰到她的同桌——程千峪。

她更想不到，平时见着这人总觉得有些清瘦，脱了校服外套以后的他居然会是这样劲瘦结实。

于是，程千峪又一次打破了她对学霸的有限认知。

她怔住的时候，程千峪那双浅淡的眸无意往这边扫了一眼，似乎是看到了她，又好像没有，因为他很快便移开了视线，小跑着又过去抢夺那个篮球。

第二天到学校时见到程千峪安静地趴在桌上补眠的侧脸，云雨生仍觉得前一晚的偶遇就像是一个梦，格外不真实。

第二节课的下课铃一响起，教室前门边上的小音箱也准时响起了课间操的音乐。

所有人都朝着楼梯口挤去，从走廊上望下去，楼下四面八方汇聚了一条条蓝白相间的“小河”。

程千峪伸了个懒腰，长腿往前一迈，朝着前方的祁序后背压了上去，得到了对方不客气的一声笑骂，几个男生围着他们说说笑笑。

在一班，程千峪毫无疑问是人缘最好的，也理所当然是最耀眼的那一个。

上午的阳光透过望春花的枝叶洒落在少年身上，为他的校服外套镀上一层浅浅的光，连那凌厉清峻的侧脸都变得意外柔和。

云雨生远远地看着人群中的程千峪，无声地叹了口气。他像是最纯粹的湛蓝色天空，而自己却是暴雨前夕昏暗沉重的乌云。

两者之间隔着永远无法跨越的距离。

每个班都有一个负责站到方阵前为其他同学做动作示范的学生，一般老师都会默认挑选班上最好看的人来担任这项工作。

而在一班，这个人就是段晴霁。

有种女生并不受同性的欢迎，但大家无法否认她的漂亮。段晴霁就是如此，她个子高挑，脖子像是白天鹅一般修长纤细，肤色冷白如瓷，眼珠乌黑，卧蚕饱满，明艳又精致。

明明是一模一样的校服，段晴霁穿上以后却是那样轻盈舒展。

此刻，她就站在所有人的前面，不少男生有意无意地瞄向她。

云雨生落在了一班方阵的最后面，注意力也全放在了段晴霁身上。和自己的沉闷孤僻不同，段晴霁虽也总是独来独往，但她却是带着傲气的，丝毫不会畏缩。

这一个星期以来，午间休息时段晴霁都会抱着习题册来找程千峪问问题，离开前还会偷偷往他的课桌下塞一瓶冰镇橙汁。

云雨生曾在楼下超市无意间看到过那种橙汁的价格标签，贵得令人咋舌。

面对段晴霁的示好，程千峪大部分时候都很冷淡，偶尔简单地在纸条上写了答题步骤便打发了段晴霁，多数时间是埋头装睡，直接无视了她。

但段晴霁还是继续每天都往他们的课桌下塞着橙汁，这也就导致了，云雨生的课桌空间越来越小，堆满了五六瓶橙汁，完全不够放课本。

做完课间操回到教室时，云雨生看着桌下那一堆橙汁，眉心微蹙，只能暂时把自己的一些文具放到了窗台边缘。

两个人同桌的这些日子，她和程千峪几乎是零交流，她是沉闷惯了，而他似乎并不喜欢与女生来往。

每次有女同学过来搭话，云雨生都会发现程千峪的眼底隐含不耐烦，浑身上下散发着一种生人勿近的疏离感。

只有一群男生打闹的时候，才能看到程千峪发自内心的笑容。他无声勾起嘴角的时候，那双狭长微挑的眸里仿佛盛满了春水、梨花，水光潋滟，很是好看。

云雨生在内心挣扎了半天，还是决定主动和程千峪沟通一下橙汁的问题。毕竟再这样下去，他们都可以去摆摊卖橙汁了。

然而余光中瞥见少年清冷懒倦的面容，她组织了好久的语言又吞了回去。

少年半倚在教室后墙，身形清瘦修长，像是月光下摇曳的凤尾竹。

也许是因为刚做完体操，他将校服外套脱了下来，随意地拎在手上，纯黑色的短袖T恤衬得他的肤色更显净白，乌黑的瞳仁透出点薄凉感，神情闲散又漫不经心。

察觉到云雨生的窥视，程千峪倏然侧头看了过来。

撞上他晦暗不明的视线，少女有些心慌意乱，急忙扭过头去，从耳根到脖颈，迅速泛起一片桃粉。

她还是没办法和别人对视，更别提主动和程千峪说话了。

用了一整节数学课的时间，云雨生终于想到了办法——给他传字条。

她撕了张活页纸，斟酌了下，用黑色水笔写下方方正正的一行字：

同学，你能把橙汁拿走吗？

写完后，云雨生又在心里默念了好几遍，确认好没有任何问题。

终于等到下课铃响起，纤细白嫩的手指捏紧了那一张字条，她却迟迟不敢给程千峪递过去。

云雨生还在内心天人交战的时候，身旁的人已经起身朝着门外走去。因为个子过高，走到门框下时他得略弓起身体，有女生从他身旁经过，少年不动声色地侧身错开了。

唉，她总是这样胆小。

云雨生看着走廊上伫立的那道孤傲而修长的身影，又一次痛恨起自己的懦弱与畏缩。

出神的时候，她的指甲不自觉陷入掌心，字条也被手心的汗染得有些湿润。云雨生终于松开，将那张字条揉成一团，慢慢放回了课桌下。

“欸，同学，刚才老师布置了哪些题啊？”前边扎着双马尾的女孩儿突然回过头来，冷不丁问了云雨生一句。

开学这么久了，这还是除了周蛮蛮第一次有人和云雨生搭话，云雨生有些受宠若惊，下意识地垂下眼眸，紧张得手心又出了层汗。

她张了张嘴，声音细得只有自己能听见，抬眼撞上对方好奇的目光，她慌忙地把自己用来记作业的小册子递了过去。

“课后习题第 17、19、23，作业本 B。”女孩儿声音清脆，对着册子上端正的字体念了出来，随后感激地冲云雨生笑了笑，“谢谢呀，后桌。”

女孩儿很快就转回身去，没听见云雨生喃喃的一句“不客气”，在教室的喧闹声中几不可闻。

云雨生的记忆力很好，她还记得开学第一天时班主任喊到前桌两个女孩儿的名字。刚才和她搭话的双马尾女孩性格活泼一些，叫苏园；苏园的同桌安静一些，叫许诗音。

许诗音似乎格外关注程千峪和祁序两人。

直到第二天段晴霁又塞进来新的橙汁，云雨生还是没有找到机会给程千峪传字条。

他好像从来不会将课本和作业带回家，那些教辅被他随意叠放在课桌下，连上课的时候，云雨生也没见他做过笔记。

程千峪总是不停地打破她对好学生的认知，比如这一刻。

明明上一秒他还在补做昨天老师布置的《英语周报》，可下一秒，教数学的伍老头儿刚在黑板上唰唰写下一道超纲的加分题，程千峪几乎是立刻就将精确到小数点后二位的数字脱口而出，甚至不需要用草稿纸计算。

他的声音嘶哑而凉，虽然音量不大，但还是让所有人都倒吸了一口冷气，随后紧张地等待伍老头儿宣布答案——

“没错，后边那位男同学给的答案完全正确。”

经过一个星期的相处，云雨生已经不像最开始那样瞠目结舌，但她的内心仍是有些波动。

程千峪丝毫不在意其他人投过来的或是崇拜或是好奇的目光，又继续低下头做着英语阅读理解。

他似乎总能一心二用，云雨生又有些羡慕，有的人似乎不需要怎么努力，靠着天赋就可以所向披靡了。

然而她就没那么好的运气了。

数学一向是云雨生的弱项，自打小学毕业以后，她就从没在这一科目上考过及格。

小组长刚把数学作业本分发下来，盯着上面鲜红色的大叉，云雨生只觉得脸颊发烫。明明她花了一整晚的时间认认真真照着书上的公式做了题，结果还是一样惨淡。

伍老头儿临走前在讲台上还不忘语重心长：“有些同学要虚心一点儿，不懂就问，千万别硬着头皮乱做一通。”

云雨生不用想也知道，这个“有些同学”里面必然包括了自己，她羞窘得恨不得找个地缝把自己埋进去。

好在，她是这样的没有存在感，根本不会有人会注意到她。

云雨生不自觉地长叹了一口气，突然感觉到一道淡漠的视线落在了自己身上。

余光中她看见程千峪已经做完了一整张《英语周报》，他懒懒地起身，无意间侧头睨了她一眼。

冷淡又疏离，没有一丝温度。

也许是她的错觉，少年在看清她作业本的那一瞬，嘴角扯了下，有些嘲弄的意味。

云雨生的心一下子沉入谷底，是啊，总共才六道小题，她竟然没有一道能做对，程千峪这样的人一定也会觉得她很蠢吧。

这天傍晚回家以前，她又去了一趟租书店。

这家店开在菜市场出口，老板似乎是个退休教师。狭小昏暗的小屋里四面都是六层高的书架，摆满了老板从旧书摊低价购入的各种书和杂志。只需要交十块钱的押金，一本书按每日一毛钱来收费。

不过是云日升吃一根冰棍的钱，便可以换来云雨生半个月的欢喜。

然而云雨生并不敢让许慧芬知道这件事，要是让她知道自己在看“不三不四”的课外书，一定会一把火把它们都烧了的。

在书架上搜寻了一圈，云雨生不敢逗留太久，很快便选好了三本。临走前，她忽然瞥见书架底层一个色彩鲜艳的封面。

那是一张栩栩如生的人像图，图片上的男人剑眉星目，戴着金丝框眼镜，有种斯文败类又禁欲的味道。

云雨生鬼使神差地停下了脚步，蹲下身来抽出那本小册子。

它比少女的手掌要大一些，很是小巧，封面上的书名直截了当——《恶魔总裁别吻我》。

换作以前，云雨生对这样的名字是不感兴趣的。不过因为封面上那个好看的男人，她便将原先选好的三本小说中的一本塞回了架子上，换成手里这本小册子。

回家的时候，天已经完全黑了，出乎意料的是，许慧芬今天并没有像以往那样用刻薄的话语来刺她。

云雨生换好鞋，才发现家里的气氛和平时不太一样，云建国和许慧芬难得地没有互相摆着冷脸，两个人喜气洋洋的，眼角和嘴边都掩盖不住笑意。

“我们小雨回来了，赶紧过来看看，这是表姑给你带来的礼物。”

云雨生进了屋，有些无措地被许慧芬拉着坐到沙发上，随即便看到已经被打开翻乱的一袋衣物。

依稀记得，远方表姑家里有个和她差不多大的女孩儿，想来这些是对方穿腻不要了的衣服。

云雨生其实很不情愿总是穿别人的衣服，小时候奶奶舍不得给她买新衣服，便去阁楼找了堂哥穿过的旧衣服改了下给她穿。

童年时候的云雨生就像假小子一样，穿着男孩儿的衣服，留着男孩儿的寸头，因此她也被班上的其他孩子起了一堆恶意满满的称呼。

步入青春期以后，她才慢慢将头发留长，可惜也没有多久，又被许慧芬勒令剪掉。

大人们忙着为生计发愁，而少女的敏感和自卑没有人在乎。

在《人性的枷锁》里菲利普曾说，贫穷会让人受尽折辱，折断你的翅膀，让你的灵魂腐蚀上癌症。

云雨生想，这是没有任何办法的啊。如果她没有出生就好了，又或者，如果她是男孩儿就好了。

她最后还是什么也没有说，默默地将那袋旧衣服带回了房间。

也许是因为小时候营养没有跟上，云雨生的发育比同龄人迟了许多。身边的女孩子多是五年级时就来了例假，而她的第一次生理期，却是在八年级的下学期。

直到现在，她的身材还是和搓衣板一样平坦。窗外不知名的树的枝丫疯长，而屋里的少女还没有来得及抽条。

没有太多时间让云雨生用来多愁善感，她很快便打开了台灯，趴在床板上认真做起了数学题。

一心想着努力并没有任何作用，她完全没有方向。不像其他科目那样可以死记硬背，数学这一门，该不会的，就是不会。

一个小时过去，少女盯着习题册上密密麻麻的数字和公式发起了呆，手里的笔漫无目的地在草稿纸上涂涂画画。

外边已经没有了声音，想来许慧芬他们应该是睡下了。

云雨生放弃挣扎，合上了习题册，从书包里拿出今天刚租来的那本小册子。

故事很是俗套，无非是眼高于顶的霸道总裁爱上了平凡善良的打工妹这种千篇一律的剧情。

然而她以前从未看过这样的书，一时间也有些新鲜，钻进被窝里看得津津有味。

一开始还算正常，可看着看着，云雨生就感觉有些许不对劲儿了。

凝视、贝齿、亲吻……这些常见的词汇组合到了一起，变成了句子她便看不明白了。

虽然似懂非懂，但是凭着女孩儿独有的直觉，云雨生也知道这种东西大抵是见不得人的。

这两天许慧芬休假，没准会在家里做大扫除，她不敢再把这些书藏在床底，只好又放回了书包。

也许是因为偷看了不该看的东西，这一晚云雨生失眠了。

云家住在六楼，顶上就是天台，到了夜里墙上仍残留着日光的温度。即使打开了窗，吹进来的夜风带着股热气，房间内还是燥热难耐。

她翻来覆去，感觉到身下的竹席也有些发烫。城里不像乡下，蚊子没有那么多，少女干脆掀开了身上的薄被，大剌剌地将身体睡成一个“人”字形。

后半夜云雨生才迷迷糊糊睡了过去，结果天快亮时一个翻身她便从床上摔了下来。

额头着地，摔了个鼻青脸肿。

再也没有睡意，少女捂着额头上肿起来的小包，跌跌撞撞进了洗手间，刷牙的时候从镜子里看到自己的脸，有一瞬间的愣神。

来到北涪有一个多月了，她好像在不知不觉之中又变白了不少。

都说乡下的水土才养人，然而天天在地里帮忙，再好的皮肤也经不住风吹日晒。现在不用再做农活，连她的手都变得细嫩了不少。

女孩儿是不是在一夜之间长大的，云雨生不得而知，不过似乎只是过了一个晚上，她的头发又变长了些。

被水沾湿的刘海儿搭在眉前，只露出一双浅褐色的眸，眼尾略微下垂，两腮的婴儿肥又褪去了些，透出清透的绯红色。

好像昨天还是雌雄莫辨的假小子，一觉醒来便已经变成了枝头豆蔻。

十五六岁的女孩儿，又有哪个是不美的？

也许是因为清晨的小插曲，云雨生一路心神不定，走到教室时，程千峪已经在座位上了。

这还是第一次他比自己早到学校，云雨生记得，他总是喜欢踩着早读的铃声从后门溜进来。

察觉到云雨生的到来，程千峪停下了正在转笔的手，起身站了出来。

不用她出声自然是最好的，云雨生赶紧坐了进去，放下书包松了口气的下一秒，猛地对上了程千峪略带探究的目光。

又一次四目相对，她今天格外迟钝，微微张了张口，呆愣愣地盯着他看。

程千峪懒懒地耷拉着眼皮，轻扯嘴角，忽然漫不经心地哧了一声，有种说不出的恣意与恶劣。

云雨生并不知道少年心中所想，她看着他眼下那颗泪痣入了神，又一次感慨道，上帝果然是不公平的。

因为书包里比平时多装了三本小说，看起来鼓鼓囊囊的，塞不进课桌里，云雨生不得不将小说都拿出来，叠放在窗台上。

再次看到桌肚里横着的几瓶橙汁，云雨生终于鼓起勇气，她飞速地在草稿本上写下这样一句——

可以把橙汁拿走吗？

一鼓作气，少女的手指捏着草稿本朝着程千峪面前推了过去。阳光下修剪得整齐圆润的指甲透着淡淡的粉，一下子夺得了少年的全部注意力。

程千峪眼睑微敛，对于云雨生突如其来的靠近有些意外。他原以为云雨生也是来问数学题的，然而眸光落到纸页上，看清了那行字的同时，他莫名有些想笑。

半天没等到对方的回应，云雨生后知后觉有些紧张，悄悄抬眼看了下程千峪的表情。

他的神情很淡，许是察觉到她的注视，他缓慢地掀起单薄的眼皮，朝她看了过来。

“这里，公式都记错了。”

冷不丁地，云雨生听到程千峪凉凉的声音。她顺着他骨节分明的手指看去，才发现对方说的是她写在草稿本上的一部分运算过程。

“对不起……”她下意识喃喃出声，也许道歉已经成了她的习惯。

程千峪无声地勾起嘴角，顺手拿了她刚用过的黑色水笔在草稿本上补齐了正确的公式，这才把本子还了回去。

下一秒，少年微微弯腰，将桌肚中的六七瓶橙汁全部拿了出来，手掌轻抬，瓶身在空中划过一道漂亮的弧线。

随着“咻”的一声，未开封的橙汁最后精确无比地落入教室后门边的垃圾桶里。

剩下的几瓶橙汁也落得了同样的归宿，云雨生看得目瞪口呆，只觉得这人有些浪费。

不过，困扰她的问题总算是解决了。她一样样地将窗台上的物品放回了桌肚，无意间瞥见在程千峪那一堆书的顶上，书名尤其长的一本——《重构：改善既有代码的设计》。

每个字她都认识，但组合在一起就变得深奥难懂了。

原来学神也会看教材以外的书啊，云雨生这一刻觉得，她和程千峪总算有了一点儿相似的地方。

刚刚他们这边的动静引来了不少女生的注意，才从洗手间回来的段晴霁也从同桌的嘴里知道了这一回事。

她似乎是不死心，高昂着头从教室前排走到后门来，再怎么不相信，还是看到了被丢进垃圾桶里的几瓶橙汁。

云雨生忍不住为程千峪捏了把汗，他这样丝毫不留情面，万一把段晴霁惹哭了怎么收场？

然而段晴霁就是段晴霁，她只是深深地往这边看了一眼，随即便像什么事也没发生过一样，不疾不徐地走回了自己的座位。

云雨生突然便有些羡慕段晴霁的勇气，像她这样的人，也许这辈子都没有胆量主动和程千峪这样耀眼的少年做朋友。

她收回目光，低下头看回自己的课本，视线不自觉又移到草稿本上。

程千峪顺手写下的公式有些潦草，她翻开课本对照了下，果然是自己记错了，难怪怎么算都得不到整数的答案。

昨晚没有睡好，云雨生一上午都在打瞌睡。匆忙吃过午饭，她拿了历史课本垫在手臂下，准备闭上眼睛补一觉。

毕竟没有勇气面对着程千峪呼呼大睡，云雨生只好把脸朝着窗户那边，埋进了手臂里。

正午的阳光刺眼又猛烈，风吹起窗帘时，光线便从缝隙透了进来。

眼皮上能感受到挥之不去的热气，即使合着双眼，也能看到红色与黄色交错的光影，闪闪烁烁，朦胧得像是一场梦境。

她本来是快要睡着的，却突然听到教室后门被踹开的刺耳声响，伴随而来的是祁序如公鸭般沙哑的嗓音，睡意一下去了大半。

云雨生迷迷糊糊地睁开眼，祁序已经来到他们这边，长腿分开坐到了苏园的位置上。

“老程，你这就没意思了，就等你一个呢，还搁这儿画这些乱七八糟的。”

程千峪仍是头也没抬，神情专注地做着立体几何的题。他几乎不需要用到尺子，随意一画便是笔直的辅助线。

“太热，懒得去。”

他的声音淡淡的，听不出任何情绪。

祁序的脸一下子垮了下来，让云雨生不合时宜地想到了一个词儿——丧家之犬。

她刚这样想着，意识恢复过来之时已经笑出了声。

祁序立刻凶残地横了她一眼，眸光满是威胁的意味，这一刻却更像一只被踩了尾巴的大狗了。

“笑啥？你这娘娘腔。”

话音刚落，估计他自己也觉得这话有点儿问题，又粗声粗气道：“不对，是男人婆。”

然而好像也不太对，祁序仔细看了一眼云雨生，这妹子虽然打扮中性，但那皮肤白得仿佛能掐出水来，琥珀色的瞳仁更是像玻璃珠一般空灵透彻，怎么看也不像周蛮蛮那种男人婆。

于是他沉默了。倒是程千峪终于放下笔，长腿往前毫不客气地踹了他一脚。

这一脚分外用力，祁序疼得龇牙咧嘴，还不忘自己的目的："哥，你是我哥成了吧。你不去那孙婉妍她们不得弄死我。"

程千峪挑了挑眉，眸光无意间落到了身旁低着头浑身僵硬的少女身上，她似乎对祁序很是畏惧。

不知道是因为想到了什么，少年嘴角扬起微小的弧度，随即便拿起外套，起身道："走吧。"

两个男生一离开，云雨生紧绷的神经总算是放松下来。

即使是她这样独来独往的性子，也经常能听到关于祁序的流言。

听说他的父亲是北涪市首屈一指的企业家，母亲也是事业有成，双方都是有头有脸的人物。

也许是父母忙于工作疏于管教，这才造成祁序的乖张散漫。他升入北涪六中初中部以来，一向不学无术，酷爱惹是生非，是让许多老师都感到头疼的存在。

如果说程千峪是一片平静深沉的冰河，那么祁序就是一团燃烧灼热的岩浆，这样的两个人本应是水火不相容，偏偏成了好朋友。

无论在哪个班级，好学生与坏学生之间总是隐隐有着不可见的隔阂，双方划定楚河汉界，往往是井水不犯河水。

可程千峪身为模范好学生，不知怎的，似乎和以祁序为首的一群不爱学习的学生也走得很近。

云雨生总觉得，程千峪的身上还藏着许多未发现的谜团。

星期五下午的最后一节课是体育，一班和四班正好凑到了一起。

秋老虎持续发威，少年们似乎丝毫不惧怕猛烈的日光，在篮球场上你来我往，挥洒热汗。

而女生们自体育老师吹哨宣布解散队伍后，便不约而同飞快地奔向跑道尽头的香樟树下。

头顶茂密的绿叶投下大片的阴影，当风吹过时，阳光从香樟树的枝叶缝隙间落下，在地面跳动成影影绰绰的光斑。

云雨生坐在花坛边上，不远处聚集了一帮以郑岚为首的女生。

郑岚在一班的女生中颇具威信，和男生们也玩得很好。她个子很高，甚至超过了班上的一部分男同学，长相也是偏向男性的硬朗，眼睛很小，脸型很长，面无表情的时候看上去有些凶。

此刻她正和其他女生大声讨论着远处在太阳底下伫立着的一班班花——段晴霁。

云雨生对这一类八卦传闻并不感兴趣，然而郑岚的嗓门儿很大，她的话全都落进了云雨生的耳朵。

“她从初中开始就这样，仗着长得有点儿好看就拽得不行，真够恶心的……”

在郑岚的带领下，一群从六中初中部直升上来的女生义愤填膺，七嘴八舌讨伐着段晴霁。

也许是嫉妒她的美貌，也许只是单纯看不惯她的高傲，总之，在这一刻，她们都统一起来，单方面向段晴霁宣战——从孤立她开始。

剩下一部分初中在别的学校就读的女生也受到感染，自动加入了郑岚她们的阵营。

女生之间的相处，总是这样微妙。

云雨生心有所感，看向远处的段晴霁。少女身姿如蒲苇，校服外套敞开着，露出里边粉色条纹的小吊带，精致的锁骨在日光下白得晃眼。

手上拿着的抹茶冰激凌快要融化，她却丝毫不觉，目光仍是追逐着篮球场上风驰电掣的少年们。

云雨生顺着段晴霁的目光看去，场上程千峪正好越过祁序的防守运球切入，不停地在身前换手运球。

不用费力寻找，少年永远是人群中最耀眼的那一个。他的眉骨硬朗凌厉，狭长的眼漆黑冷峻，就连这一刻，神情依然是清冷疏离。

下一秒，程千峪后脚跟微抬，篮球在所有人的视线中飞了出去，而后精准地砸入篮筐。

漂亮！

像是完成某种仪式一般，程千峪的队友纷纷跑过来和他击掌。祁序也猛地冲上来撞了他一下，对视时嬉笑怒骂了几句。

男生之间的相处模式，和女孩儿们完全不同。

下课铃声似乎来得比平时都要早，云雨生没有再看下去，慢吞吞地朝着女厕所的方向走去。

有风吹过耳畔，她轻轻用手拢了拢耳边被吹得有些凌乱的发丝。眼前是大片湛蓝澄澈的晴空，脚下是赤红色的跑道，鼻腔里满是香樟树清冽水润的气息。

这一刻，云雨生觉得自己的世界也变得鲜活起来。

第二章 /
教她做题的少年

六中作为北涪市综合排名第一的公立中学，一向重视学风。虽然才高一，但各科老师都铆足了劲儿严抓教学质量，让学生们都叫苦连天。

云雨生最近时常感觉到心力交瘁，尤其当她一睁开眼想到今天会有数学课，就有种四肢百骸都被绑上沉重石块的虚弱感。

虽然新学期才开始半个多月，但她已经成功引起伍老头儿的注意，被他视为重点观察对象。

伍老头儿关爱成绩落后生的方式也很简单——每节课必点那几个成绩不好的学生上来回答问题。

无论云雨生怎么在心里向耶稣或佛祖祈求，该来的噩运还是会来。

记不清这是第几次，她又被伍老头儿叫起来。

“61 号同学，你来告诉大家这道题应该怎么做？”

少女把头埋得很低，以往伍老头儿点到云雨生的时候，她还能照着参考书上的答题步骤小声念出来，可这一次，伍老头儿给出的题目在参考书上根本找不到。

云雨的双腿都有些发软。头顶风扇呼呼转动，吹得她浑身发凉，而来自身旁程千峪淡漠的视线，更是将她仅存的自尊心踩得七零八碎。

“同类型的题目上节课我才讲过，这么快就忘光了？”

伍老头儿举着他最爱的三角板，迈着小碎步朝着教室后边走来，最后在云雨生的课桌前停住。

“上课要专心听讲，不要总是左耳进右耳出，到时候月考拖垮全班平均分。”

他的音量并不大，但足够让整个教室的人都听到了，这一句话惹来了前排学生们的窃窃私语。

云雨生又一次觉得，她根本不应该出现在这个地方。

乡镇的教育水平本来就比不上城里，更何况她是这样愚笨，从一开始就落下别人一大截儿。就像伍老头儿说的，她会拖所有人的后腿。

接下去伍老头儿说了什么，她已经没有心思听进去了，脑袋里混乱成一片。

昨天夜里起来喝水时，云雨生无意间听到许慧芬和云建国在讨论她的去留问题。

在北涪市打拼了多年，夫妻俩还是普通的工薪阶层。云雨生一出生就被留在老家的奶奶身边，而云日升出生后，许慧芬却舍不得和孩子分离，两人咬咬牙便决定把他带在身边抚养长大。

一家三口的生活本来还能勉强维持温饱，云雨生的突然到来打破了一家人的平静。为她办理入学手续已经让许慧芬心里有诸多怨言，想到等她高考时也许还要因为户籍问题再折腾一趟，许慧芬便很不情愿。

夫妻俩昨夜便是在商议能不能托老家的大姨照看云雨生，让孩子留在老家直到高考结束。

然而亲戚们都无力帮扶，自家的事情已经忙得晕头转向，哪有精力和心情来替别人养女儿。何况十六七岁的女孩儿住到别人家难免会有不便，许慧芬的提议直接就被大姨拒绝了。

窗外梧桐叶被风吹落，云雨生又一次感到茫然，她像是潜伏在水面上的废弃物，不知道自己下一秒又会被水流带到哪里。

直到下课铃响起，她才缓慢地坐回长凳上。

站了四十分钟，她的双腿已经完全麻掉，没有任何知觉。

她慢吞吞地收拾好书包，眼神空洞，低着头缩着肩膀下楼。

教学楼下的梧桐树不知道从什么时候起，逐渐由青绿色转为金黄，停车场边上的夜合欢也结出了果实。

连蝉鸣声也稀稀落落的，渐渐归于平静。

云雨生走到校门口时，才发现落日的余晖也变得不再刺眼，深沉而温柔。

低头的一瞬，她视线里出现一道熟悉的红，似乎是程千峪的球鞋。

她侧头看去，果然是他。

一群男生推着各自的单车说说笑笑，时不时互相推搡，满是蓬勃的少年气息。

被围在中心的程千峪神情放松，眸光潋滟，下颌微收。他漫不经心地抬眸看来，眼神冷淡至极。

然而下一秒，也许是身旁的人说了什么好笑的事情，少年嘴角微弯，清冷的面容忽地变得柔和，宛若春雪初融。

原来他也会笑的，云雨生有一瞬间怔住了，迟迟没有挪动脚步。

她从未见过如此好看的人，在玫瑰色的黄昏里，少年热烈又绚烂。

像是有人用一支油画棒在她的心口处画下重重的一笔。于是，她的世界自此染上浓烈的色彩。

翌日，云雨生比平时提前了半个小时出门，第一个走进教室。

刚把书包塞进课桌，她忽然瞥见程千峪的数学课本。鬼使神差地，她轻轻将它拿了起来。

他似乎没有做笔记的习惯，书页崭新，连课后习题的那页也是空白。然而每一回伍老头儿亲自出的刁钻的题，程千峪总能用最快的速度得出正确答案。

云雨生叹了口气，又把他的课本放了回去。

周四对于她而言是黑色的，因为这一天的上午是三节连着的数学课。

第一节课伍老头儿发了套他自己出的练习卷，出其不意来了次课堂小测，正好检验这段日子学生们的学习成果。

拿到卷子的那一刻，云雨生只觉得眼前一黑。第一道选择题就已经彻底把她难住。

她眉头紧皱，握紧了手中的笔，对着草稿本无从下手，侧头偷偷看了一眼程千峪，他居然已经开始在做后边的解答题了。他几乎不怎么需要用到草稿纸，唰唰地在卷面上行云流水写下运算步骤。

时间变得缓慢又难熬，云雨生坐立难安，只觉得试卷上那些数字似乎扭曲起来，一个个张牙舞爪，都在嘲笑她。

百无聊赖间，她又一次用余光偷看身旁的人，没想到这一次会直直撞上他深邃的视线。

程千峪这会儿已经做完了所有的题，他稍垂眼眸，云雨生来不及遮挡，少年的眸光已经落在了她那空白的卷面上。

云雨生的心脏猛跳，被巨大的自卑感压得喘不过气，慌乱间手中的笔已经自动在第一道选择题后边的括号内填了字母 C。

“错了。”

程千峪突然开口，声音冷冰冰的，又哑又凉。

云雨生不自在地垂下眼，手指攥紧笔杆，手背上半透明的青色血管若隐若现。

下一秒，程千峪又凉凉地开口道：“答案是 A。”

好在，他的语气不带任何情绪，无论是轻蔑还是嘲讽，都没有，仿佛只是单纯看不惯她胡乱选择的错误选项。

丝毫不怀疑程千峪提供的答案，云雨生几乎是立刻便画掉了刚才瞎填的“C”，很快就把“A”写了上去。

第二节课时，伍老头儿将选择题的答案写在了黑板上，第一道题的正确选项果然是 A。

“选择题的部分需要讲吗？有问题的同学可以举手，都没有问题的话就过了……”

伍老头儿向来不喜欢讲解这种最基础的题目，往往都是把重点放在了最后面的加分大题。

这类基础题对于成绩中上的学生来说也确实没有讲解的必要，而对于成绩不好的学生来说，他们宁愿课后自己钻研半天，也不愿意当堂举手。

也许这就是差生莫名其妙的自尊心吧，看着前边的同学全部低着头，云雨生也没有打算举手。

“好，那咱们继续——”对于学生们的沉默，伍老头儿早就习以为常，正准备继续往下讲，扶了扶眼镜才看到最后边的男生不知在何时举起了手。

“最后边那位穿黑色衣服的同学，你有哪道题需要我来讲解？”

伍老头儿定睛一看，才发现举手的是程千峪。他记得这个学生是竞赛的好苗子，因此对程千峪也多了几分耐心。

“第一道题。”

程千峪这一出声，几乎所有人都回头看了过来。

今天太阳是从西边升起的吗？居然连程千峪这样的学神也有提问的时候，而且问的还是这么简单的选择题。

云雨生的眼睛忽地瞪大，对程千峪的反常举动感到分外诧异。

他明明一早就会做这道题，为什么会举手？

“第一道题？”伍老头儿显然也很纳闷，随即便说道，“行，那咱们现在来看一下这一道题，首先……”

云雨生来不及多想，连忙跟上伍老头儿的思路，在试题的空白处记下解题步骤。

也许是因为程千峪起了个头，后面渐渐有越来越多的人主动举手，伍老头儿不得不把整张卷子从头到尾全讲解了一遍。

云雨生飞速记下黑板上的公式，无意间侧头看向程千峪，才发现他压根儿没有在听伍老头儿评讲试卷，而是专注地做起了物理题。

也对，这种基础的题他闭着眼睛就能做对，本来就没有听伍老头儿啰唆的必要。

奇怪，云雨生再一次觉得，程千峪这个人还真是高深莫测。

在那双漆黑的眸子里，满是浓得化不开的雾，而雾的后边会是怎样一片幽深的森林？她不得而知。

但在这一刻，云雨生对程千峪的反常举动很是感激。如果不是他，这些题目她回去研究上一百年估计都不会有结果。

察觉到云雨生的注视，程千峪停下了笔，脑袋稍侧，那双浅淡眸子突然盯住了她：“还没听懂吗？”

嗯？

云雨生嘴巴微张，被他的话问住了，好半天才反应过来，程千峪的意思难道是……

刚刚，他是因为她不懂才故意举手向老师提问的吗？

后知后觉地，她心里有个答案呼之欲出。

见云雨生不说话，程千峪眉心有些不耐烦地跳动了下，薄唇微动：“哪道题还不会，嗯？”

这是两个人同桌以来，程千峪第二次主动和云雨生说话。

云雨生的手心沁出一层薄汗，对方的视线落在自己的侧脸，像是要一层一层将她拆开分解，无端叫人心神不宁。

“课本拿来。”

少年音色冷冽，隐含不容拒绝的意味。云雨生手忙脚乱地想往桌下翻找，几乎是同一时间，他那白皙修长的大手已经重重搭在她的一沓教材上。

身下的长凳被她的身体带着往后拉扯，与地面摩擦划开了一道刺耳的声音。

这尖锐的声响让许诗音回过头来疑惑地看了看云雨生，她的脸一下子红到耳根。

程千峪淡淡睨了云雨生一眼，目光落在刚才拿起的小册子上——《恶魔总裁别吻我》。

他的嘴角抽了抽，很快就将它放回桌肚。下一秒，他终于找到云雨生的数学课本。

空白处记满了笔记，所有公式和定义被荧光笔涂上各种颜色。

程千峪神色微变，缓缓吐出一句：“笔给我。”

虽然并不知道对方是什么意图，但云雨生还是立刻像献宝一般恭恭敬敬地将自己的黑色水笔递了过去。

她有些不安地偷觑着程千峪的表情，但他的眸光仍是波澜不惊，让人猜不出他正在想什么，只有那支水笔被他放在手指间来回转动。

似乎是过了一个世纪那么久，云雨生终于等到了来自程千峪的宣判——

“打了三角形的题做一遍，明天交给我。”

嗯？

什么意思？

云雨生的脑海里闪过一个个问号，恍神之际刚才被程千峪拿走的数学课本已经稳稳落在她的面前。

摊开的那一页上，好几道题目的前边果然被画上黑色的三角符号。

程千峪说，做完了明天交给他。

云雨生回忆了好几遍，再次确定自己没有听错。

所以学神是终于看不下了，忍不住出手了？

余光中，程千峪已经起身朝着祁序他们那边走去，后背清瘦挺直，垂在校裤边上的手臂修长匀称，隐约可见凸起的青色血管，腕骨略显锋利。

云雨生别开眼来，莫名松了一口气，正好对上了许诗音有些探究的视线。

“感觉你和班长关系挺好，你们以前认识吗？”

这话突如其来，云雨生有些不明所以。虽然两个人共用一张课桌，然而除了今天，她和程千峪几乎没有交流过，不知道许诗音是如何得出他们关系很好的结论。

“不认识的……”云雨生小声回答，眸光清澈坦荡，却仍是不敢直视对方。

可落在许诗音眼里就不是那么回事了，她只觉得云雨生眼神闪躲，更加证实了自己的猜测。

翌日，云雨生刚到教室，一眼便看到祁序跷着二郎腿，正坐在她的座位上和程千峪说着什么。

见到她来，祁序难得地没有出言不逊，懒懒地起身拉了张长凳在一边坐下，似乎没有要离开的意思。

云雨生垂着双眸默默地从另一边挤了进去，刚放下书包，程千峪已经扭头看了过来。

“写完了？”

她愣了一会儿，才反应过来，急忙拉开书包拉链将笔记本拿了出来，摊开后轻轻放到了程千峪面前。

前一天晚上她认认真真将书上的习题誊写在笔记本上，翻了半天参考书才勉强把那些题都算了出来。

程千峪只是略扫了一眼，眉头蹙起，眼睑稍敛，神色仍是清冷。

他不说话，云雨生只能局促不安地呆站着，手都不知道往哪儿放。

她不知道自己此刻的模样落在祁序眼里有多可笑，像是一只被程千峪捏住脖子的小鹌鹑。

“我怎么觉得，这小鹌鹑不是怕我，而是更怕你啊。”

听到祁序这不怀好意的一句，程千峪意味不明地哧了一声，随即把笔记本还给了云雨生。

小、鹌、鹑。

云雨生在心里默念了这三个字，敢怒不敢言，只能偷偷给祁序打上“丧门犬”的标签。

两个年级风云人物都围在她身边，一个清冷自持，一个桀骜散漫，他们这一处自然是惹来了不少女生的关注。

云雨生无意间抬头，看到走廊上有个穿着黄色T恤的女孩儿正往他们这边看了过来。她愣了一下，总觉得对方看起来有些眼熟，却始终想不起在哪里见过。

流言蜚语传播的速度永远都是最快的，云雨生只是去了趟洗手间，回来的时候班里的女生已经开始传起她的谣言。

“她胆子还真大，故意抢祁序的位置，不就是想跟班长坐一块儿吗？”

“不过这人未免太自信了，就她长那样，班长会看得上她才怪。”

几个女生围在郑岚的桌前，七嘴八舌说了起来，一边说一边还用不善的眼神盯着最后排的云雨生。

这一刻云雨生莫名其妙就和段晴霁得到了同样的待遇，成了全班女生的眼中钉。

接下来的日子，她逐渐感觉到所有人对自己的排斥。

轮到她们小组值日时，其他女生凑到一起说笑，把整个教室的打扫任务留给了云雨生一个人。

做课间操时，原本站在云雨生左右的人远远和她拉开距离。

体育课上，也没有人愿意和云雨生一组，她只能自己在垫子上做着仰卧起坐，没有一个人愿意过来帮忙按住她的双腿。

国庆假期即将来临，在放假之前，学校组织了一场安全教育讲座，整个年级的学生都聚集到一楼的大教室。

云雨生去的时候只剩下最后面一排的座位，她抱着笔记本在靠窗的位置坐下。

讲座即将开始的时候，教室后门被无声推开，带着一阵似有若无的香气，段晴霁轻轻坐到了云雨生的身旁。

同样是被其他人孤立的两个女生，第一次凑到了一起。

云雨生偷偷打量着段晴霁，又一次因对方明艳精致的长相感到自惭形秽。

段晴霁的发尾似乎烫过，微微往内卷，发丝金黄，在阳光下格外显眼。

云雨生突然便想起她小时候最渴望拥有的、商店橱窗里那个精致的洋娃娃，眼前的段晴霁跟它一模一样，就连忽闪忽闪的大眼睛、浓密卷翘的眼睫毛都相差无几。

无端地，她就对段晴霁生出许多好感来。许多年后云雨生才后知后觉，原来这种行为，就是人们常说的“颜控”。

察觉到云雨生的注视，段晴霁忽然低下头，快速在笔记本上写了几个字，随后推了过来：

看我？

最后的问号段晴霁落笔极重，力透纸背，看得云雨生有些心惊胆战，一时之间，不知道自己是不是惹怒了她。

云雨生心虚地低下头，唰唰地在纸上回复了两个字：

抱歉！

云雨生的字是方方正正的，像是小学生那样一笔一画的字体，看起来有几分一本正经的可爱。

段晴霁突然小声地笑了出来，提笔在“抱歉”两个字下继续写下：

你叫什么名字？

似乎，这是自幼儿园毕业以后，第一次有同学这样问自己。云雨生有一瞬间顿住了，说不清心头涌上的那种感觉是什么，像是嫩绿色的小芽冲破了泥土，终于到达地表。

她小心翼翼地将自己的名字写了上去：

云——雨——生。

段晴霁缓缓地念了一遍纸上的三个字，凑近了些，对她小声道：

“我们的名字正好相反呢。”

雨生，是因为云雨生出生的那天阴雨绵绵。

而晴霁，却是指雨过以后，晴空万里。

云雨生也反应了过来，嘴唇动了动，有些不知道怎么接段晴霁的话。

“你是程千峪的同桌吧？”

段晴霁托着下巴，盯着云雨生的侧脸。少女的肤色很白，额头光洁，小巧的耳垂被阳光染上浅浅的桃粉色，乌黑柔软的发丝垂在她的眉眼前，看上去就很乖。

“嗯。”云雨生说完后还有些不安，无意识紧咬自己的下唇。

“难怪，郑岚没少针对你吧？”

听段晴霁这语气，她似乎也听说了云雨生和程千峪那莫名其妙的传言。

不知道段晴霁是不是也觉得那些流言十分荒谬，云雨生只觉对方是向着自己这边的。

于是她迟疑地点了点头，下一秒便看到段晴霁一副了然的样子。

“没事，她们就爱玩那种小把戏，孤立就孤立呗，咱们还乐得自在。”

和云雨生想象中的并不太一样，段晴霁很是健谈，本来无聊沉闷的一个小时，因为她的到来，时间便过得飞快。

女生的友谊总是来得莫名其妙，她们从吐槽学校的老师和同学，到聊起喜欢的小说，似乎有说不完的话题。

多数时间是段晴霁语速飞快地说着，而云雨生只是安静倾听。

讲座结束时，段晴霁还有些恋恋不舍，拉着云雨生的手晃了晃：“雨生小同学，咱们假期后见。”

“好，下次见。”

望着段晴霁离去的背影，云雨生仍感觉自己像是在做梦。

难以置信，她好像交到了第一个朋友。

还是那样闪闪发光、肆意又张扬的人。

这一天走出北涪六中的校门，云雨生突然对这座城市、这所学校，有了那么一点儿归属感。

国庆假期北涪市所有中小学都放了七天的长假，于是照顾弟弟云日升的任务就落到了云雨生的头上。

云雨生自小跟着奶奶长大，一年到头只有春节的时候会见到自己的父母和弟弟，因此对云日升的感情并不算深厚。

云日升被许慧芬宠得有些无法无天，一不顺心就会对着所有人大呼小叫，同时会把手头能碰到的东西乱摔一通。

假期的第一天，云雨生就被这个小祖宗折腾得精疲力竭。

洗好了中午用过的碗筷，她刚把地上扔得到处都是的衣服和袜子收拾好，抬头一看，云日升不知道又跑去了哪里。

少了他在耳边大喊大叫的吵闹声，云雨生瘫坐在地板休息了一会儿，难得地喘了口气。

窗外天色暗了下来，对面楼房的窗口陆陆续续亮起了灯。

也许是白天又受了同事不少气，许慧芬回家的时候脸色一片阴沉，说话语气都带着刺。

云雨生吓得大气也不敢出，躲在厨房里熟练地倒油炒菜，被热气熏得脸颊发烫，后背也出了不少汗。

她刚把饭盛出来，许慧芬突然冲进厨房，一手还拿着个衣架，一副怒火中烧的模样："你这个丫头就是个讨债鬼！"

云雨生拿着饭勺的手停在半空，有些茫然地望着眼前这个将自己生下来的女人。

就好像她做了什么天理不容、十恶不赦的事情一般。

"还敢瞪着我？"许慧芬大吼的同时，钢芯衣架已经落在少女的手臂上。

剧烈的抽痛感缓过以后，慢慢又变成不断灼烧的钝痛感，从四肢蔓延开来。

她疼得喘不过气。

如同狂风卷过平原，云雨生无处躲避，觉得自己好像一艘漂浮在海上的小船，被风雨和涛浪一寸寸摧毁，连呼叫都失去了意义。

分不清是衣架落到身上痛一点儿，还是许慧芬的话刺得她的心更疼一些，云雨生心里只有一个念头：消失吧。

不要再惹人生厌了。

她跌跌撞撞地往外跑，可是跑到巷子口的时候，又变得迷茫起来。

北涪很大，有高楼大厦、灯红酒绿，也有破败的老房小巷，随处可见的晾衣杆。

迎面而来的每个人都形色匆忙，辛苦了一天的上班族、急切想回家见到妻儿的男人、期待着与男友约会的时髦女郎……

但这一切都与她云雨生无关，在这里，她是那样可有可无。世界很大，可没有一个地方是她的归属。

她漫无目的地在街上晃着，直到双腿再也走不动。

看到不远处的石凳，云雨生才突然发现，原来她不知不觉走到上次经过的废弃球场。

这一带鲜有人来，她总算可以痛痛快快哭一场，不用担心被任何人看见自己的狼狈。

云雨生抱着双腿坐在石凳上，忍了许久的眼泪顺着脸颊往下掉。

来到北涪以后她每天都过得小心翼翼，生怕惹得父母不痛快，说起来已经很久没有这样发泄过了。

沉浸在自己的悲伤中无法自拔，少女哭得太过专注，完全没听到身后的脚步声越来越近。

“大姐你这也太吓人了吧！”

熟悉的声音从耳后传来。

云雨生抽抽搭搭着转过头，祁序那张玩世不恭的脸一下子凑到她眼前，仅仅只有五厘米的距离。

她下意识惊呼出声，下一秒才发现这还是自己第一次在人前发出这么大的声音。

祁序漫不经心地掏了掏耳朵，直接在云雨生旁边坐下。云雨生往一旁挪动了点儿，这才看到不远处站着的几个人影。

站在中间的少年身形修长俊逸，宽大的白色T恤松松垮垮扎在黑色的休闲裤中，双手插兜，神色懒倦，眸光晦暗不明。

而站在他旁边身穿黄色长裙、眉眼弯弯的女孩儿，就是上回在走廊上看着云雨生的那位。

“老程，你看这是谁来着？”祁序有些夸张地喊了声，“你的小鹌鹑居然在这儿哭。”

原本远远看到一个娇小的身影坐在一片漆黑里，他还以为是哪家离家出走的小孩儿，没想到居然会是程千峪那家伙的同桌，哭得泪眼婆娑，看着可怜兮兮的。

云雨生回过神来，又羞又气。老人常说冤家路窄。她怀疑祁序这只丧门犬就是她的克星，怎么走到哪儿都能碰到这家伙？

而且他怎么总是喜欢胡说八道，什么叫“你的小鹌鹑”，他这话说得好像她是程千峪的所有物一般。

还有，她才不是什么小鹌鹑！

反正已经这么丢脸了，云雨生顾不上许多，气呼呼地骂了他一句：“你才是鹌鹑！”

“你居然骂我！你——”祁序作势要给她一拳，电光石火之间突然想起了什么，有些惊讶道，“原来小鹌鹑会说话啊。”

仔细想想，开学这么久，这还是祁序第一次听到这小土妞儿开口说话，祁序有段时间还以为云雨生是哑巴来着。

感觉到头顶罩下来一片阴影，云雨生慌乱地垂下头。程千峪已经走近，长臂搭在祁序的后颈上，略含警告意味道：“别欺负她。”

周蛮蛮也走了过来，用力推了祁序一把，没好气道：“你一天到晚欺负个女孩儿算什么？”

“阿序就是说话不过脑子，你别在意啦。”黄裙子女孩儿像老朋友一样熟稔地拉起云雨生的手，安慰道，“你心情不好吗？可以和我们说说的。”

这么多人围了过来，云雨生更加局促不安，抬眼看到面前女孩儿温柔的浅笑，才突然记起她的名字——孙婉妍。

“没事……”她小声说了句，也不知道其他人有没有听见。

孙婉妍从包里掏出一小包餐巾纸递了过来：“擦一下脸吧。”

柔软还带着些清香的纸巾让云雨生有些舍不得用，将其紧紧握在手心。

女孩子们一向心思细腻，孙婉妍很快就把祁序他们拉到另一边的石凳。几个人说说笑笑，那种氛围让云雨生很是羡慕。

除了程千峪和祁序，一起的还有一个留着板寸头的男生，肤色是健康的小麦色，一张脸如刀削一般棱角分明，是很硬朗的长相。

他们正聊得起劲儿，说的都是初中时候的趣事。只有程千峪不怎么说话，偶尔给一个单音节的回应。

云雨生的注意力被转移了些，心里的阴郁也消散了不少。

她正准备起身离开，却被祁序突然叫住："喂，小鹌鹑你别跑啊。"

他的语气听上去懒懒的又欠扁："一起玩嘛。"

云雨生翻了个白眼，她和他们熟到这个地步了吗？这丧门犬还真是自来熟。

"对呀，跟我们一起吧，"孙婉妍起身，笑眯眯道，"难得能碰见。阿序你们先去买点儿喝的，我们三个女生聊聊。"

孙婉妍一开口，周蛮蛮也附和道："雨生快过来，我们还没怎么聊过天呢。"

半推半就，云雨生便被两个女孩儿架到了他们那边。此时程千峪站了起来，漫不经心地朝她看了一眼。那双狭长的眸子在黑夜里亮得出奇，像是盛满了点点星光。

不同于在学校时那样清冷疏离、生人勿近，现在的他简洁清朗，像是邻家大哥哥一般。

云雨生的心突然瑟缩了下，下意识地别开了双眼。

"你喝什么，同桌？"他低头问了她一句，音色冷冽，如同月光下的清泉。

还没等云雨生回答，祁序已经替她发言："给她买瓶酸奶好了。"

程千峪没有理会，清冷的眸光垂下，落到少女柔软的头顶。

难得见到她不穿校服的样子，灰色的长T恤罩住小巧的身子，踩着人字拖的一双脚也是小小的，从头到脚都写着"好欺负"三个字。

"酸奶？"

云雨生不自在地点了点头，轻声道："嗯。"

"行，等着。"

夜风中，少年的声音里含着些微笑意，莫名有种蛊惑的意味。

三个男生一走，周蛮蛮揉了揉云雨生的头顶，指间的发丝很细很软，让她有些舍不得放下。

"你发质好好呀，为什么不留长头发呢？"

盯着脚下的小石块，云雨生想，周蛮蛮的妈妈一定不会以长发浪费洗发水这样的理由强迫女儿剪掉头发吧。

见她没回答，周蛮蛮语气还有些遗憾："真想看看你长头发的样子，一定很好看。”

好看吗？

云雨生有些出神，从没有想过平庸的自己会有被夸好看的一刻，但周蛮蛮似乎真的很期待看到长头发的她。

“我……”她轻声道，“明年应该就能变长吧……”

如果那个时候，她有勇气反抗的话。

没过多久的时间，祁序他们已经买完饮料回来。

少男少女们并排坐在篮筐下，保持着不远不近的距离。云雨生和其他人都不熟悉，便坐到了最右边。

夜风渐凉，月光皎洁，将每个人的身影都拉得很长。

右手边有人坐下，带来一阵清冽的皂香，像是初夏暴雨清洗过的枝头绿叶，气息水润又干净。

云雨生侧头，发现程千峪今天穿的是一双设计简约的小白鞋。

似乎，和孙婉妍脚上的鞋是同款。

她在心里揣测着，视线里突然出现了少年青筋尽显的手臂，手腕线条锋利，腕骨凸起，手窝凹陷，末端骨节分明。

程千峪单手支起撑在地面，微微俯身，另一只手递了瓶酸奶过来。

云雨生不接，他也没有催促，握着酸奶瓶的手仍是悬在半空。

两个人莫名就陷入僵持状态，直到孙婉妍出声打断：

“你们在聊什么？我也想听。”

眸光中瞥见黄色的裙角，云雨生有些不自在，快速接过程千峪手里的酸奶。

有一瞬间，她的指尖擦过少年的掌心，触感有些粗糙，像是长期打篮球磨出来的薄茧。

回过神来，云雨生已经垂下头，手指紧紧握着酸奶瓶。瓶身冒着冷气，上边的水珠晶莹，应该是刚从冰柜里拿出来的。

孙婉妍坐到了云雨生与程千峪的中间，声音软糯，带着不易觉察的撒娇意味：“阿峪，高中的物理变得好难呀。”

程千峪往边上挪开了些，单手拉开易拉环，可乐的气泡声“咕噜咕噜”，伴随着少年喑哑的音色。

“还好。”

即使身旁的人是孙婉妍，他仍是那样冷淡。

气氛陷入短暂的沉默，云雨生用T恤下摆擦了擦手，用尽了全部的力气，仍是无法拧开酸奶的瓶盖。

她正要放弃，程千峪突然越过中间的孙婉妍，伸手抢过那瓶酸奶。

云雨生的手瞬间僵住，再抬眼时，他已经将瓶盖拧开，又把酸奶递了过来。

“……谢谢。”不知道为什么，她的声音有些颤，像是被风一吹就会不见。

莹洁的月光照在程千峪的身上，更衬得少年清冷内敛。

她微微仰头，尝了一小口，浓稠的酸奶口感软绵绵的，草莓果粒带着酸甜。

云雨生慢吞吞地抿着，舍不得一口气喝完，手腕上的红痕似乎也变得不那么疼了。

在这个看不见星星的夜晚，云雨生从程千峪他们身上寻到了一点儿慰藉，即使在这个时候，他们还没有成为多么要好的朋友。

回家的时候，许慧芬已经睡下了。云雨生进门的时候，云建国正坐在客厅里喝着啤酒。

“今天和你妈吵架了吧？”他放下酒瓶，从裤兜里掏出打火机，慢悠悠地点燃了烟，吸了一口才又说，“你妈就是脾气急了点儿，你别跟她顶嘴。”

云雨生沉默着，不知道该说什么。事实上，直到这一刻，她仍不知道自己错在哪里。

来到北涪的这两个月，她每天都胆战心惊，连睡觉都不安稳，生怕自己惹得父母厌烦，但是她到底做错了什么呢？

假期的最后一天，云雨生才知晓了答案。

许慧芬在外套口袋里放了一百块钱，那天回去的时候却怎么也找不到。她心急如焚，一会儿认为是女儿偷了钱，一会儿又觉得是自己洗衣服的时候弄丢了。

又因为当天被领导穿了小鞋，许慧芬脾气爆发，于是不分青红皂白就把云雨生当成了出气筒。

最后是许慧芬在儿子的抽屉里发现了一整套漫画，逼问之下才知道那一百块是被他偷走的。

许慧芬又气又急，却还是没舍得打骂云日升，只是吼了云建国一句：“你看你养的败家子！”

彼时云建国黑沉着脸，没好气道：“买就买了，别大呼小叫的，让别人听见了不嫌难看？”

夫妻俩因为这一导火索，“噼里啪啦”摔起东西对骂起来。男人嫌女人丝毫不懂体贴与温柔，女人嫌男人没用挣不到钱。

他们不停攻击着对方，浑然忘记他们彼此本应该是世界上最亲密的关系。

云雨生像是在看一场默剧，而她的弟弟缩在角落，还不忘朝她做鬼脸，她厌倦了这一切。

时间依旧不紧不慢地往前碾过，云雨生渐渐在六中找到了不少的乐趣。

郑岚那帮女生依然有意无意针对她，云雨生和段晴霁也因此越走越近。

如果说一开始，段晴霁吸引云雨生的一大因素是那张明艳大气的脸，那么到了后来，让云雨生发自内心喜欢上对方的，就是她那坦荡真诚的性格。

与总是温柔微笑着的孙婉妍不同，段晴霁经常摆黑脸，说话直来直往，她心里想什么都会写在脸上。

“郑岚是不是脑残啊？我跟你做朋友和程千峪有什么关系啊，莫名其妙！”

段晴霁的语气凶巴巴的，戳向云雨生额头的手指力度却很轻。

两个女生朝着洗手间的方向走，这两天一直有传言称一班班花段晴霁找了个小跟班，屈尊降贵和她做朋友就是为了接近程千峪。

这传言也确实离谱，云雨生听到时都觉得不可思议，难道在其他人眼里，她和程千峪关系有那么亲近吗？

她回想了下，这段时间以来两个人仍然很少交流，只是程千峪好像很喜欢给她布置作业。

云雨生不敢反抗，每次他布置下来的题目，她都会老老实实完成。说起来也奇怪，她发现程千峪每天给的题目都是同一类型的基础题，做得多了，她慢慢就懂得举一反三。

一段时间下来，她的数学成绩似乎提高了一些。

“唉，程千峪那个兔崽子是真的不跟女生玩。”

自从段晴霁无意感慨了这么一句，云雨生这一节课都没有办法专心，好几次都没忍住偷偷往程千峪身上看。

最后一次偷窥时，她直直撞上了程千峪淡漠的视线。

“好看吗？”

少年嘴角微扯，语气里藏着微不可察的揶揄与恶劣。

有种在犯罪现场被当众抓住的感觉，云雨生羞红了脸，连呼吸都停住了几秒。

“小、鹌、鹑。”

程千峪缓慢地掀了下眼皮，神情疏懒：“我的脸上没有写答案。”

什么小鹌鹑，我才不是！

云雨生在心里第一百次咒骂了祁序，都怪这丧门犬瞎给她起名，没想到连程千峪也这么叫她了。

不过，少年音色清冽，连念这三个字，听起来都那么缱绻，比祁序那公鸭嗓叫起来好听不少。

云雨生正恍神，耳垂上猝不及防传来微小的痛感。她错愕了下，有一瞬间以为是自己出现了幻觉。

她僵硬地扭过头，程千峪已经若无其事缩回手。

然而，千真万确，刚才那一刻不是她在做梦。

程千峪的语气却仍是波澜不惊：“好好听课。”

他的嘴角扬起很轻的弧度，冷峻的眉眼都温柔了几分。

居然还这么镇定！仿佛刚才做了坏事的人不是他。

云雨生瞪着他轮廓清晰的侧脸，说不清楚是恼怒还是害羞，耳根泛起一片红。

心跳声格外剧烈，让她的呼吸都变得有些不稳。

云雨生再次侧过头，气呼呼的。

程千峪略低着头，抬手撑着额角，黑短的碎发遮住他的眉眼，看不清表情。

静默了几秒，他的肩膀突然小幅度抖动了下。

似乎是，在憋笑？

云雨生觉得自己的想法有些荒谬，程千峪这样的“高岭之花”，会因为这种幼稚的事情偷笑吗？

她垂眸看回课本，可下一秒却突然听到从程千峪的胸腔溢出的一阵闷笑声。

低低的，微不可闻。

楼下的梧桐树似乎是在一夜间全染成金黄的，热气消褪，秋风里带来瑟瑟的凉意。

六中也在金秋十月迎来了一年一度的运动会。

这段时间，班主任对男生们把篮球带到教室的行为睁一只眼闭一只眼，于是课间的时候，少年们在略显拥挤的教室里你追我赶，为了一个篮球抢得满头大汗。

祁序一向玩心重，他往教室里扫了一圈，又想出了新点子——在全班来回传球，在预备铃响起的时候，球在谁手里，那个人就要起身接受惩罚。

女生们半是羞涩半是好奇地点头答应了，而因为有了女孩儿的参与，男生们更是充满了激情。

云雨生却有些抗拒这样的小游戏，就像幼儿园时一群人玩击鼓传花，每一回她都是全程高度紧张，生怕音乐结束时捧着那烫手山芋的倒霉蛋会是自己。

她身旁的少年对这些似乎没有任何兴趣，神情淡漠，周身的冷意让其他人也自发地将其划出了游戏范围。

毕竟除了祁序，谁也没胆量给程千峪传球。

他们这个角落似乎被其他人遗忘，这几日的传球游戏都没有打扰到这一块的宁静，云雨生小小地松了一口气。

如果不用参与，只作为旁观者来说，这个游戏确实很有意思。

男生们拿到球时多半会看向关注的女孩儿，甚至远远将球朝她抛过去。而被传球的女孩儿要么羞涩地接住，要么视而不见躲开。

这个年纪的男孩子表达情感时多少都有些笨拙，为了引起心仪女孩儿的注意，总是采取这种欺负她的方式。

被体育委员第三次传了球过去的段晴霁脸色阴沉，显然已经是在坏情绪爆发的边缘。

云雨生注意到段晴霁的表情，突然有些忍俊不禁，捂着嘴巴小声地笑了出来。

虽然声音不大，但程千峪还是听到了。他脑袋稍侧，眉眼染笑，丝毫没有顾忌地落到她的面上。

校服外套露出里边白色T恤的领口，脖颈处微凸的喉结滚动了几下，锋利的下颌线略显清冷……

再往上，少年肤色冷白，剑眉星目，矜贵又孤傲，眼下那颗小小的泪痣，又为他增添了一种恣意。

被他这样肆无忌惮又专注地盯着，云雨生的心跳便快了半拍。

有种奇妙的气氛在两个人之间流转，似乎周围的喧闹都与他们无关。云雨生并不知晓那是什么，手心却慢慢沁出了一层薄汗。

预备铃突兀又急促地响起，云雨生忽然听到祁序大声喊了一句："小鹌鹑，接着！"

刚抬起眼，伴随着呼呼的风声，篮球猝不及防精准地朝着她砸来。

完蛋！

那一瞬间云雨生的脑海中只闪过这样一个念头，这丧门犬一定是想置她于死地。

她瞪大了双眼，眼睁睁看着那个球迎面而来。

就在云雨生等待着即将来临的疼痛感的同一时间，程千峪眸光倏地一寒，以迅雷不及掩耳之势伸手横到她眼前。

下一秒，篮球被他的手稳稳接住。

云雨生愣在原地，微微仰头，那个球已经被程千峪用右手食指支撑着，在他的指尖上飞速转动着。

他的手指骨节分明，指甲边缘修得整齐圆润，单单只用一根手指，就能将篮球稳稳地托住，这一项技能又刷新了云雨生对他的认知。

"没收了。"

少年冷淡的一声，如一颗石子丢入水中，在她的心里泛起一阵波澜。

听到这一句，其他人都垂头丧气地转过身去，只有祁序挑了挑眉，目光越过程千峪直视着云雨生。

啧，还挺护着。

这一节课云雨生走神好几次，下课铃一响，段晴霁迫不及待朝着她这边跑来。

苏园、许诗音她们正好去了洗手间，段晴霁毫不客气地在她们的凳子上坐下，手臂撑在云雨生的课桌上。

段晴霁这张脸犹如剥了壳的荔枝一般，水嫩妍丽，叫人移不开眼。

云雨生再一次看呆，可程千峪却视而不见，低着头不知道正在看什么书。

一瓶橙汁被放到云雨生的面前，云雨生有些不解，段晴霁难道是拜托自己帮忙转送？

“喏，给你的。”

说起来也奇怪，段大小姐似乎格外钟爱这个牌子的橙汁，每天都带好几瓶来学校，有段时间云雨生常常担心她会不会因此得糖尿病。

“放学一起去书店吗？我迫不及待想看下册了！”段晴霁用力抓住云雨生的双手，满脸写着期待，大有“你要是不同意我就不放开”的意思。

云雨生无奈地点头：“……好。”

两个女生最近很喜欢某位言情小说作家，几乎把她的所有作品拜读了一遍，被她那细腻的文笔和笔下男女主角错综复杂的爱恨纠葛彻底吸引。

段晴霁心满意足地离开后，云雨生弯腰在桌肚里翻找下节课要用到的课本，顺便整理了一下课桌。

刚把课本和教辅资料分类好，她突然发现有些不对劲儿。她今天早上带过来的那本言情小说不见了！

云雨生认真回忆了下，她出门前的确把那本《哥哥别闹》塞进书包了，早读前还拿出来翻了几页。

奇怪，怎么突然就不见了？

云雨生找了一圈，甚至连地上都没放过，可还是没看到那本小册子的踪迹。

她正纳闷着，突然瞥到程千峪手指触碰到的那一角封面——那充满少女心的梦幻粉色的小册子不就是自己找了半天的《哥哥别闹》吗？

怎么到他手里了？

云雨生肩膀完全僵住，缓慢地转过头，再次确认，程千峪从刚刚到现在认真看了那么久的书，居然是她带来的言情小说。

像是一道雷劈过头顶，云雨生张着嘴，半天都没有发出声音。

谁会相信，稳坐年级第一宝座的清冷学神程千峪，有天也会看这种狗血言情，还看得津津有味。

一定是她在做梦吧。

似乎是察觉到云雨生的注视，程千峪漫不经心地抬眸看了过来，狭长的眼里满是戏谑，嘴角弯起，缓缓吐出一句："在找这个？"

少年修长的手指捏住书册的左下角，轻轻放回她的面前，声音懒懒带着些薄凉。

云雨生像是瞬间变成一个高压锅，头顶呼呼往上散发着热气，面红耳赤，连呼吸都变得有些急促。

想到这本小说的内容，她便恨不得找个地缝钻进去。虽然云雨生只看到前面几章，却也知道这个故事有多么火辣且少儿不宜。

它写的是粗线条傻白甜的女主人公与腹黑帅气的男主人公阴错阳差同在一个屋檐下，由此开展了一段令人心跳飙升的狗血爱情。

《哥哥别闹》封面上那四个字在她的面前不停放大，张牙舞爪着将她卷起，最后狠狠把她踩在脚下。

只听当的一声，少女忽然头朝着桌面趴下，额头被砸出一个大包，她也浑然不觉。

就当她死了吧。

真的太丢人了!

估计这会儿在程千峪的心里，她就是个奇奇怪怪的女生。

开学两个多月以来，云雨生维持的沉默寡言、安静乖巧形象瞬间坍塌，她在心里哀号了一声，就此躺平了。

在所有人的翘首以盼中，运动会终于在本周六拉开了帷幕。

秋高气爽，晴空一碧如洗，学校里挂满了彩色的横幅，上面书写着各个班级令人热血沸腾的口号。

上午是高一年级的接力赛，班上大半的人都参与了。云雨生被体育委员自动忽略，而段晴霁向来不喜欢加入这种会让她出汗的活动。

两个女孩儿背靠背坐在草坪上，目光眺着不远处。

四个班级的学生排成四支队伍，同时在赛道上摩拳擦掌，竖着耳朵等待着口哨吹响。

一班为首的是苏园，她今天罕见地没有扎着标志性的双马尾，而是将头发全部绾起，盘在后脑勺儿。

苏园右手边的是二班的孙婉妍，她仍披着头发。比起苏园的活力满满，孙婉妍看起来要弱不禁风一些。

队伍的最后面，程千峪眼睫低垂，看不清任何情绪。他双手插在兜里，神情闲散，周身仍是万年不变的清冷与淡漠。

少年意气风发，光是站在那里，就足够耀眼，夺走了许多女生的注意力。

而他面前的祁序一副没睡醒的样子，侧身站着，懒懒散散的。

云雨生很快便听到身旁有女生在偷偷议论着他们两人：

“那是一班的班长吧？天啊！他真的好帅！”

“我感觉他旁边那个祁序更有型啊，又痞又野，有种日系花美男的感觉，呜呜！”

“还是程千峪更帅点儿吧。一班的女生也太幸运了吧，我们班男的怎么都是些歪瓜裂枣啊，惆怅……”

云雨生听得想笑，却又不好意思笑出声来，而段晴霁已经一脸黑线。

“祁序那王八蛋哪里帅了，我看他就是只泼猴，讨厌死了。”

对于段晴霁的吐槽，云雨生点头深表赞同，弱弱道：“说起猴子，我觉得他更像哮天犬……”

“照你这么说的话，那老是被他跟着的程千峪，不就是二郎神？”段晴霁脑子一热，脱口而出，三秒后，她不顾形象地“哈哈”大笑起来，甚至到了后来捂着肚子笑出了眼泪，好半天才平复下来。

“小雨生，”她一边擦着眼角的泪，一边拍了拍云雨生的肩膀，“我以前怎么不知道，原来你才是天才，真的，太有才了！”

二郎神和哮天犬，程千峪和祁序。

段晴霁怎么想都觉得又诡异又贴切，她忍不住伸手揉乱云雨生的头发。这小丫头真的又乖巧又呆萌，大脑天马行空，太有意思了。

说笑间，裁判已经吹响了口哨，第一排的选手如同发出的弓箭，飞速朝前奔去。

苏园个子虽小，但跑起来却如一阵风，远远领先了其他人。孙婉妍和她们预想中的一般，往回跑的时候便有些吃力，但是姿势依然十分女神。

“嘁，做作。”段晴霁嘀咕了一句。

云雨生侧头看她，有些不明所以。

总感觉段晴霁很不喜欢孙婉妍，就是不知道这两人以前是不是发生过不愉快。

本以为一班这回是赢定了，然而没想到，在最后的关头，周蛮蛮那边出现了意外。

也许是太过紧张，她在给祁序传接力棒的时候，左脚崴了一下，整个人朝着跑道摔了下去，接力棒也飞了出去。

所有人的心都提了起来，祁序顾不上去捡地上的接力棒，下意识伸手把周蛮蛮扶了起来，皱着眉头，看着她小腿上被蹭破的皮肤。

“完了，咱们班输了。”

听到身旁的议论声，云雨生抬头看向跑道，其他班的选手已经跑出去一段距离了，祁序还半蹲在原地安抚着周蛮蛮。

一班的生活委员匆忙跑了过来，带着几个女生扶着周蛮蛮去医务室。祁序这才捡起接力棒，朝着终点处飞奔。

因为这个小意外，场上的形势发生了大逆转，一班从遥遥领先变成了倒数第一。围观的人已经唉声叹气，甚至有的人已经转身准备离开。

云雨生也有些忐忑，眸光落在了一班最后一名选手——程千峪的身上。

日光在少年身上罩上一层柔和的光圈，他不紧不慢地脱下校服外套，单手扯了扯T恤领口，双手用力搓了搓脸。

不远处祁序已经朝着他跑了过来，程千峪忽然抬眸看向云雨生她们这一边，眉眼深远，像是被雨水擦拭过的黑曜石一般，清澈透亮，满怀坚毅。

四目相对，云雨生小声做了个口型：“加油！”

程千峪移开双眼，嘴角弯了下，迅速接过祁序递过来的接力棒，如同一道雷电，嗖地朝着远方飞去。

风驰电掣，鲜衣怒马。

迎面而来的风吹起他额前的黑发，露出冷白的额角，少年眉眼间清冷凌厉，鼻子高而挺，薄唇倨傲地抿着，下颌线绷得紧紧的。

“啊，这兔崽子虽然高冷，不过是真的帅……”

段晴霁一脸花痴，瞬间忘记了不久前她还在嘲讽对方是强大又无情的二郎神。

云雨生紧握拳头，心提到了嗓子眼儿。

还有希望的，但程千峪能追上其他人吗？

她的担忧似乎没有任何意义，因为同学们很快就发现，一班最后一位选手——身穿白T恤的高大少年在拐角处猛地发力，势不可当，一瞬间追赶上另外三名选手，甚至速度越来越快，逐渐把其他人甩在身后。

“赢了！”

随着一阵欢呼声，程千峪轻轻松松越过了终点的白线，跑出去一段距离，才停下脚步，回头和祁序击了个掌。

他甚至没怎么出汗，连呼吸都格外平缓。

女孩儿们已经凑了上去，递毛巾的、送水的、嘘寒问暖的……忙得不亦乐乎。

望着那围成一圈的人群，云雨生忽然有些羡慕。程千峪不仅头脑聪明，运动神经也很发达，难怪能成为人群中的中心。

反观她，有点儿笨又迟钝，运动神经不发达，如果说程千峪是直插云霄的大树，那她就是他脚下最普通常见的小草。

无人在意，透明又无用。

“想什么呢？”段晴霁站起身来，捅了捅云雨生的肩膀，“该我上去表演了。”

“啊？”

云雨生没听明白，却还是乖乖地跟了上去：“什么表演？”

段晴霁冲她神神秘秘地笑了下，侧身闪进了小卖部。

没一会儿段晴霁就抱着大瓶的矿泉水走了出来，云雨生在看清她怀里那个大瓶子时，不禁抽了抽眼角。

不愧是段晴霁，永远不走寻常路。

“我来帮你吧……”

虽然有些惊诧与不解，但云雨生还是上前帮忙托着水瓶底部，跟着段晴霁往操场的方向走。

她们挤进人群，费了九牛二虎之力才冲到了最里面。

程千峪瘫坐在地上，双手撑在背后，肩上搭着他的校服外套，一副懒洋洋的模样。

一旁的祁序正和隔壁班的几个女生侃侃而谈，仿佛刚才出尽风头的人是他一般。

段晴霁抱起她买的矿泉水，一步一步地朝着程千峪走了过去。她下巴微抬，神情仍是高傲，俯视了他一眼，大红的唇一张一合："二郎神，这水给你了。"

段晴霁的声音并不大，但在边上的云雨生听得一清二楚。

她目瞪口呆，完完全全被段晴霁跳跃的思维征服，震惊到失去语言能力。

程千峪显然也没有反应过来，缓慢地掀开单薄的眼皮，那狭长锐利的眸直直对上了云雨生的视线。

这一刻，云雨生第一次在学神的眼里读出了类似于"不解"一类的无奈眼神。

她忽然有些心虚，慌乱地躲开了他深邃而略带探究的目光。

只有段晴霁依旧镇定，重重地将那一大瓶矿泉水放到地上，然后拍了拍手，回过头来看向云雨生。

"搞定了，走吧。"

云雨生后知后觉明白过来，原来段晴霁还没放弃对程千峪的追求。

不过，段大小姐的行为未免太过让人匪夷所思了，正常人怎么也想不出给人送大容量的矿泉水这种事吧。

"这一回程千峪总该被我的诚意打动了吧，别人送的500毫升，我送的可是她们的好几倍！好几倍呢！"

段晴霁比着手指，对自己的决策显然很是满意。云雨生不忍心打击她，只能小鸡啄米般点头。

她顺便在心里，悄悄给程千峪点了根蜡烛。

中午的时候段大小姐回家吃饭，云雨生独自在学校食堂打了份蛋炒饭，坐在窗边慢吞吞地吃着。

"咦，那不是小鹌鹑吗？"

祁序和程千峪提了一句，长腿跨过横在走道上七倒八歪的凳子，朝着云雨生走去：“小鹌鹑，你就吃这么点儿啊？”

云雨生一抬头，祁序那张恶意满满的笑脸出现在眼前。他勾了勾嘴角，有些不怀好意：“难怪发育不良，啧啧。”

心知这类男生是你越生气他就越来劲儿，云雨生懒得搭理，继续低着头吃饭。

听到一声不锈钢餐盘和桌面碰撞的声响，她侧眼看去，视线里出现少年修长的手臂，线条野蛮而流畅，看上去很结实。

撞进程千峪漆黑冷淡的眼，云雨生的气息便有些乱了。

偏偏他还专注地盯着她看，眸光丝毫没有温度地落在她的脸上却让她的脸有些热，心脏猛跳。

“你们够了啊，当我死了吗？”祁序用筷子敲了敲桌面，没好气地吐槽道。

然而程千峪彻底无视了祁序，淡漠的视线仍是落在少女的侧脸上。

“……二郎神？”

他的语气听起来有几分求学若渴的意味，半是认真半是戏谑，嘴角弯起的弧度恣意又恶劣。

果然，他当时还是听到这三个字了。

云雨生莫名心虚，如果被程千峪知道，她们背地里嘲笑他是二郎神，而祁序是那条狗，他会不会生气呢……

她斟酌了下，缓缓吐出一句：“或许，你听过沉香吗……”

程千峪眼眸略垂，长而浓密的睫毛如鸦羽一般颤动了下，忽地，他低低地闷笑出声。

云雨生手中的筷子在半空凝住。窗外是风吹动树叶“沙沙”的声响，午后的日光暖洋洋地铺在走廊上，为生了锈的栏杆镀上一层亮色。

这一刻世界似乎静止下来，周围的一切都褪去颜色，变成没有感情的黑白。

只有眼前的少年带着浓烈的色彩，眉眼间冷意消融，染上纯粹的笑，瞳仁漆黑明亮，倒映着她略带倔强的身影。

扑通！扑通！

云雨生从没有如此清晰地感受过自己的心跳声，身体里的每一个细胞都在欢呼着、叫嚣着，热烈，不知疲倦。

这种感觉到底是什么呢？

少女还不能完全地明白，但她感觉到，程千峪对她而言，开始变得危险起来，她必须得拼命遏制住这种莫名其妙的愉悦感和心慌意乱。

下一秒，云雨生急急忙忙地端着餐盘落荒而逃。

直到走出食堂，她似乎还能感受到背后那道灼热的视线，像是要将她穿透。

“她怎么了？”

祁序有些莫名其妙，那小鹌鹑好像才吃了一半吧，这就不吃了？女人还真是难以理解的生物。

“周蛮蛮那丫头减肥也就算了，小鹌鹑那么小一只也要减肥吗？”祁序碎碎念着。

而程千峪低眸不语，真想敲开云雨生的脑瓜子，看看里边都装的什么。

不过她似乎很害怕自己……程千峪想到这儿，忽然有种挫败感。他可不像祁序这家伙一样动不动就恐吓人，云雨生到底为什么总是躲开他的目光？

就很……不爽。

下午的重头戏是高一高二两个年级的篮球对抗赛。

云雨生和段晴霁会合后，两个人撑着一把伞往 A 区的篮球场走去，那边程千峪他们已经开始了比赛。

本以为关注篮球赛的多是男生，没想到现场被女生们围得水泄不通，她们声嘶力竭地喊着口号，犹如排山倒海。

云雨生个子矮，眼前黑压压一片，她努力踮起脚，还是看不到里边的情况。

“让一让！让一让！”

段晴霁拉着云雨生的手不断往里面挤，好不容易两个人终于找到一班的据点，在计分板边上找了个空位站好。

负责计算比分的是二班的女生，其中就有孙婉妍。看到云雨生，她笑着点头示意，又继续抬眸去寻找场上那个人影了。

云雨生往后退了一步，才朝着场上看去。红队是高一年级，蓝队则是高二的师兄们。

她几乎不用去找，第一眼就自动锁定到程千峪的身上。

他没有脱下里边的白色T恤，直接在上面套了红色的球服，颜色鲜艳耀眼，正面是黑色的数字“12”，背后印着白色斜体的字母“CQY”。

黑色的球裤刚到膝盖上方，小腿线条充满力量感，再往下，是那双熟悉的红色球鞋。

因为剧烈的运动，少年额前的黑发湿漉漉的，更衬得肤色冷白。

狭长的眼漆黑冰冷，面部线条凌厉又锋利，有汗顺着下巴滴落，滑过微微凸起的喉结，最后没入T恤领口。

像是嗜血好战的少年剑客，又莫名有种说不清的禁欲感。

“那个12号是高一的学弟吧？可真帅啊！”

“可是他看起来太冷了，我觉得那个3号弟弟更好更帅。”

“你懂什么，能让这种冷冷的人为你改变，多有成就感啊！”

…………

身后几个高二的学姐旁若无人地讨论着，俨然把场上十个高大英挺的少年当成了商品一般，挑挑拣拣。

虽然云雨生的注意力都放在场上，但学姐们肆无忌惮的言论还是无法避免地跑到她的耳朵里。

她有些出神地盯着程千峪，脸颊突然发烫起来，无法想象这样矜贵内敛的少年情动时会是怎样的表情。

篮球横冲直撞，在云雨生看来十分危险，可到了程千峪的手中，那个球就变得听话起来。

他手掌轻抬，眉眼中净是势在必得，后脚跟微微跃起，所有人的呼吸在这一刻都屏住了。

这个距离，可以投中吗？

云雨生的心悬在半空，视线牢牢跟着那个球。

时间在这一刻变得异常缓慢，篮球在空中划出一道完美的抛物线，而后撞上了篮板。“哐当”一声，云雨生的呼吸瞬间停住。

球在篮筐边缘转动了半圈，然后稳稳地从篮筐中心落下。

与此同时，少年的目光似是无意扫了一眼边上的人群，随后直直地对上了云雨生的视线。

漆黑、冷淡、深不见底。

眼神碰撞的一刻，他的嘴角弯起很小的弧度，几不可察。

“耶！”

身边的女生大声欢呼着，云雨生听到右手边抱着手臂的男生自言自语地说了句：“三分球，这兄弟可以啊。”

她不懂篮球，更不懂得那些术语，但是这一刻，她觉得程千峪就是自己心目中那个英雄，是她幻想中身负长剑、运筹帷幄的少年剑客。

“程千峪果然还是有点儿东西的啊，看来今天我们赢定了。”段晴霁手指捏着下巴，好半天终于点评了一句。

接下来的局势也和段晴霁分析的相差无几，在程千峪的带领下，红队与蓝队之间的比分被不断拉大，最后红队毫无悬念拿下了这场比赛的胜利。

“这届高一这么猛的吗？我们作为师姐真的有点儿丢脸啊。”

人群逐渐散去，刚才在她们身后的师姐一边叹气，一边八卦着。

“那个12号是几班的呀？我想去要个QQ了。”

“去呗，顺便帮我问问那个3号弟弟的联系方式。”

云雨生正准备离开，却被段晴霁一把拉住，往篮筐下走：“咱们赶紧去宣示主权，让那几个女生知难而退！”

段晴霁气势汹汹，显然是已经忍耐那几个师姐很久了。

云雨生顿了一下，总觉得她的逻辑有哪里不对。

程千峪他们几个男生已经被女生们围住，场面比起上午那会儿还要夸张。

“啊，被抢先一步了。”

听见身旁段晴霁咬牙切齿的声音，云雨生低头一看，段晴霁的拳头已经握紧，像是被踩中了尾巴而奓毛的猫咪。

云雨生顺着段晴霁的视线看去，孙婉妍正半蹲着，手上拿着白色的湿毛巾，满眼装的全是坐在地上的程千峪。

“装什么温柔贴心！”

段晴霁拽着云雨生的手腕，大摇大摆地走了过去。

“程、千、峪！”她抬高音量，眼睛却直勾勾地盯着孙婉妍，“我劝你不要不识好歹。”

撂下这出其不意、毫无逻辑可言的一句，段晴霁高傲地往程千峪怀里丢了瓶橙汁。

程千峪没说话，倒是一旁光着膀子的祁序没好气地“哧”了一声，小声说了句："神经病。"

可在看到不远处的云雨生时，祁序突然又意味不明地笑了出来："小鹌鹑，过来。"

听到这一声，好几道视线朝着云雨生看了过来。云雨生下意识躲到了段晴霁身后，却突然撞上孙婉妍有些异样的目光。

在对方那张一贯挂着温柔浅笑的脸上，飞快掠过一阵不悦与嫌恶，速度太快，让云雨生有些怀疑是自己出现了幻觉。

程千峪微微抬眸，漫不经心地眺了一眼，淡漠的视线直接越过了段晴霁，落在云雨生的身上。

他突然起了身，掀开球衣的下摆，下一秒动作干脆利落地将衣服脱了下来，拎在手里，长腿往云雨生这边走来。

云雨生还处在愣怔状态，忽然间眼前一片漆黑，还带着少年体温的球衣一下子盖住她的整张脸。

云雨生完全来不及反应，更不明白程千峪为什么要把衣服丢在自己脸上。

她听到周围的人窃窃私语，大家反应各异。

"这这这……"

"散了，散了。"

她的鼻腔间是少年身上干净清冽的气息，像是突然被水润的植物枝叶砸中，带来缱绻又温柔的木质香气。

完全没有她原以为的、男生出汗以后的难闻气味。

云雨生缓慢地将盖住她的衣服拿了下来，对上段晴霁充满八卦气息的双眼，她张了张口，却不知道该说什么。

始作俑者已经离开，广播里温柔的女声正在播报着各项比赛项目的结果，并通知选手们到升旗台下领奖。

"老实交代，你俩什么时候关系这么好了？"段晴霁粗声粗气地逼问着云雨生。

云雨生垂下眸子，只觉得手里捏着的衣服格外烫手。她自己都不知道现在是什么状况，更别提要她和段晴霁解释了。

"算了，能气死那臭丫头就行。"

段晴霁有些得意地看了一眼孙婉妍，对方低着头不知道正在想些什么，整个人散发着一种阴郁的气息。

“这个……”云雨生有些不安地偷看了下段晴霁的表情，试探性地开口，“要不你帮他拿吧？”

“我才不要！”段晴霁没好气地用手指点了一下云雨生的额头，“程千峪那意思还不明显吗？我才不要自取其辱。”

程千峪的意思？

云雨生绞尽脑汁想了半天，终于得出了一个较为合理的结论：也许程千峪是急着去领奖，才不得不拜托自己帮他把球衣带回教室。

虽然当时他的动作确实简单粗暴了一点儿，但是两人毕竟是同桌，这点儿小忙她帮一下也无妨。

云雨生突然有些头疼，她和程千峪那莫名其妙的流言好不容易才渐渐平息，经过今天这件事后，她估计又要被推上风口浪尖了。

“咱们回教室吧，这边人太多了……”云雨生小声说着，她能感觉到许多道视线都停留在自己身上。

身后有人追了上来，云雨生转过身，才发现是孙婉妍和周蛮蛮。

见到她们，段晴霁的脸色黑了下来，鼻子重重出气哼了声，语气凶巴巴道：“干吗？”

孙婉妍无视了段晴霁，拉住云雨生的手，眸光中带着恳求意味：“云同学，我可以和你单独聊一下吗？”

“不行！”

“好。”

段晴霁和云雨生几乎是同时出声。

话音刚落，云雨生有些为难地看了一眼段晴霁，轻声哄着她：“就一会儿，等等我吧？”

段晴霁跺了跺脚，气呼呼道：“去吧，去吧！”

教学楼后的停车场，树荫茂密，光线有些昏暗。

云雨生紧贴着墙面站着，乖巧得像是被教导主任罚站似的。而孙婉妍在单车后座上坐着，神情看起来有些悲伤。

“我知道我的要求可能有些过分，”孙婉妍垂下头，轻声道，“你能不能换个座位呢？”

没等云雨生回答，她又自顾自说起了自己的心事。

“从我们初一的时候开始，阿峪的同桌一直是我。每个新学期的第一天，我都会早早去为他占好座位，他个子高，喜欢坐在最后一排。其实在那个位置，我常常看不清黑板上的板书。但是能坐在阿峪旁边，我就特别开心。他话很少，几乎不跟班上的女生打交道。只有我是离他最近的那一个，也只有我是最了解他的。就算他说月亮是正方形的，我也会笑着点头附和——是啊，月亮的线条特别笔直。

“但是升上高中我跟他却不在一个班了。我特别害怕，我不想我跟他的关系会改变。你也是女生，你一定能明白的。同学，你能不能答应我，你和祁序换座位好吗？”

云雨生沉默了很久，轻轻点头。

“嗯……”

祁序的同桌谢殊越性格十分古怪，向来独来独往，不穿校服，永远穿着一身黑，可以从第一节课睡到第四节课，周身散发着阴冷的气息。可以说，他是一个比祁序还要危险的人物。想到要跟谢殊越做同桌，云雨生的内心其实很抗拒。

认真说起来，程千峪应该是全班男生中最适合做同桌的一个，他大部分时候都很安静，也不会像别的男生那样喜欢动手动脚戏弄人。

可是孙婉妍的话让云雨生很受触动，她本就不擅长拒绝别人，更何况，对方是这样情真意切。

“所以你就答应了？”段晴霁把云雨生堵在墙角边拷问完，气得双眼冒烟。

“……嗯。”

听到云雨生这声很轻的单音节，段晴霁有种恨铁不成钢的挫败感：“和谢殊越那种怪咖做同桌，你也想好了？”

她用力地晃了晃云雨生瘦弱的肩，无奈地叹气道：“……算了，随便你。”

段晴霁自顾自走了，云雨生站在原地想了很久，依然想不明白段晴霁为什么会这么激动。

回到教室的时候，班上的人并不多。谢殊越和往常一样，趴在课桌上闭目养神，连帽卫衣遮住了少年的上半张脸，只露出苍白得近乎病态的下巴。

云雨生在心里不断给自己打气，慢吞吞地收拾着自己的课桌。无论跟谁同桌，她的生活都不会有任何变化，可是为什么，她总感觉心底有些闷闷的。

“我帮你拿吧。”

段晴霁似乎是消气了，虽然语气还是冷冷淡淡，但还是过来帮着云雨生拿书本。

祁序的课桌就干净多了，只有个空瘪的书包躺在桌肚，连支笔都不带，也不知道他每天来学校干吗的。

段晴霁用一根手指就轻轻松松拎起他的书包，她表情嫌弃地钩着书包的肩带，轻易就将它扔到云雨生原本的位置上。

两个女生搬课本弄出的声响窸窸窣窣，一旁的谢殊越有些不耐烦地掀开眼皮。

随着少年起身的动作，卫衣帽子滑落至肩头，他那张苍白的脸完完整整地展现在她们面前。

这是云雨生第一次看清楚谢殊越的长相，不得不承认，这个少年生得很是俊美。

不同于程千峪的清冷矜贵，谢殊越的长相要阴柔很多，肤色是有些透明的苍白，瞳仁是天然纯粹的琥珀色，眼尾微微上挑，唇色很淡，整张脸很薄很通透。

此时少年的双眼带着些血丝，冷冷地盯着突然出现的她们，显然还不知道发生了什么。

作为一个“颜控”，云雨生看得呆了几秒，而同样失神的，还有段晴霁。

这学期快过去一半了，她们两个还是今天才发现班里还有这样好看的人，要怪只怪谢殊越平日里总是埋头大睡，几乎没有任何存在感。

“……我突然觉得，你这座位换得挺值的。”段晴霁旁若无人地下了一个结论，再次羡慕云雨生的好运气，先是“高岭之花”程千峪，这会儿又来了个不爱开腔的貌美小怪胎。

云雨生哑口无言，默默地放下课本，小心翼翼地坐上了长凳的边缘。

段晴霁在谢殊越面前坐下，双手撑着下巴，嘴角一弯，带出浅浅的酒窝，明艳的小脸飞起红云，如同夏日里盛开的粉色芍药。

“同学，加个 QQ 呗？”

谢殊越神情微动，忽然拿走被她手臂压住的课本：“……走开。”

他一出声，云雨生有些诧异，怎么也没想到像谢殊越这样的美少年，声音居然会是这样的。

略粗、沙哑、低沉，如同金属的质感。

说不上难听，可怎么听都感觉和他那样的长相有点儿违和。

云雨生和段晴霁的视线在空中碰撞了一下，同时读懂了对方的眼神——可惜了。

虽然刚刚碰了壁，但这点儿小挫折并不影响段大小姐的好心情。她挪动了下位置，又兴奋地和云雨生聊起了其他话题。

云雨生心底的忐忑与不安消散了一些，谢殊越也没自己想象的那么可怕嘛。

她正认真听着段晴霁说着八卦，却突然感觉到背后有一道锐利的视线盯住了她，侧眼看去，见到了那双她再熟悉不过的红色球鞋。

四目相对，程千峪的眸光很冷，没有半点儿温度。

云雨生总感觉，他有点儿不开心。

可再转头看去时，程千峪已经单肩背着书包从后门离开，背影孤傲挺直，带着一贯的桀骜不驯。

云雨生比想象中还要更快就适应了和谢殊越同桌这件事。

他比云雨生更加孤僻，整天都趴在座位上埋头睡觉，奇怪的是，各科老师也对他视而不见，默许了他的行为。

运动会后，班上的学习气氛又变得紧张起来，期中考的脚步不知不觉便走近了。

前段时间因为有程千峪明里暗里的帮助，云雨生的数学成绩提升了一些，然而换了座位以后，她又开始跟不上伍老头儿的进度，越学越吃力。

“来，61 号同学，你说一下这道题的答案。”

伍老头儿的声音如同恶魔的召唤一般，瞬间就让云雨生的小脸没了血色。

她慢吞吞地从座位上站了起来，迟疑道：“……根号 4。”

瞥见段晴霁回头朝自己疯狂使眼色，云雨生就知道大事不妙。

“根号 4？同学们，你们来告诉她，正确答案是多少？”

“2。”

前后左右的人异口同声，伍老头儿满意地点了点头。

“不错，正确答案是 2。这位同学，还是太粗心了。”

虽然伍老头儿的语气听上去还算平缓，但云雨生还是听出了一丝责怪的意味。

她低垂着头，喉咙发干，嘴里发不出任何声音，只能安静地听着伍老头儿语重心长地训斥了几句。

“这个题型上次才讲过，说明了什么，说明你上节课就没好好听。数学这一门学科是万变不离其宗……”

好不容易挨到下课，云雨生的后背已经出了一层汗。秋风从后门刮了进来，让她忍不住缩了缩脖子。

“伍老头儿说话就那样，你别不开心了。”段晴霁摊开了手心，上边放着三颗瑞士软糖。

云雨生拿起一颗，刚抬起眼，程千峪不知道怎么的居然朝着她们走了过来。

他的个子高出云雨生许多，低着头瞥了她一眼，眸光晦暗不明。

下一秒，少年喑哑低沉的嗓音在耳边响起：“开根号初中就学过了，怎么这么笨。”

程千峪的语气含着些毫不掩饰的笑意，还有一种说不清道不明的无奈。

云雨生怔住，手脚都有些僵硬。

他却是自顾自拿起她的课本，一本一本往上叠，摞成一摞：“……我让你走了吗？”

程千峪的这一句音量很轻，但足以让四周的同学听到，他们纷纷侧头看了过来。

云雨生更是局促不安，她满心不解，不明白程千峪的意图。

她的困惑很快就有了答案，只见程千峪抱起她的那堆课本，往教室最后排走，然后轻轻放回了她原来的座位上。

段晴霁从最初的错愕中反应过来，朝云雨生使了个眼色。

云雨生不明所以，眼睁睁看着程千峪三两下就把她的桌子掏空，将东西全部转移了地方。

“小鹌鹑，”祁序懒懒散散地半倚着桌沿，声音听起来可怜兮兮的，“老程抛弃我了，我只能又跟这死人脸坐一块儿了，凄惨啊！”

他的表情分外夸张，而他口中的死人脸——谢殊越听了这话也没有什么反应，用帽子把自己盖住，又趴下去继续睡了。

祁序看到这一幕，捶胸顿足道：“谢死人，你能给点儿反应吗？”

云雨生如坐针毡，求救似的看向段晴霁。

“回你座位去吧，乖啦。”对方撂下这一句，嚼着口香糖扭头就走。

莫名其妙地，云雨生又被赶回了自己原先的座位，结束了和谢殊越短暂到只有三天的同桌生涯。

程千峪甚至没有问云雨生为什么要换座位，也没有解释为什么又把祁序赶了回去。

好像之前那三天是云雨生做了一场梦，梦醒以后，她又回到了以前的日子。

程千峪还是每天雷打不动给云雨生布置数学作业，如果说，有什么是跟之前不同的，那就是他开始会在她做题的时候出声提点两句，一下子打通她的思路。

在学校里的生活平静又充实，但在家里的日子却越来越让云雨生觉得难熬。她最近的睡眠质量越来越差，很大一部分原因出在母亲许慧芬的身上。

不知道是不是工作上遇到了不顺，许慧芬每天回家的脸色都格外难看，看到云雨生时坏情绪更加放大，动不动就阴阳怪气说些恶毒刻薄的话来刺她。

而让母女俩的关系降到冰点的是一样物品——小夜灯。

云雨生被奶奶带大，从小听了不少民间鬼故事，一直都很怕黑，又习惯了小夜灯的陪伴，没有那小小的一束光亮，她便会胡思乱想完全无法入眠。

来北涪的那天，她在行李箱里藏了这盏陪伴了自己许多年月的小夜灯。

可不知道怎的，许慧芬最近起夜的次数变多了，每晚都会打开云雨生的房门拔掉床头插着的小夜灯。

许慧芬一离开，云雨生便醒了过来，悄悄又将小夜灯插上。可这觉还没睡踏实，许慧芬又会过来把灯拔掉。

两个人一来一回，开开关关，往往能折腾到天亮。

过了十来天，云雨生顶着眼下的一大片青色，想出了个主意。

她用旧报纸把门上的孔和缝隙都遮得严严实实，心想这样许慧芬起夜的时候就不会注意到她房内的光线。

可是当天晚上，许慧芬还是踹开她的房门，这一回是简单粗暴地扔掉了云雨生依赖的小夜灯。

这一晚，云雨生的情绪终于彻底崩溃。

母女之间没有任何交流，看似平静，底下却是暗潮汹涌。

第二天到班里的时候，连粗线条的段晴霁都发现了云雨生的不对劲儿。

体育老师一宣布解散，段晴霁便跑了过来，揉了揉云雨生的小脑袋，眼神担忧地问："出什么事了？"

家里的事云雨生怎么也无法对外人说出口，即使对方是自己唯一的好朋友。因此她只是摇了摇头，轻声说了句："没什么，就是没睡好。"

见她不愿意开口，段晴霁也没有勉强，很快转移了话题："对了，这个星期天我们去逛街吧？"

云雨生想了想，正好这周日云建国要带着老婆和儿子去喝同事孩子的喜酒，于是点头应下了。

两个女生在树荫下的石凳上坐了下来，这剩下不到二十分钟的时间，是整个高中生活难得惬意自在的时光。

远处篮球场上少年们正风驰电掣，而边上的跑道坐满了各怀心事的少女。

即使后来过了许多年，云雨生还是依然很怀念这样自由活动的体育课。

不是每个女孩儿都有段晴霁这样坦荡的勇气，可以大大方方表达。更多女孩儿选择了苦涩又甜蜜的暗恋，坐在场下，眼神飘忽，始终不敢正眼去看自己喜欢的少年。

一群人拐弯抹角说着反话，明明偷偷在意他，偏偏要说"我觉得他的动作好逊啊"，口不对心，才是大部分女孩儿表达喜欢的方式。

即使是像郑岚这样大大咧咧，能和任何男生都打成一片的女孩儿，也逃不过这一点。

回教室的时候，郑岚和她的小姐妹们刚好走在云雨生她们前面。

“程千峪这种男的就是有点儿装，表面上一副谁也不爱、谁也不搭理的样子，背地里还不知道怎样呢。”

“班长还不如祁序呢，哈哈哈，至少老祁这人不会伪装。”

前一天云雨生在无意间听到祁序提起郑岚的事，她托了个男生帮忙送了封信给程千峪，据说那封信程千峪看都没看一眼，直接就丢进垃圾桶了。

“郑岚还是不了解我们老程啊，啧啧。”只记得当时祁序意味不明地朝着她眨了眨眼。她不明所以，也没把这件事放在心上。

这会儿听到郑岚这么诋毁程千峪，她总觉得有点儿割裂。

“程千峪装不装我不知道，但我看你，倒是挺能装的。”

云雨生听到段晴霁毫不客气开口，一针见血，刺得郑岚当场被噎住。

“总有些人啊，吃不到葡萄就说葡萄酸，”段晴霁状若无意撞上郑岚的肩膀，嘴角仍是带笑，“不自量力，真有意思。”

说完这番话，她挽着云雨生的手越过那一帮小姐妹，施施然往楼梯上走。

“你闭嘴！”

背后传来了郑岚气急败坏的声音，而段晴霁眉眼弯弯，心情颇为美妙的样子。

“小霁，你现在——”云雨生犹豫了下，才问出了口，“你还爱慕他吗？”

这个“他”是谁，她们都心知肚明。

“程千峪嘛，”段晴霁不答反问，“小雨生觉得他怎么样？”

问题又被抛到自己身上，云雨生顿了顿，才小声道：“他性格挺好的。”

甚至可以说是，完美到完全让人挑不到错处。这也是让她总觉得程千峪充满距离感的原因，他太好了，好得有些不真实。

可这个世界，根本不存在十全十美的事物。

郑岚有一点也许说对了，谁也不知道程千峪背地里会是怎么样的。

“好什么！”段晴霁毫不留情地反驳道，“那家伙扔了我十来瓶橙汁呢！”

云雨生又沉默了，她完全能理解段晴霁的气愤，毕竟无论是谁，心意被对方这样践踏，都会感到受伤的。

“可恶，我一定要报复回来。”

因为今天是周五，即使下课铃响了很久，男生们也舍不得离开篮球场。教室里一大半课桌下还能看见书包，女生们倒是已经走得差不多。

轮到云雨生她们这一组做值日，段晴霁背上书包走到教室门口，还不忘又叮嘱了一遍：

“星期天下午两点，记得啊。”

云雨生朝着段晴霁比了个“OK”的手势，又继续弯下腰扫地了。

郑岚和她的小姐妹们没有离开，凑在一张课桌前小声嘀咕着，时不时朝云雨生看来，对她指指点点。

等云雨生拿着扫把和簸箕往垃圾桶那边走去时，一个扎着高马尾的女孩儿突然趁她不注意伸出腿，一下子就把云雨生绊倒在地。

哄笑声四起，其中以郑岚的声音最为明显：“也不知道是谁自不量力，你们说呢？”

听到郑岚的话，其他人笑得花枝乱颤，似乎眼前这一幕是那样有趣、惹人发笑。

刚才摔倒时后腰撞上了身后的桌腿，云雨生疼得倒吸了一口气，觉得那一块皮肤一定已经起了瘀青。

她慢吞吞地站了起来，掀开裤腿往上，果然膝盖也破皮了。

郑岚揉了团纸，砸到云雨生身上，纸团滚落到她脚边。

“不好意思啊，扔歪了。”

郑岚皮笑肉不笑，表情阴恻恻的，显然是刚才被段晴霁气得不轻，总算在云雨生这儿找回些场子。

“你们看她穿的鞋，后跟都开胶了，这还不扔啊？”

“有什么办法，人家也许家境困难呢。”

她们你一言我一语，像是围观动物园里的大猩猩一般，语气鄙夷，眸光轻蔑。

而云雨生只能怯怯地站在那里，低着头接受着她们恶意满满的评判。

这一刻她好像又回到了初中那会儿，因为一个男生给她递了本书，全班的人把他们当成了怪物一般。

“这男的口味可真重。”

“也别这么说，她长得是不尽如人意了点儿，说不定性格好呢？”

那时候的云雨生是那样无助，从小学到初中，以路霄为首的一帮男生每天都变着花样折磨她，撕掉她的作业，扯她的头发，往她衣服上涂涂改液……

很多个晚上，她只能躲在被窝里哭，心里想着“如果明天不用去学校就好了”或者“如果爸爸妈妈能回来带我走，就好了”。

可远在北涪的父母忙着挣钱、忙着把弟弟带大，奶奶也让她不要招惹是非，她早就被所有人遗忘。

她的痛苦没有一个人看到，又或者，他们看到了，也不以为意。

她渐渐习惯了，无论那帮男生用怎样的污言秽语羞辱自己，只要她低下头，闭上眼睛，就看不到那些让她害怕的人了。

云雨生以为自己已经慢慢痊愈的伤口，在这一天猝不及防又被郑岚她们再次撕开。

她本以为自己灰暗的生活已经照进了一丝光亮，可这一刻，她又一次被推回了暗不见底的深渊。

第三章 /

朋友就是永远站在你这边

夕阳西下，窗外高大的梧桐树遮住了落日余晖，整间教室逐渐变得昏暗。

教室前门“吱呀”一声被风吹开，橘红色的夕火中，是那双红色球鞋，再往上，是少年线条流畅的小腿。

蔷薇色的日光为少年镀上一层柔和的光晕，因为逆着光，谁也看不清程千峪脸上的表情。

上一秒，郑岚她们还在肆无忌惮编排着云雨生，可这一刻，她们像是被猛地按下了暂停键，所有恶毒的话都吞回肚子。

“哟，够热闹的啊。”

祁序不知道从哪儿冒了出来，擦过程千峪的肩头，那张脸足够漫不经心和轻狂，单手闲闲地将外套甩在肩上，长腿朝着郑岚走去，凑近她的脸“哧”了一声。

“开小会呢？怎么不叫上我？”

祁序摆出一副虚心求教的模样：“哥哥我最看不惯的，就是以多欺少。”

这群女生向来是欺软怕硬，何况是对上祁序这种“无赖”，她们瞬间噤若寒蝉，下意识后退了几步。

祁序脸上仍是带笑，伸手拿起郑岚桌上的红色水笔在指间来回转动。

他不笑还好，越笑越让郑岚心惊。谁不知道这小霸王打起架来又快又狠，能把对方往死里揍。

“我不知道你在说什么……”郑岚腿都被吓软了，说话时已经没了刚才面对云雨生那种嚣张气焰，吞吞吐吐道，“我要回家了，我爸在楼下……”

祁序不说话，一帮女生如蒙大赦，飞快抓起书包就往门外跑。

“站住！”

门口的少年如同青竹一般冷淡又凛冽，倚着门框，黑发垂搭在眼前，突然横出了手臂，挡住她们的去路。

“班长，我们——”为首的女生急急忙忙想要解释，可还没说完就被面前的人冷冷打断。

“我有说过，”少年撩起单薄的眼皮，狭长的眼是见不到底的黑，薄唇微动，“你们可以走了？”

从刚才见着程千峪那一刻，云雨生便一直埋着头，心续混乱，连腿上火辣辣的灼痛感都感觉不到了。

他，听到那些话了？

和自己这样的人扯上关系，他会不会觉得很恶心？

他会不会后悔，居然和她这样的人成为同桌？

“谁弄的？”

程千峪的声音不大，却莫名有种震慑力，让所有人的心都瑟缩了下。

“谁把我们小鹌鹑弄成这副惨样，问你们话呢？”

祁序凑近其中一个女生，轻轻吹了一口气，温柔又缓慢道：“告诉我，嗯？”

对方像是被一双冰凉的手掐住了脖子，咽了好几口口水，支支吾吾道：“……是……是她。”

颤抖的手指向了刚刚故意伸腿绊倒云雨生的罪魁祸首，是班上的地理课代表谭玲。

“……道歉。”

门口的少年收回手臂，如冰一般幽深寒冷的眸锁住扎着高马尾的谭玲。

像是被一条毒蛇盯上，让人浑身战栗，谭玲飞快低下头，突然一把推开郑岚：“是郑岚让我们整她的，我们是被逼的！”

其他女生听了这话，也纷纷点头如捣蒜般附和。

“跟我们没关系，都是郑岚一个人的主意。”

毕竟谁都知道，郑岚性格霸道，总喜欢带头孤立别人。

“跟她道歉。”

程千峪眼底一片阴霾，语气隐含不耐烦，再次开口：“还不明白？”

向来清冷自持、不动声色的少年，这一刻周身氤氲着阴冷、狠戾的气息，莫名比祁序还要多上不少震慑力。

有头脑转得快的女生，已经飞快跑到云雨生身边，小声和她说了句“对不起”。

“第一个。”

祁序掰着手指头心不在焉，冲那个女生轻轻颔首：“你可以滚了。”

像是本以为会被判死刑的犯人乍然被宣布无罪释放，除了郑岚和谭玲，刚才还面如土色的女生们纷纷朝着云雨生围了过去。

“同学对不起啊，我刚才应该提醒你的。”

“雨生，抱歉，我们不是故意的……”

“之前的事情，我是无心的，你能原谅我吗？”

云雨生有些受宠若惊，不久前还对自己冷言冷语的一帮人一下子换了副面孔，态度要多和善就有多和善，仿佛她们都变成云雨生的知心姐妹似的。

她有些不知所措，完全不懂应该如何回应。

好在这帮人也只当是交差，贴着她说了一番很是虚情假意的道歉以后，就轻飘飘离开了。

挣扎了半天后，连郑岚和谭玲也一前一后慢吞吞地走了过来。

“……对不起。”

她们的声音听起来不情不愿，却又无可奈何，之前的盛气凌人就像是云雨生的幻觉一般。

尤其是郑岚，一张脸一阵青一阵白，别提有多难看了。

“班长，我们……可以走了吗？”谭玲战战兢兢问了句，还不忘偷偷观察程千峪的表情。

祁序本来坐在郑岚的课桌上，听到这话跳了下来，漫不经心地问了一句：“小鹌鹑，你觉得呢？”

被点名的云雨生摇了摇头，又点了点头，小声道："……你们走吧。"

门框边上的少年终于直起背，神情懒倦，声音又哑又凉："还不走？"

那两个女生如逃命一般，从教室后门跑了出去，仿佛身后有恶鬼在追赶她们，头都不敢回。

云雨生转过身，拿着簸箕往教室后门走，将里边的纸屑倒进垃圾桶。

"我先闪了，楼下见咯。"祁序拿到自己的书包，撂下这样一句就离开了。

教室一下子变得空荡荡的，连窗外树叶被风吹动的"沙沙"声都格外清晰。

程千峪无声地叹气，修长笔直的腿朝着云雨生迈了过来。

他在她身前停住，略低下头，凌厉的眉眼比刚才柔和了几分。

"被欺负也不会吭声，你怎么会这么——"他盯住少女柔软的发旋，原本想说的话突然都说不出口。

云雨生的头发长得很快，初见那天才到耳边，细碎又利落，如今已经快到下巴处，发丝很细，被风吹得有些凌乱，更衬得她的娇小与脆弱。

被程千峪这样盯着，她不安地轻咬下唇，光洁白皙的额头下，琥珀色的瞳仁被水汽浸湿，看上去雾蒙蒙的，有种泫然欲泣的感觉。

程千峪突然便想到那天晚上，少女从石凳上转过头来，泪眼婆娑，眼角泛红，像是受了天大的委屈一般。

天真又脆弱，任谁看了都要心软。

也是，她本来就像只小鹌鹑似的，又小又弱，不懂拒绝，不会反抗。

程千峪忽然觉得，他的气来得莫名其妙，毫无道理。

"……疼吗？"

少年在云雨生面前蹲下，她还没来得及反应，裤腿再一次被撩了上去。

这样近的距离，她一低头就能看到程千峪的头顶，因为刚打完球，他细密柔软的发丝沾了些水汽，发梢湿漉漉的。

少年肩膀宽阔平直，后背骨骼略微凸起，在黑色T恤上撑出好看的形状来。

程千峪的身上总带着一种好闻又特别的气息，像是盛夏的薄荷沉入冰镇的雪碧里，明亮又透明。

云雨生有片刻的失神，感受到他的指腹轻轻触碰到自己的小腿，她慌乱地往后退了几步，急急忙忙把裤腿放下。

“我——我不疼。”

她垂下双眼，不敢对上那狭长漆黑的眼：“……谢谢。”

空气都变得有些黏稠起来，四周静谧，心跳声清晰可闻。

刚才发生的一切，又打破了云雨生对程千峪原本的认知，云雨生原本以为，他这样的人，是不会发火的，更不会说出“滚”这样的字眼。

她不明白，被欺负的是她，为什么程千峪会有那样的反应？

他应该是波澜不惊，永远冷静自持的。

“……不早了。”

少年站起身来，额发遮住冷峻的眉眼，他的声音听不出任何情绪：“走吧。”

云雨生喃喃应了声“好”，背起自己的书包跟在了他的身后。

明明是一模一样的校服，穿在程千峪的身上莫名就好看了几分，他的身形匀称修长，蓝白的配色更衬得他清冷又俊逸。

连垂在两侧的手臂都是那样好看，肌肉线条流畅，每一寸都充满了野蛮的力量感。

在他身后的云雨生就显得矮小瘦弱了很多，身影单薄，宽松的校服套在她身上，风肆无忌惮地灌了进来，将衣服撑得更加肥大。

两人一前一后走下楼梯，正好碰见了打完球回来的一群男生，见着程千峪，他们热情地打着招呼。

“班长，要回家了？”

“周末一起打球吗，老班？”

程千峪冷淡地颔首，侧身躲开了要上前来搭住自己肩膀的手。

其他人也习惯了他的话少，很快便顺着楼梯往上，有一搭没一搭地聊着天。

“程千峪是真帅啊，我一个男的都觉得他帅。”

“你别来恶心我，爬远点儿。”

嘻笑打闹间，有个男生突然说了一句：“咦，刚才跟在程千峪后面那个妹子，是我们班的？”

他这一提，其他人也想了起来，刚才只注意到程千峪，他们都没仔细看后边那个瘦弱的少女，这会儿一回想，才发现有点儿不对劲儿。

那两个人似乎是一起的。

男生又补了一句：“我扫了一眼，那妹子长得挺好看的。”

“好看也跟你没有关系，快走吧！”

话音刚落，一群男生嘿嘿笑了出来，谁也没有把这件事放在心上。

回家的路上，云雨生又去了一趟租书店。

店里的武侠小说几乎被她借了个遍，再也找不到没看过的，因此最近她租的都是放在书架底层的言情小说。

经过超市的时候，她攥着身上最后一张十元纸币进去，挑了一个蘑菇造型的小夜灯。

刚进家门就听见云建国和许慧芬吵架的声音，夫妻俩一边对骂，一边把茶几上的物品狠狠摔到地上，发出“噼里啪啦”的声响。

云日升早就习惯了父母争吵的场面，他安静地趴在书桌上，眼睛滴溜溜地转来转去。

云雨生换了鞋，低着头躲进了自己的房间。

打开书包，她犹豫了会儿，还是没有把小夜灯拿出来。

将言情小说垫在语文课本下，她一边留意着门外的动静，一边一目十行地看了起来。

这段时间云雨生也看了不少描写爱情的小说，但仍是似懂非懂。

小说世界里男女之间的情爱感人肺腑、动人心魄，男女主角可以为了对方连命都不要，仿佛在这世界上，没有任何东西比爱情更重要。

可所有的故事就终结在婚礼上王子为公主落下一吻后，没有人知道，他们婚后的生活会是怎样，是否也是鸡飞狗跳、争吵不休？

云雨生从奶奶嘴里听过不少次关于自己父母的爱情故事。

当年差点儿就成为教师的许慧芬年轻貌美又聪慧，是许多男孩儿争风吃醋的对象，可她偏偏就喜欢上只有小学学历的云建国。

女人顶着父母施加的巨大压力一意孤行，在没有任何人祝福的情况下嫁给了云建国。那时候他一穷二白，她便放弃教师的铁饭碗跟着他背井离乡，来到北涪打工谋生。

也许曾经的他们，是有过爱情的，然而普通人的生活本就是一地鸡毛，毫无浪漫可言。养家糊口的巨大压力将爱情砸得稀碎，两个人之间的矛盾也越来越多。

男人回到家渴望得到一刻喘息，女人想要温柔和关怀，他们无法满足彼此身上的需求，不仅没有相互帮扶，反而互相指责，在对方的痛处上狠狠踩上一脚，以此获得快慰。

云雨生还不懂得爱情，可从父母的身上，她发现，爱情是这个世界上最不靠谱的东西。

如果许慧芬当年没有嫁给云建国，或许现在的她会快乐许多，拥有人人艳羡的稳定工作，也不会变得这样暴躁、情绪不稳。

半夜的时候，外边突然电闪雷鸣，随后落下倾盆大雨。

夜风携带着冰凉的雨珠，吹落在少女的脸上。

云雨生猛地惊醒，掀开被子开了灯，走过去把窗户合上。

不知不觉已经是秋天了，白日里空气中的燥热让她还以为夏天没有结束，可没有任何预兆，北涪开始降温了。

她披了件衣服上洗手间的时候，才发现父母还没有睡下。

隔着一扇门，是许慧芬嘶哑又疲惫的声音："离吧，儿子归我。我什么也不要，小宝必须跟我。"

云建国低吼了一句，声嘶力竭："他是我儿子！"

云雨生的手垂了下来，空气中满是湿润的潮意，雨水氤氲了她视线，四周一片漆黑。

原来即使是离婚，夫妻俩也没有一个要她。既然是这样，他们又为什么要生下她呢？

这个问题也许永远不会有答案了，云雨生站在阳台看了好一会儿雨，直到手脚都变得冰凉。

她轻轻擦了一下眼睛，好像有雨水跑进眼底，心上是绵密的疼。

周日下午两点，两个女生准时在KFC门口碰面。

段晴霁停好单车跑了过来，她今天穿了条雾霾蓝色的棉麻裙，蹦蹦跳跳的样子像是一团娇艳欲滴的绣球花。

"上来，我带你去个地方。"

让段大小姐给自己当车夫，云雨生显然有些过意不去，于是主动说道：“……要不，我载你？”

段晴霁愣了下，随即笑着同意：“行呀，冲冲冲。”

云雨生在乡下时骑的是堂哥不要了的二手单车，链条生了锈，经常骑到半路就会掉链子。

而段晴霁的单车是粉红色的，车身线条流畅优美，整体小巧玲珑，看着就不便宜。

云雨生一手扶着车把手，将车座调低了点儿，坐了上去，两腿撑着地面，心里还有点儿紧张。

她是第一次载人，好在段晴霁虽然个子高，却是轻飘飘的没有什么重量。

云雨生骑得很慢很稳，在段晴霁的指挥下左拐右拐，最后来到了老城区的批发市场。

早年原本要建成商场的两层大楼，后来不知怎的工程没做完老板就跑路了，于是这边也就被废弃，慢慢变成北涪最大的批发市场。

段晴霁似乎对这边很是熟悉，拉着云雨生顺着楼梯往上。

两边墙皮脱落，贴满了各种各样的小广告，台阶上落满了烟头。

走到二楼，光线变得更加昏暗，里边被分割成一个个小格间，卖老年人服装的、卖袜子的、卖发饰的……低矮的桌台上摆满了琳琅满目的货物。

云雨生：“小霁，你要买什么？”

段晴霁回过头来，神神秘秘地说了句：“你一会儿就知道了。”

她们穿过许多个摊位，终于在最里边停下。在看清楚台上摆着的东西时，云雨生的脸瞬间红到耳根。

一件件平放着的胸衣看得人眼花缭乱，黑的、白的、红的……材质也分了好几种，有纯棉的、薄纱的、蕾丝的等。

“我呢，上回在商场买这玩意儿被售货员摸了一把，就不乐意去那家店了。”

段晴霁小声地在云雨生耳边说道：“重点是，这家店的衣服又便宜又舒服，还能随便试。”

云雨生很快便明白了过来，看着段晴霁蹲下身，旁若无人地把一件纯黑色蕾丝的胸衣隔着衣服往自己身上扣，比画着大小。

老板娘搬了个凳子坐在外边，也不催促她们。

“你别愣着呀，挑一下喜欢的。”段晴霁在台面那堆内衣里边翻来翻去，还不忘用手臂捅了捅云雨生。

云雨生垂眸看着面前绣满牡丹花样酒红色的半杯型胸罩，小声说：“……我穿不了这个呀。”

虽然周围的女孩子早在初中就换上有厚厚海绵垫的文胸，可她还是一直穿着半截儿式的吊带小背心。

段晴霁似乎没有听到云雨生的话，很快用手指拿起一件粉蓝色的纯棉全杯文胸：“试试这个！跟你一样可爱。”

云雨生好不容易才平静下来，因为对方这一句，又羞红了脸。

她低着头接过，这一件是双肩带的设计，除了常规可拆卸的弹力肩带，还有一条绸制的布条可以绕到脖颈后。

杯垫也特别柔软，没有钢圈的设计。

云雨生有些纠结，心想，也许自己应该尝试穿戴文胸了，总不能一辈子穿着小背心吧。

付款的时候，段晴霁直接拿了一个大袋子，往里边塞了好几件，其中就包括云雨生刚才看的那一件。

“拿着吧。”段晴霁把粉蓝色的内衣用黑色塑料袋装了起来，塞到云雨生怀里。

“不穿这个，体育课的时候你不是很不舒服吗？”

云雨生有些惊讶，没有想到，段晴霁居然这么细心，连这种细节都注意到了。

最近她的胸部总有些胀痛，尤其是体育课跑步的时候，那种疼痛感更加明显。

云雨生在洗澡的时候看着镜子里的自己，原本平坦单薄的身体不知道从什么时候起，突然有了些细小的变化。

这些事情许慧芬不知道，而段晴霁，是第一个发现的人，在她灰暗的青春期，段晴霁是破开黑雾的一盏灯。

离开批发市场的时候天色还早，云雨生便载着段晴霁到家附近那个篮球场。

正是下午四点钟，由于中午才下过雨，地面还是湿漉漉的。

她们一停下车就听到篮球砸到地面溅起水花的声音。

“咦，是程千峪！”段晴霁看上去很惊喜，双眼放光，“他们怎么会在这儿啊？”

云雨生垂下眼眸，她也是前阵子无意间才发现，程千峪、祁序还有另外一个男生总喜欢来这边打球。

两个女生在石凳上并排坐着，难得可以安安静静欣赏少年运球上篮的潇洒姿态。

祁序向来眼尖，跑着跑着便停了下来，冲云雨生大喊了一声：“小鹌鹑——”

程千峪愣了一秒，随即便朝着她们看了过来。

段晴霁几乎是第一时间便举起双手用力晃了晃，而后手掌合拢放在嘴边：

“程、千、峪！加油！”

这话一出口，连正在胯下运球的另一个男生也停止了动作，目瞪口呆地望向她们。

“老程，牛啊，这么漂亮的妹妹都来给你加油了。”

听到这话，祁序吹了声口哨：“啧啧，可惜老程心如止水。”

被调侃的程千峪忽然沉下脸，眸光冰冷一片，直直盯住段晴霁身旁的短发少女，即使同伴把篮球砸向他后背，他也没理会。

云雨生被他看得心惊，慌忙别开视线，总觉得，她好像做了一件错事。

程千峪生气了，虽然没有任何迹象，可她就是能够肯定。

周一上学的时候，云雨生发现程千峪莫名其妙就冷了下来，他不再给她布置作业，也不再看她。

她的心思一向敏感，哪怕在旁人看来程千峪和以往并没有不同，可她就是能从细枝末节中发现，他在生气。

可程千峪为什么生气，她不得而知。

与此同时，一班还出现了另一件怪事——郑岚被所有女生孤立了。

这件事确实稀奇，从开学以来，郑岚一直是一班的大姐大，几乎所有的女生都对她俯首称臣，要风得风要雨得雨，别提有多风光。

忽然之间，郑岚就成了众矢之的。连一向和她过不去的段晴霁都觉得这事怎么看都透着几分诡异。

“太奇怪了。”

段晴霁摸了摸下巴下了个结论，忍不住有些幸灾乐祸，反正郑岚从初中那会儿欺凌弱小的事就没少干，看对方倒霉，她就觉得开心。

前有郑岚后有谭玲，云雨生几乎可以肯定，这件事情和祁序他们脱不开干系。

毕竟在郑岚她们欺负她之前，祁序和她们还经常有说有笑，似乎是因为上周五那件事情，祁序才和那帮女生翻脸的。

难道祁序那个混世魔王也有善心大发、惩恶扬善的时候？

云雨生怎么想，都觉得有些荒谬，可除此之外，她实在想不到更加合理的可能。

好几次她都想找程千峪问个明白，可话到嘴边，看到对方那冷淡的神色，她又打起了退堂鼓。

云雨生早已习惯了被无视，被当成透明人，可当程千峪也和其他人一样，不再看她，不再和她说话，她又莫名其妙变得失落。

糟糕，她总觉得，有什么东西在她的心里破土而出，越来越危险了。

就在这样心事混乱的日子里，高中的第一次期中考试也来了。

六中组织重大的考试都会提前把所有学生打乱，重新分到三十六个教室再进行考试。

云雨生被留在了一班，而程千峪被分去了对面楼的十二班。

第一场考试科目是语文，进入考场的时候，她才发现祁序那只丧门犬就坐在自己身后。

就，还挺晦气。

云雨生腹诽着，也不知道这家伙是不是听到了她的心声，开始有一下没一下地踢她的长凳。

她皱着眉头忍耐着，可对方却越来越肆无忌惮。

云雨生终于忍无可忍，愤怒地转过头去：“你、你能别再踢了吗？”

虽然心里已经火大到极点，但话一出口却是软软糯糯的声音，一点儿威慑力也没有。

“小鹌鹑，你挺有本事的嘛。”祁序意味深长地弯起嘴角，“我就踢，你能拿我怎样？”

“你——”云雨生被噎住，看着对方那嚣张又傲慢的模样，骂人的话一句也想不起来。

“生气了？”祁序漫不经心地转着笔，循循善诱道，“生气了去跟老程告状，我就不欺负你。不然的话，接下来的考试我还会继续。”

云雨生没想到祁序居然会做出这种幼稚的行径，就为了逼自己去和程千峪说话，简直是莫名其妙。

她不再搭理，转过身之前无意间瞥到了教室最后排，周蛮蛮正怔怔地看着他们，不知道已经看了多久。

语文是云雨生的强项，做起题来也是得心应手，因此上午的考试还算顺利。

下午两点半开考的是数学，两点钟的时候考场外已经围满了人。和上午考语文时截然不同，云雨生这回没有带任何复习资料，只带了一支笔就过来了。

其他人三三两两凑在一起临时抱佛脚，不停争论着某道题应该如何做，而她被隔离开来，安安静静趴在栏杆上看着对面的教学楼发呆。

不用刻意寻找，程千峪一出现，就自动跑进了她的视线。

也许是因为下午温度上升，他没有穿校服外套，身上简单地套了件灰色T恤，后背挺直，即使只有一个后脑勺儿，在人堆里也是最耀眼的那一个。

奇妙的是，程千峪似乎能感应到云雨生的目光，忽然转过头来，漆黑的眼眺向了她。

隔着这么远的距离，她都能感觉到那双眼里凛冽的寒意，像是千年不化的寒冰，望上一眼都叫人心生冷意。

少年长身玉立，眉眼深远，云雨生很快便听到身旁的女生惊呼道：“那是上次篮球赛的12号吧？好帅啊！”

她收回视线，心底莫名涌上一股烦躁。

和云雨生预想的一样，这一次的数学试卷对她而言依然如天书一般。她做完选择题的时候时间已经过了一半，解答题她基本上只会做第一小题。

考试成绩出来那天，她被伍老头儿叫到办公室好一顿批。

“120分的试卷啊！不求你做那10分加分题，正常人就是动动脑子，60分总能考到吧？做对十五道选择题有那么难吗……”

云雨生低头乖乖地听着伍老头儿的训斥，眼神乱飘，无意间看到桌上那一沓试卷最上面的那张。

120+10分。

鲜红得让她无法忽视。

伍老头儿还在念叨：“你看看你的同桌，一样坐在教室里听课，人家不仅拿了满分，还把附加题也做对了！”

果然是程千峪，云雨生在心底叹气，他那样的人，她只能远远在山脚仰望着。

倘若痴心妄想些什么，那就是不自量力。

卷子发下来后，伍老头儿又当着全班的面把程千峪夸了一通。这一回他拿了年级第一，让伍老头儿在办公室倍儿有面子，谁都羡慕伍老头儿有这么个绝顶聪慧的学生。

云雨生收拾着课桌，把课本整齐叠好，忽然看到程千峪的数学课本跑到她这儿来了。他的课本崭新，没有一点儿折痕和笔记，一眼就能认出。

她顿了一下，慢吞吞地把他那本放回了桌肚另一头。

学渣和学神之间，是有“壁”的。

第二节课是英语，云雨生的成绩还算过得去，比班级平均分多了两分。可因为才被伍老头儿痛骂了一顿，她根本没有心思听老师评讲。

从课桌里抽出刚借来的《坏小子爱上我》，云雨生被暂时转移注意力，将数学考试失利的阴影抛到脑后。

这一本依然是熟悉又套路的剧情，讲的是循规蹈矩的乖乖牌女主角偶然遇到了校霸男主角，两个人经历一连串啼笑皆非的事情后擦出爱情火花的故事。

云雨生正看到男主角撞见女主角和其他男生在图书馆自习，又吃醋又愤怒把女主角堵到墙角的关键时刻，手下的书被猛然抽走。

她吓了一跳，抬头一看英语老师还好好地在讲台上写着板书，松了口气，侧头才发现拿走小说的人就在自己旁边。

少年低垂着矜冷的眉眼，眼睫毛又黑又密，在眼下投出一片阴影，侧脸线条锋利，每一寸都恰到好处。

若不是他周身总是萦绕着生人勿近的疏离冷淡，只怕前赴后继的女生会更多。

想到被他频频甩冷脸的段晴霁，再想到自己，云雨生的心情又坏了几分。

程千峪还在认真地看着那本小说，若不是她清楚它的内容，一定会被他此刻专注的神情给欺骗，以为这是什么专业教材了。

这种充满小女生幻想的作品，他居然也看得津津有味。自从上回被他发现了自己在看狗血言情的事，云雨生也想开了。

看就看吧，反正在他心里，她的形象一定糟透了。

可云雨生怎么也没想到，这一回，程千峪不仅津津有味地看完了，末了，他还好整以暇地勾了勾唇。

“原来你喜欢这样的？”

她当场怔住，呆呆地看着他。

少年眉眼染笑，嘴角牵动的弧度分外恣意，眼下那一颗痣更为他添了几分邪气与轻狂。

云雨生几乎是立刻便埋下头，不敢直视那双水光潋滟的凤眼。

下一秒，程千峪突然凑近她的耳边，面容仍是清冷，语气却含着揶揄的笑意与轻慢：“没收了，数学考及格，再来问我要。嗯？”

他靠得这般近，温热的呼吸洒落在她的脖颈上，云雨生几乎是立刻便拉开距离，一句话都无法说得流畅。

程千峪盯着她泛红的耳垂，克制住想上手捏一捏的冲动，嗤笑了一声。

他合上小说，将它收进书包里，看起来刚刚那番话不是心血来潮吓唬云雨生，而是认真的。

云雨生没想到程千峪在这件事情上会是这样认真和执着。

在她上课走神的时候，他会毫不留情用圆珠笔的另一头戳她的手臂；在她下课想看言情小说的时候，迅速塞过来一套卷子。

甚至，他连上体育课也不去打篮球了，老师一解散集合，程千峪就逮到她让她背公式。

云雨生觉得自己生活在水深火热之中，连做梦都是程千峪在身后穷追不舍让她做数学题。

期中考试一过，时间就好像被按了加速键一般。一阵秋雨过后，班上开始有女生在校服里穿上毛线衫。

云雨生的老家一年四季温度都没有太大的变化，也从不下雪，自从来到北涪，她常常掰着手指头盼着冬天能快点儿到来。活了十六年，她还从未亲眼看过漫天飘雪的美景。

但是当学校里的树木全都变得光秃秃，水龙头里流出来的水冻得刺骨，她突然又意识到，冬天其实也没有想象中那么美好。

十一月的最后一天，许慧芬终于想起给女儿收拾出柜子里的冬装。

这些年，她几乎没有为云雨生买过任何衣服，在柜子里翻来翻去，最后找了几件自己年轻时穿过的夹棉大衣。

“学生嘛，凑合穿一下，能保暖就行。”

云雨生听了这话，安静地接过那几件颜色暗淡、款式过时的衣服。

周一上学的时候，班上大部分同学都穿上了毛衣、马甲。

程千峪依然是踩着早读课的铃声进的教室，他一进门，后排的女生都小声议论开来。

云雨生好奇地瞧了一眼，一下子全明白过来。

少年如青竹一般修长挺拔，因为睡了一觉头发有些凌乱，细碎又柔软的发丝胡乱搭在额前，眉目孤傲矜冷。

冷白的一截儿脖颈没入纯白色软糯的毛线衫，更衬得清冷疏离，校服外套被折成两半搭在一条手臂上，他的神情是一如既往地冷淡。

云雨生从未见过能将简约的白色毛衣穿得如此好看的男生，忍不住又多看了两眼。

程千峪已经在她身旁坐下，似乎是察觉到她的视线，他放下书包，松了松肩胛骨，漫不经心地侧眼低笑。

“同桌，早啊。”

他不笑的时候，冷峻的眉眼看起来总有些凌厉感；可他一笑，漆黑的瞳仁瞬间如同浸了水的黑曜石一般，波光粼粼。

云雨生心慌意乱地转过头，无意识舔了舔下唇。

上午的阳光照在身上暖洋洋的，像是金黄色的鳞片一般铺在少年的后背，她又一次偷偷侧眼去看。

突然间，云雨生便明白孙婉妍上次那一番话了。这样清隽内敛的少年，如果他说月亮是正方形的，她一定也会鬼迷心窍地同意。

下课铃响起，段晴霁又跑了过来。她一叽叽喳喳起来，程千峪的脸色便格外阴沉。云雨生见状，急忙拉着段晴霁往走廊上走。

“莫名其妙，那兔崽子凭什么又对姑奶奶我摆臭脸？”

段晴霁愤愤不平，嘴上又骂了几句，低头看到云雨生身上还是穿得单薄，没好气地问道：“你就穿这么点儿，不怕感冒啊？”

云雨生缩了缩脖子，嘴硬道：“我不冷。”

作为一个南方人，她其实很不抗冻，然而许慧芬没有给她准备毛线衫和马甲，只给了夹棉大衣，这几天的温度还穿不上大衣。

段晴霁半信半疑，又提醒道：“我妈说，寒潮要来了，过两天又得降温了。”

她们都没有想到，温度骤降得那样快，到了下午的时候，外边忽然狂风大作，天色一下暗了下来。

坐在窗边的同学纷纷把窗户合上，云雨生很快就发现，自己的手指被冻得通红，肿得跟火腿肠似的。

她又一次搓了搓手，可仍是无济于事。

寒意是从脚底顺着往上爬的，冷空气从裤腿灌入，双腿被冻得僵硬，再往上，小肚子也凉成一片，后脑勺儿也隐隐发疼。

云雨生忍耐着，突然有些怀念老家那边暖和的冬天了。

伍老头儿转过身去写解题步骤时，她突然感觉到大腿被什么东西盖住，低下头一看，是程千峪将他的校服外套塞了过来。

云雨生的心跳停了一秒，余光中少年已经不动声色别开眼，嘴角紧抿着，聚精会神地看着黑板上的数学公式。

她又扫了一圈四周的同学，发现所有人都在专注地跟着伍老头儿解题，这才轻轻呼了一口气。

像是做贼一般，她将左手藏进了那件外套下，因为有了遮挡，小肚子也暖了不少。

程千峪的外套比别的男生都干净许多，被洗得亮白，带着一种好闻的气息，似是柠檬或是柑橘散发出来的果香，清爽又温暖。

伍老头儿一走，身旁的少年便飞速把毛线衫脱了下来，云雨生听到他的动静，心里还没想明白过来，又一次被程千峪用他的衣服盖住脑袋。

她这一回很快便做出反应，将衣服取了下来，杏仁眼微瞪，对上他冷淡的眼神。

“……穿上。”

头顶的白炽灯映出少年俊逸清朗的轮廓，瞳仁是纯粹的乌黑，像是深不见底的冰河。

他伸手摸了摸脖子，有些别扭地移开双眼，神情似是不耐烦。

云雨生手指攥紧毛线衫的一角，手感是如云朵一般软绵绵的，和她的心一样，飘在了云端。

“……那你呢？”

她想，程千峪也会冷的吧，刚才只看了一眼，程千峪的耳根都红了一片。

“穿上吧。”

少年粗声粗气，起身离开，撂下毫无温度的一句：“你要是感冒了，会影响我。”

前排的许诗音和苏园都转过头来，眸光里满是探究，云雨生顿时心虚地低下头。

苏园的语气听起来很是羡慕：“班长居然把毛衣借给你啊？”

云雨生不知道怎么回答，又听到许诗音问了一句：“你们……是那种关系吗？”

云雨生慌忙摇头否认：“不是的。”

她和程千峪，怎么想也不可能吧。那样光风霁月的少年，不是她这种生长在路边的杂草可以觊觎的。

许诗音似乎是松了口气，随口道：“天气要变凉了，你还是多穿一点。”

这个年纪的男孩子都有些英雄情结，也许对于程千峪来说，只是顺手帮助了他的同桌，又或许，他是真的担心云雨生感冒了会传染给自己。

可云雨生还是有些惶恐，抱着他的毛衣，她的大脑混乱一片。

此时的云雨生还并不知道，心底隐约冒出来的那一点儿朦胧不明的情愫，叫作喜欢。

最后那件毛衣又被云雨生还给了程千峪，而他的外套，云雨生还是披上了。

本以为自己那M码的校服已经是大到极限了，没想到和男孩子的衣服相比还是小巫见大巫。

程千峪的外套穿在云雨生身上，直接快盖到了膝盖，看起来十分滑稽。

身上却是暖和了一点，周身被少年倦倦的、温暖的气息包围着，像是被树上突然掉下的、表皮粗糙的柑橘砸到头顶，鼻腔间满是清甜的香气。

云雨生将手揣进长长的衣袖，总觉得自己像乡下庙会时台上那些唱大戏的。

少女低头不自觉弯了嘴角，身旁的少年侧头看来，眸光落在她雪白的脖颈上。

上边绕了两根粉蓝色的绸带，在后脖子处打了个蝴蝶结，像是一只颤动翅膀的蝴蝶，绸带的尾部没入那件原属于他的外套。

北涪的风一刮，狂沙迷眼。云雨生刚走到校门口，身后一群男生就追了上来。

“小鹌鹑——”

听到祁序的公鸭嗓，虽然不愿意承认这个花名，但云雨生还是下意识地回过了头。

一群少年并排骑着单车，中间是程千峪，其他人停了下来，他如风一般往前，在距她一米的地方停下。

少年修长笔直的腿撑在地上，头发被风吹得乱糟糟，有种颓废的美感。

见她乖乖地原地罚站，他嘴角无声弯起，忽然扔了样东西过来。

云雨生手忙脚乱地伸手接过，低头一看，才发现是一把三折的遮阳伞。

“……这是？”

自行车轮胎又往前移动了半米，程千峪将手搭在车把手上，微微俯身，薄唇动了动：“伞。”

一如既往地，惜字如金。

云雨生不得不往前走了几步，在程千峪面前停下，和他的目光撞上，她的呼吸都慢了半拍。

“给我这个干吗？”她眼神闪躲，声音小得只有两个人能听见。

又没有下雨，云雨生怎么想也弄不明白程千峪的意图。

他突然拿过她手里的遮阳伞，将伞撑开，两个人被头顶黑色的伞面遮住，和外界隔开。

光线陡然变暗了不少，似乎连同与他之间的距离也一下被拉近，风声与喧闹声远去，云雨生甚至可以听到他的呼吸声。

她的呼吸变得有些困难，心跳声如擂鼓，即使隔着两层校服外套的布料，仍是不安分。

程千峪缓缓开口，声音是自己都觉察不到的温柔。

“伞放在前边，可以挡风。”

回家的路上，少女将信将疑，在路人好奇的目光中撑着那把黑伞。

还真的和程千峪说的一样，因为有了伞面的阻挡，风沙吹不到她脸上，没那么冷了。

只是这把伞她从没在程千峪那儿见过，伞面边缘是一圈精致的蕾丝，伞骨是银色的不锈钢制成，伞把握在手里沉甸甸的，看起来价格不菲。

难道学神也有少女心？

云雨生胡思乱想着，因为风大，回到家的时候比往常晚了十来分钟。

许慧芬在厨房“噼里啪啦”鼓捣着一家人的晚饭，云雨生放慢脚步悄悄溜进房间，把程千峪的外套脱了下来，叠成整整齐齐的方块，小心翼翼地塞进了书包。

这么明显属于男生的衣服，被许慧芬看到了，又会迎来一轮狂风暴雨。

晚饭的时候云建国无意间看到女儿穿得单薄，眉头紧皱，放下碗筷，从裤兜里掏出黑色钱夹。

“你妈妈忙不开，自己去买些衣服穿吧。”中年男人的手心粗糙开裂，布满茧子，大拇指处尤为明显。

云雨生看了眼许慧芬，慢吞吞地接过父亲手里的百元大钞。

“……谢谢爸。”

对于自己的父亲，云雨生一直觉得对方很是陌生。她的童年缺失了来自云建国的关爱，这一年开始才住在一个屋檐下，青春期的少女与沉默寡言的父亲更加没有话题，平日里见着了也只是点个头便算是打招呼了。

连这一声“爸”，她平日里也很少喊。

许慧芬忽然重重撂下筷子，筷子摔落到地板，发出刺耳的声响。

“女孩子家家的花什么心思买衣服？现在是关键的时候，你先把学习成绩提上去再说。”

云雨生攥紧了手里的纸币，不安地垂下眼，又听云建国说道：“天气冷了，她要是感冒了传染给小宝，不还是要花钱，你就开心了？”

许慧芬的脸色才好看了一些，语气仍是冷冰冰：“你爸爸在外边累死累活的，你花钱可得省着点儿。”

云雨生心底酸涩，她知道父母早出晚归，挣钱养大两个孩子不容易，她也一直很懂事，在学校吃饭的时候从来都是只点素菜。上体育课时其他同学到小卖部买零食、饮料，她也只是远远看着。

但在许慧芬眼里，她依然是那个给家里增添负担的废物，又多余又碍眼。

“我的衣服够穿，钱还是给您吧。”云雨生将钱放到桌上，继续低头扒饭。

贫困拮据的生活不可怕，可怕的是，她的心总是飘在半空，找不到任何依靠。

总是，生怕一睁眼醒来，又会被再次丢弃。

许慧芬捡起筷子给云日升夹了块肉，没好气道：“你爸给了就拿着吧，多用心学习，供你上学可不容易。”

这一张百元钞票兜兜转转又回到云雨生手上，可她的心却一点儿也不轻松。

轻飘飘的一张纸，压得少女几乎喘不过气，她知道，每用一分钱，都是在欠债，都是亏欠了父母，她必须努力学习、主动包揽家务，才能一点一滴还完。

太沉重了，她情愿不要新衣服。

在桌子前坐了好一会儿，她终于将纸币压在了抽屉最底下，慢吞吞地摁下台灯开关。

漆黑，没有边际的黑夜包裹了云雨生，她把自己埋进了棉被。

她好像已经习惯了黑暗，不再需要小夜灯了。

翌日，云雨生穿着深灰色的夹棉大衣去了学校，一路上又引来路人的侧眼旁观。

进校门的时候连门口的值日老师都多看了云雨生两眼，估计是在想这是哪个班的孩子，才深秋就穿上厚外套了，还是这种灰扑扑又土气的款式。

到了班里，段晴霁看着云雨生这一身打扮，脸都绿了。

“你整这一身是搞文艺复兴呢？”

段晴霁说话从不藏着掖着，直接吐槽道：“我奶奶都不这么穿了。”

云雨生一边放书包，一边解释：“这是我妈年轻的时候穿的。”

虽然云雨生没有提过家里的情况，但段晴霁从小就是个人精，她自然看得出对方家境不是很好，于是也很快转了话题。

而祁序到教室的时候，反应也和段晴霁一模一样。

“小鹌鹑，你是在用生命扮演鹌鹑啊。”他忍不住上手摸了摸云雨生外套上自带的帽子，毛茸茸的一圈不知道是什么动物的羽毛，颜色发灰，还真像是一只放大版的鹌鹑了。

云雨生不搭理他，侧身躲开了些距离。

程千峪今天是和祁序一起来的，他走在最后面，一副睡不醒的样子，神情倦怠，双手抄在兜里。只有看到自个儿同桌的那一刻，他浅淡的眸里才掠过一丝笑意。

“老程，你说小鹌鹑今天这身怎样？”

“咳咳。”少年轻咳了几声，嗓音听上去有些感冒的迹象，闷闷的，却又含着毫不掩饰的笑意。

“挺……”他顿了顿，似乎是斟酌了一下，才再次开口，“可爱的。”

可爱？

云雨生愣住，疑心自己是不是出现了幻觉，程千峪这简单的一句，就让少女的心上荡起一圈涟漪。

除了段晴霁，还从来没有人这样评价过她，程千峪是第二个。

他这评价显然掺了不少水分，祁序目瞪口呆，好半天才夸张地拍了拍手，发出怪笑声。

毕竟两人认识十来年，他从没听程千峪嘴里夸过哪个女孩儿可爱。

“哦——”祁序意味深长道。

程千峪直接上手抡了对方一拳，两个人勾肩搭背嬉笑怒骂起来。

云雨生托着腮，看着少年们朝气蓬勃的样子，忽然有些羡慕。

像祁序这样整天没心没肺的人，一定是生活在充满爱意的家庭，被父母疼爱着、保护着，才能这样阳光开朗、肆意张扬吧。

云雨生盯着祁序的后背发呆的时候，程千峪的眸光倏地落在她身上。

视线蓦地对上，云雨生的脸唰地便红成番茄，不知道是不是今天衣服太厚的缘故，她的两颊发热，伸手一摸，那温度都可以摊鸡蛋了。

少女面红耳赤的反应被程千峪尽收眼底，他的眼神暗沉沉的，让人猜不透他心里的想法。

云雨生刚把叠成方块的外套和雨伞塞到程千峪的课桌里，没有听到祁序说了一句：“周蛮蛮那伞呢？她管我要呢，话说回来你拿那玩意儿干吗用啊？”

十二月是少男少女们躁动不安的一个月份，因为月底有平安夜和圣诞节。

课后班上大部分女生都在忙着做手工，什么织围巾、刺十字绣、叠纸星星……花样百出，连段晴霁这样的“手残星人”都跃跃欲试。

“你说，我是给他打条围巾好呢，还是搞个十字绣挂件？”

段晴霁嘴里的他，一定是程千峪了。云雨生仔细思考了下，才说：“现在学这两个，也来不及了吧？”

毕竟距离平安夜，只剩下两个星期。

段晴霁心想有道理，苦恼了一会儿，又突然想起什么，脱口而出道：“要不，我给他叠九百九十九颗星星吧？”

云雨生哭笑不得，不好再打击段晴霁，无奈地说道：“应该可以。”

这段时间在学生间很是流行送纸星星，装在校门口文具店里买来的玻璃瓶，再在瓶身扎上漂亮的丝带，是圣诞节礼物的最佳之选。

不过九百九十九颗，也太多了吧，估计得用一个大罐子才能装下。

段晴霁的行动力很强，一放学就拉上云雨生冲向校门口那家文具店。

两个女生在一堆让人眼花缭乱的彩色手工折纸中看了半天，最后在云雨生的建议下，段晴霁选定了一款浅蓝色的。

云雨生觉得，程千峪给人的感觉就是浅蓝色，清澈明朗，略带距离感。

接下来的日子，她们一有空就照着杂志上的教程折起星星。

课间休息时间，云雨生就从课桌下拿出折纸，专心地折着，连一旁的程千峪看了她许久，她都没有发现。

十颗、一百颗、两百颗……

一个星期过去，云雨生的手都有些抬不动，连在梦里，手指都没有停下。

在折第五百颗的时候，云雨生突然冒出了一个想法：

程千峪会因为这些星星，改变对段晴霁的偏见吗？

如果会的话，他会不会知道，这里面有一半，是她熬夜在被窝里一点一点折出来的？

云雨生被这个念头惊了一下，觉得自己格外对不起段晴霁。

她不得不承认一个自己一直逃避的事实，在折这堆纸星星的时候，脑海中总是会出现程千峪的身影。

初见那天倚在门框上神情疏懒的他、球场上鲜衣怒马的他、生闷气不理人时面容冷峻的他、为她送伞眉眼温柔的他……

不知不觉，程千峪就在她的心底生根发芽，越来越无法忽视。

云雨生意识到，她必须得尽快掐断一些不应该有的念头。

"小霁，对不起。"

云雨生不敢看段晴霁的眼睛，眼睫低垂，小声道："我不能帮你折星星了……"

段晴霁被云雨生这大喘气吓了一跳，没忍住用手指戳了一下她的酒窝。

"你吓死我了，还以为你要跟我绝交了。"

云雨生心底还是愧疚，却不知道该怎么表达心中那一份感情，勉强挤出个笑来。

"还有五天，加油。"

跟随着节日而来的，还有本学期最重要的一件事——文理分科。

云雨生偏科很严重，语文、历史是她的强项，而数学、物理、化学三个科目加在一起还没有历史一门的分数高，她自然是要选文科的。

至于同桌程千峪，她用脚趾头想都知道，对方一定会选择理科。

倒不是他学不好文科，事实上，程千峪九个学科都能排在全年级前三，是所有人眼里的考试怪物。

只是在学校和家长们看来，只有学理科才有前途。至于文科，那都是些只能死记硬背的书呆子才选的。

但云雨生从来不这么认为，她格外钟爱历史和地理这两个科目，常常沉浸在书里那个丰富多彩的世界。文科，也许不如理科那样更具实用性，但能够让她的内心变得更加充盈。

拿到分科告家长书的时候，她迫不及待就用黑色水笔在“文科”后面的方框打了对钩。段晴霁看到的时候还有些不开心，因为这意味着姊妹俩下学期就要分隔两端了。

按照以往的规律，六中的文科生会在迎朝楼上课，而理科生是在对面的中明楼与辉月楼。

“没关系，就算分班了，下课了我也会过去找你的。”

云雨生一边柔声安慰着段大小姐，一边有些出神地想着，没想到和程千峪同桌的一个学期这么快就要结束，剩下的日子越来越少。

以后也许没有太多机会再见到他了。

她突然就有些失落，习惯了每天都能听到他一声冷淡的“早”，习惯了一侧头就能看到他棱角分明的侧脸，想到这些以后都不会再有，心底就像吞了颗酸梅一般，一丝一丝的酸涩缠绕着，挥之不散。

上物理课的时候，云雨生还在分神想着分科的事，手上不小心一个用力，修正带被按压拖出了一大截儿带芯纸。

云雨生手忙脚乱想把带芯纸缠回压嘴座上，结果却适得其反，又拖出来更多的带芯纸。

再一次发现，自己果然是干啥啥不行。

云雨生垂头丧气，跟那被霜打了的茄子似的，整个人都蔫蔫的。

“……脱带了？”

程千峪突然开口，嗓音喑哑低沉，音量只有云雨生能够听到。

他怎么看到了……

莫名觉得丢脸，她摊开书本压住修正带，点了点头。

“嗯……”

下一秒，她便听到极淡的一声轻笑，像是春风拂过枝头的望春花那样温柔。

视线里陡然出现少年的手，腕骨略凸，手背上青筋虬结。

程千峪将她藏在课本底下的修正带拿走，沉声道：“先听课，我等下弄好还你。”

在云雨生胡思乱想的时候，身旁的少年双手正忙碌着。

程千峪的动手能力一流，小时候没少拆过家里的遥控器、电风扇等物品，修好修正带对他而言没有丝毫难度。

组装好修正带的大、小齿轮，将上下两层盖子合上，少年将完好的修正带递了过去。

“好了。”

云雨生盯着程千峪的手，注意力完全不在修正带上。

她见过其他男生的手，要么是手指又粗又短，要么是皮肤粗糙得和树皮一般，甚至还有不剪指甲，甲缝处满是脏污的。

而程千峪的手却生得那样好看，肤色是如象牙一般温润的白，手指修长如春葱，纤细白皙，骨节分明，指尖上嵌着修剪整齐的指甲，甲面边缘处流畅，泛着淡粉色的莹润光泽。

“嗯？”

见云雨生没有接过修正带，程千峪难得耐心，仍是摊开手心。

云雨生猛地清醒，慌忙拿回修正带，结结巴巴道：“……谢谢。”

程千峪没有再说话，安静地垂下眼睫继续画着她永远看不懂的电路图。

时光在这一刻短暂停住，她偷偷看着少年线条清逸的侧脸，还有他耳后那一层薄薄的发茬，心里那头小鹿乱撞个不停。

完蛋，她得捂住嘴巴，否则也许下一刻，她的心就会从喉咙里跳出来。

冷风吹过整座城市，而云雨生坐在教室里，心莫名就安定下来了。

12 月 23 日那天是星期五，大部分学生都没有心思听课。

早上来上学时，校门口已经有不少的小推车在卖用精致礼盒包装的平安果，原本一块钱一个的苹果摇身一变，身价水涨船高，一下子变成五元一个，甚至还有十五元的豪华版。

云雨生出门前在衣柜里仅有的几件衣服里挑了半天，最后选了一件驼色的长外套。

她的衣柜和她的青春一样，都是灰扑扑的，找不到一点亮色。

进教室的时候，云雨生敏感地发现有一大半的女生都精心打扮了。

苏园不再扎着双马尾，将头发披散下来，戴了个粉色的宽边发箍；许诗音把发尾烫了内扣；谭玲把高马尾换成丸子头；就连一向被取笑没有女人味的郑岚，也罕见地涂了层浅粉色水亮的口红。

段晴霁无疑是最亮眼的那一个，她披着蓬松凌乱的波浪卷，画了棕色的内眼线，睫毛也刷得卷翘而又根根分明，嘴唇更是大胆地涂上了妖冶的正红色。

云雨生一边惊叹于好友的美貌，一边又忍不住为她担忧，这要是被教导主任抓到，至少也得写三千字检讨书。

“啊，对了！”段晴霁把玻璃罐放到云雨生的桌上，双手合起道，“我拿的我爸酿酒的罐子，课桌塞不下，先放你这儿了。”

云雨生哭笑不得，只能将玻璃罐轻轻拿起，小心翼翼地放到窗台边上。

段晴霁这人一向不拘小节，别的女生都是挑造型精致好看的玻璃瓶，她倒好，从家里拿了个酒罐子就来了。

祁序刚到教室一眼就看到窗台边这个罐子，大呼小叫道：“小鹌鹑，你在教室里整个泡菜坛子干吗呢？”

云雨生嘴角抽了抽，果不其然看到教室另一边段晴霁转过头来愤怒地给了祁序一记眼刀。

程千峪前段时间是见到云雨生在课桌下偷偷折腾这些玩意儿的，因此他倒是没有太意外，神情仍是不动神色的淡。

周五的最后一节本来是体育课，可伍老头儿也不知道是怎么说动了体育老师，直接就把这节课的时间占为己有，用来给大家讲复合函数。

所有人都心浮气躁，急得在课桌下直跺脚，恨不得外头的狂风能把叨叨不休的伍老头儿瞬间卷走，还他们自由。

“你们啊，还是静不下心，沉不住气，咱们班的平均分……”

讲台上的人自顾自慷慨激昂地讲着，讲台下的人时不时交头接耳、窃窃私语。

“什么时候能下课啊？我急死了！”

苏园侧头和许诗音说着，音量不大，但尽数落入身后的云雨生耳里。

“你还没给他吗？”

许诗音刚说完，苏园又迫不及待问道：“不抓住这个机会吗？咱们都要分班了，下学期可不一定还能凑到一块儿。”

“我看还是算了……”许诗音的语气听上去很是伤感，“他那样的人，不可能喜欢我的。”

云雨生的心突然就被触动了，有一瞬间能对许诗音的悲伤感同身受。

喜欢一个人是不需要任何理由的，也许只是因为遇见他那天，拂面而来的风很是温柔，又也许只是因为他跑步时的样子很飒很帅，总之，十六岁的她们总是会莫名其妙就爱慕遥远的少年。

而不喜欢一个人，却可以有很多很多的理由。比如她太胖，比如她沉闷无趣……

有人说，只有漂亮的女孩儿才拥有青春，云雨生深以为然。像她这样普通、愚笨、没有任何存在感的女孩儿，是没有办法像段晴霁那样大大方方、坦坦荡荡表达自己的想法。

就连多看在意的少年一眼，她都缺乏勇气，更何况是让她坦白自己的心意。

有的人，只适合用来仰望，而后默默藏在心里，在往后无数个惧怕黑暗的深夜里，再将那些与他有关的点点滴滴一遍遍反复回想。

教室墙上的钟似乎是坏了，分针走得慢悠悠，所有人都紧紧盯着表盘，可越是期待下课铃，时间就过得越是缓慢。

后排的人早早把桌上的课本收到书包里，做好了铃声一响立马冲出教室后门的准备。

似乎是过了一个世纪那么久，铃声终于响起，大家飞快抓起早就收拾好的书包，不等伍老头儿说下课，所有人都往后门奔去。

“你看看你们这些孩子！不像话……”伍老头儿气急败坏地吼了句，可这一点也不影响学生们如出笼的鸟儿一般欢快的心情。

以往程千峪放学都是直接背上书包就往篮球场去的，今天也不知道怎的，还坐在原位看着课本。

云雨生瞥了一眼，他看的是上个星期就学过的内容，她心下不解，看到段晴霁已经在走廊上冲自己摇手，便赶紧抱着窗台上的玻璃罐往外走。

她一离开，身后的少年手指僵住，视线跟着她的背影，眸光沉沉，分辨不出任何情绪。

“快点儿快点儿，别让他跑了。”

听到段晴霁的催促声，云雨生顿时愣住了。

程千峪不是还坐在教室里吗？

段晴霁这么着急，似乎要找的人并不是程千峪。

“谢殊越！谢殊越，你站住！”

段晴霁上前拽住少年的手臂，意外的是，对方并没有第一时间甩开。

一身黑衣的少年周身散发着阴郁冷漠的气息，正站在明眸皓齿的段大小姐身旁。

云雨生虽然没搞清楚状况，但还是自觉地退了出来，站到一旁等待着。

呼！

没有来由地，云雨生突然松了一口气。原来段晴霁想送礼物的人，是谢殊越啊。

仔细回想了下这段时间以来发生的事，一切都是有征兆的，只是她先入为主。

送完了礼物，段晴霁拉着云雨生去小卖部买东西吃。

“程千峪？就他？”段晴霁翻了个白眼，舔了一口雪糕，不紧不慢开口道，“那家伙扔了我那么多橙汁，我脑子有坑才给他送礼物呢。”

云雨生点了点头，沉默地咬着吸管。

太阳直射点移动到南回归线上，天色一天比一天暗得快。

两个女生吃完零食聊完天，月亮已经出来了，天幕是暗沉的蓝，看不见一点星光。

走出校门的时候，一群男生正好也打完球准备回家，远远地，云雨生就听到祁序那标志性的公鸭嗓。

夜色昏暗，骑着单车落在一群人最后面的是程千峪，少年一手扶着车把，一手闲闲地搭在腿上，神情闲散恣意，身影轮廓渐渐与黑夜融合。

云雨生张了张口，看着程千峪从自己身边经过，眸光冷淡，头也不回。

像是一阵风拂过幽暗的森林，没有留下一点踪迹，抓不住。

"……平安夜快乐。"

她喃喃自语，声音被夜里的风盖过，并不真切。

云建国和许慧芬平日里各忙各的，鲜有机会能坐下来静心谈话。周末云雨生终于把握住机会，趁父母都在家，把分科告家长书拿了出来。

云建国点了根烟："你爸我呢，大字不识几个，这种事情你和妈妈商量就行。"

许慧芬拿起薄薄的告家长书，看到云雨生在文科那一栏打了钩，柳眉倒竖："我早听刘姐说了，她女儿选的就是理科，将来容易找着工作。"

云雨生难得鼓起勇气："可是，我更喜欢文科。"

话音刚落，许慧芬没好气地冷哼一声，语气强硬道："喜欢能当饭吃？每年高考理科生的一本上线率可比文科生多了三成，你必须选理科。"

云雨生张了张口，很想反驳，可面对许慧芬铁青的脸，她便一句话都说不出来了。

云建国吐了口烟后，点了点头："就听你妈的吧。"

夫妻俩就这样达成了一致的意见，谁也没有关心云雨生的想法。

他们也许是不知道女儿偏科严重，也许是知道了也不在意。毕竟在两人眼里，别人家的孩子选什么，才是最重要的。

段晴霁知道这个消息后，反而替她生气："你爸妈怎么这样啊，一点儿都不尊重孩子。"

云雨生叹了口气，她痛恨自己的懦弱，却又无能为力，想到接下来还要和数理化生纠缠两年半，后脑勺儿便疼了起来。

2011 年的最后一天，云雨生终于不情不愿提交了分科申请表，一切尘埃落定。

在即将迈入 2012 年的那段时间，学生们之间讨论的热门话题是关于世界末日的预言。

根据玛雅历法所言："时间的终结是 2012 年 12 月 22 日。"那时候的他们对于这个预言，是深信不疑的。

坐在教室里，云雨生胡思乱想了许多，比如头顶的天花板会不会突然坍塌，比如龙卷风会不会把大家都吹到半空。如果真的有世界末日，那一天到底会是怎样的？

如果真有那一天，是不是就不用上学了？

自从选择了理科，她的厌学情绪达到了前所未有的最高点。

"在世界末日之前，我要把想做的事情通通都做一遍！"

段晴霁手上握着荧光笔，在笔记本上涂涂画画。

云雨生扫了一眼，发现上面的标题是：再不疯狂我们就老了。

下边列了一百件段晴霁还没有做过的事情。

段晴霁突然问了句："对了，我们小雨生有什么心愿？"

心愿吗？云雨生抬头看着远处的高楼，思绪飘到了遥远的天际。

小的时候，她和奶奶住在破旧的老房子，屋里只有一扇小窗，白天时也见不到太阳。地上是开了缝的红砖，一到春天地面和墙壁就会沁出一层水，让人的心情也变得潮湿。

那时候，她的心愿是可以住到明亮干爽的房间。

上学的时候，同学都嘲笑她穿着不合身、土气的衣服，嫌弃她打扮中性，她没有朋友，每天都被班上的男生欺凌。

那时候，她的心愿是可以强大到不受任何人欺负。

随着年龄的增长，她不停地意识到自己的心愿根本不可能会实现，忘记是从哪天起，她就再也没有了心愿，每天都浑浑噩噩地活着。

"我没有……心愿。"

段晴霁显然不相信，瞪大了眼睛："怎么可能，你就没有什么想做的事情吗？"

"没有。"

她这样回答，心里却冒出一句，我想选文科。

但是已经没有意义了。

云雨生的心愿根本不重要，许慧芬想让她做的，她便只能去做。

2012 年 1 月 2 日，云雨生终于见到了人生中的第一场雪。

第二节课的下课铃响起，他们推开教室门的时候，扑面而来的空气携带着干燥的冷意，北风刮到脸上如刀割一般。

这个年纪的男孩儿似乎有用不完的热量，他们是不怕冷的，有的甚至脱了外套，只套了件薄薄的毛线衫就往楼下跑。

女孩儿们却是从头到脚全副武装，头戴毛线帽，脖子上缠着厚厚的围巾，手上戴一副棉手套，鞋子也换成棉靴。

她们三三两两、拖拖拉拉才走到大操场，缩着脖子不停跺脚，说话时呼出来一团又一团白气。

云雨生站在一班队列的最后，正僵硬地做着伸展动作，忽然感觉到头顶落下了轻飘飘的水珠。

“下雪了！下雪了！”

整个操场的学生很快便沸腾起来，顾不上广播里的音乐，一个个仰头看着雪花飘落，叽叽喳喳地手舞足蹈。

云雨生愣愣地摊开手心，直到一片洁白雪花轻轻落下，晶莹剔透，很快便化成冰凉的水珠滑落至袖管。

她仰头去看，天空是灰暗的一层白，雪如盐一般铺天盖地，落到望春花的枝头，落到赤红色的跑道，落到清瘦孤傲的少年肩头。

程千峪转过身来，修长挺拔的身形被黑色的茧形大衣包裹住，米白色的围巾抵住锋利分明的下颌。

隔着不远不近的距离，四目相对，周围的一切仿佛都静止下来。

雪花自他的发梢掉落，化成冰水，冻成一缕一缕，白雪与黑发形成强烈的对比。

一月上旬一过，期末考也来了。

考试的前一天，所有人留下来清理教室，程千峪却不在。

听伍老头儿说，学校准备让程千峪参加全国数学竞赛，以往参赛名额都是给了高二的学长，整个高一也只有程千峪得到了这个机会。

云雨生之前被他没收的那本小说，最后是由祁序还了回来。她交给租书店老板娘的时候，才发现书里夹了一张便利贴：

加油。

力透纸背、龙飞凤舞的字体，和程千峪本人一样，清隽俊逸。

她甚至可以想象到他说这两个字的语气，冷淡又疏离。

这是作为同桌的鼓励，不带有任何其他的含义，云雨生当然知道。可她的心里还是无法避免地滋生出不敢声张的甜蜜。

期末考试成绩出来后，她的数学拿到了有史以来的最高分——87分。虽然还远远追不上班级平均分，但不管怎么样，总算是及格了。

贴在公布栏上长长的红纸上，黑色毛笔字列出了年级前三百名，第一行第一列，程千峪的名字格外显眼。

云雨生杵在原地看了许久，最后隔着透明玻璃轻轻地抚摸着那三个字。

和寒假一起来的，还有云雨生最不喜欢的——春节。

别人家也许是走亲访友、欢声笑语，但她家，永远都是恶毒的咒骂声和冷冰冰的气氛。

奶奶在世的时候，云建国都会带着妻儿回老家。每当那时候，许慧芬总会和老人家吵得面红耳赤，闹得一大家子都不痛快。

今年总算不用回老家，可这一家四口还是没有过上一个平静欢乐的年。

除夕前一天许慧芬才放假，忙里忙外地打扫房间、准备年货，也许是劳累过度，她去菜市场买菜的时候把鱼落在别人的摊位上，再回去找时已经不见了。

因为一条鱼，许慧芬心里的怨气一下子全面爆发，回家看到丈夫只知道瘫坐在沙发上吞云吐雾，夫妻俩又吵了个天翻地覆。

云雨生拿了个小凳子坐在洗手间，双手浸在冷水里慢吞吞地搓洗着衣服。

自己、弟弟还有母亲的衣服她都洗完了放在一边的盆子里，剩下的是父亲的衣服。

云建国的毛衣、裤子也洗好了，就差最后一件——内裤。

云雨生想到刚来北涪那会儿，她每次洗到男士内裤都会觉得不自在。半年过去了，她不仅没有适应，反而觉得比之前更尴尬了。

从前，她对自己的性别还没有太大的概念。认识了段晴霁以后，云雨生才知道，原来到了这个年纪她们要穿文胸，而且不适合再为异性洗贴身衣物。

但许慧芬并不在意这些，仍是让云雨生负责洗一家人的衣服。也许是因为十几年来这个家都没有出现过第二个女性，就连父亲云建国，也常常只穿着条四角裤就在客厅晃荡。

云雨生甚至不敢在房间换衣服，每次都要躲到洗手间去换，因为她永远不知道下一秒父母会不会不打一声招呼，突然就推门进来。

窗外鞭炮声“噼里啪啦”响起，烟花在夜空中绽开，少女蹲在洗手间，心里只有一个念头，如果她能拥有一个真正属于自己的空间，那该有多好。

磨磨蹭蹭到楼顶天台晾好了衣服，云雨生没有回家，而是在楼下走了一圈。

每扇窗户都亮起暖色的灯，这一夜的北涪犹如白昼，家家户户都感受着团圆的喜悦。在这一刻，她更觉得自己孤独。

内心深处升起隐秘的期待，云雨生又一次走过废弃球场。可惜的是，那里一片漆黑，空无一人。

她没来由地觉得难过，走到篮筐下站了很久，手指无意识抚上那根粗糙不平的柱子。

在过去的某个时间，她心里的少年一定也曾背靠这根柱子，那时候他会想些什么呢？

云雨生从没有这样想念过一个人，明明只是十来天没见到程千峪，她却感觉像是已经过了十几年。

经过超市，她鬼使神差地买了一包手工折纸。

回到家的时候，许慧芬和云建国还在争吵，云雨生躲进房间，钻进被窝里打开了手电筒。

上一回折星星是为了段晴霁，这一回，她想给程千峪折上九百九十九颗星星。

明明知道这种行为没有任何意义，他也不会因为这些就多关注自己。可云雨生想，她的心事总要找个出口，纸星星就是最好的寄托。

她也会在折纸上写上一些句子。有时候是记录她当天的心情，有时候是写窗外的天气。

有天云雨生在电视上看到了一句台词——“好きです”，是日语的“我喜欢你”，她觉得很喜欢，于是就把这一句写到了折纸上。

好喜欢你，怕你知道，也怕你不知道。

元宵节那天，段晴霁打了好几通电话把云雨生约了出来。她一放假就回了老家，过完年才坐上回北涪的火车。

分开了二十来天，两个女生一见面仿佛有说不完的话，在大街上搂在一起完全舍不得分开。

她们先去了新华书店，又快开学了，辅导资料自然是要提前准备的。

“雨生你看！这个也太可爱了吧！”段晴霁指着一对硅胶玩偶钥匙扣，满眼放光。

云雨生走了过去，这一排挂满了各式各样的钥匙扣，造型可爱又别致。段晴霁看上的是一对戴着帽子的小熊，穿蓝色衣服的一脸严肃，穿粉色衣服的憨态可掬。

“咱们一人一个好了。”段晴霁刚说完，突然又意识到了什么，“不行，我还得给小白脸也买一个。”

“小白脸？”

段晴霁难得有些羞涩：“谢殊越那家伙快过生日了。”

云雨生嘴唇微张，愣了三秒才反应过来，小声说道：“这样啊。”

视线落到面前的钥匙扣上，云雨生发现了一个落单的，是一只闭着眼睛睡得正香的小兔子，耳朵粉嫩嫩的，还涂了可爱的腮红。

旁边的钥匙扣都是成双成对，只有这一个是单独的。云雨生看了一下价格也算便宜，便决定买下了。

吃过晚饭后，段晴霁又提议要去看市中心公园举办的花灯展。

公园里的人格外多，两个女生被挤得险些透不过气。段晴霁那张明艳妩媚的脸又一次给她惹来了麻烦，她们被几个流里流气的男人盯上，为首的胖子凑上来非要拉着段晴霁陪他们去酒吧喝一杯。

“别碰我，有病啊你们！”

段晴霁双手交叉在胸前抱着手臂大喊着，而云雨生强迫自己镇定下来，轻声细语试图劝他们离开。

“你们再这样，我就报警了。”

她刚说完，身后突然传来“啪啪”的鼓掌声，段晴霁最先回头，又惊又喜：“祁序！”

云雨生也是第一次发现，这两个字是这样可爱亲切，她急忙转过身去，果然是祁序在鼓掌。

和他一起的，还是那熟悉的几个人。

在后来的几年里，云雨生已经完全记不清这一晚的花灯是什么样的，因为她的所有注意力都被人群中眉眼冷峻的少年给夺走。

程千峪穿着白色的高领毛衣，外面披了件蓝色牛仔外套，下身穿着黑色长裤，长身玉立。

她忘记有多久没见他了。程千峪似乎是剪短了头发，额前的发乌黑细碎，被打上一层朦胧的灯光，显得整个人柔和了许多。

他的眼却还是一如既往地冷，透着化不开的寒意，唇色很淡，周身都散发着清冷的气息。

看到三个人高马大的少年，原本还想对段晴霁动手动脚的小流氓很快就跑了。

“谢啦，我请你们吃烧烤吧。”

虽然一向不喜欢孙婉妍，但段晴霁还是心情大好，决定请大伙去撸串。

七个人正好凑了一桌子，除了孙婉妍和周蛮蛮，还有一个三中的男生，上回在球场和云雨生有过一面之缘，他叫陈煊。

几个人还在那边挑着烤串，只有程千峪在云雨生的右手边坐下。

她突然就紧张了起来，手指不安地在桌下绞着衣服。

“新年快乐。”

他淡淡开口，拿起餐巾纸擦拭着桌面。

云雨生始终不敢侧头去看他，小声回了一句：“……新年快乐。”

说完迟来的新年祝福，两个人又陷入了沉默，过了一会儿，程千峪突然开口。

“87。”

她下意识“嗯”了一声，不解地抬起头，电光石火之间意识到，这个数字就是自己的数学成绩。

“你不应该谢谢我吗？”

程千峪难得有些无赖，云雨生能感觉到，他今天的心情很好，虽然她并不知晓原因。

“……谢谢你。”一句话被她说得磕磕绊绊，甚至连手心都因为紧张沁出一层汗。

见云雨生不看他，程千峪突然就想使坏，他早就看到这姑娘手里抓了个小玩意儿，只是灯光昏暗，他看不清是什么。

“我的奖励呢？”

少年挑了挑眉，嘴角淡淡牵起，朝她摊开了手。

大脑处于宕机状态，她不知所措，慌乱间抬眼看到孙婉妍她们已经说说笑笑朝着这边走来，心里一急，她下意识把手里握着的钥匙扣放到程千峪的手心。

那是她下午才买的小兔子钥匙扣，此刻，它躺在了少年温热的掌心。

“这个……”她涨红了脸，“送你了。”

借着路灯投射下来的橘色光线，程千峪眉眼低垂，这才看清楚手上的玩意儿。

是一只圆乎乎的小兔子，模样和她还挺像，小巧又柔弱，可爱得让他想揉一揉。

第四章 /
礼物

“谢谢。”少年眉眼染笑，无声地勾起嘴角，“这个奖励我很喜欢。”

孙婉妍拉着周蛮蛮正好落座，听到这一句，她好奇地抬眼看向云雨生：“你们在说什么呀？”

云雨生正要回答，被身旁的人抢先一步，少年的语气又变得冷淡起来：“没什么。”

孙婉妍没有再追问，一手撑着下巴朝着程千峪浅浅笑着。

云雨生忽然觉得空气有些闷，她借口去催一下段晴霁就站起身。他为什么不和孙婉妍说实话呢？是怕对方误会吗？

跑了几趟，他们才把烤串都上齐，摆满了一整张桌子。

祁序扯开嗓门儿：“老板，拿点儿饮料上来。”

说完他又补了句：“哪有让妹子请客的道理，今天哥哥我请客，大家随便吃随便喝，别跟我客气，但是你除外。”

他的手落在周蛮蛮身上：“你自己买！”

周蛮蛮气呼呼地转身，不欲再搭理他。

看到这对欢喜冤家，云雨生没忍住弯了弯嘴角。

“他们两个住对门，从小一起长大。”

身旁的人忽然开口，音色清冽。她侧头看去，少年剑眉星目，白色毛衣更衬得肤色冷白如玉。

除了段晴霁和她，其他人都是老相识了，所以程千峪这话显然是在跟她说了。

云雨生的心情没来由地轻快，她的胆子也大了几分：“数学竞赛是什么时候？”

程千峪无意识地转动着杯子，眸光落到她的侧脸：“三月。”

他整个寒假都在集训，今天才出来透了口气，没想到正好遇见了她。

云雨生垂着目光道：“……加油。”

段晴霁已经和祁序他们喝了起来，几个人天南地北无话不谈。孙婉妍放下手中的豆奶，眼神落在了那个少年身上。

他正和身旁的云雨生低声说着什么，眉眼低垂，连周身的寒意都化开了些。

那是孙婉妍从未见过的、另一面的程千峪，她无意识地握紧了瓶身，眼眶有些酸痛。

开学那天云雨生才在公布栏看到分班结果，她和段晴霁都在理科十四班。

“太好了！”

两个女生抱在一起，这意味着接下来两年半她们都会一直在同一个班级。

理科十班到十八班都在辉月楼，十四班在第六层。她们爬楼梯累得气喘吁吁，到了六楼，走廊上已经围满了人。

云雨生从教室后门进去的时候，最后一排的座位已经被占满了，她在倒数第二排靠窗的位置放下自己和段晴霁的书包。

刚坐下没多久，谢殊越双手插兜从后门进来，在教室扫了一圈后，视线落在云雨生身上。

“她来了吗？”

云雨生被谢殊越这沙哑的声音吓了一跳，反应过来才赶紧用手指了指课桌里段晴霁的粉色书包。

“小霁去厕所了。”

谢殊越面无表情，低声说了一句：“谢谢。”

随后，他便将她们身后那张课桌上的书包丢到一边，直接把这个位置占了。

还真是，简单粗暴。

云雨生扶了扶额头，总觉得这个男生并不像段晴霁嘴里那样的单纯无害。

段晴霁洗完手蹦蹦跳跳回来，看见谢殊越时忽地愣住，随即露齿一笑，虎牙尖尖有几分可爱。

奇怪的是，两个人并没有怎么聊天，谢殊越又趴到桌上呼呼大睡了，这个人仿佛永远睡不醒。

段晴霁不以为意，很快就和云雨生聊起寒假时重播的热剧《步步惊心》。

云家的遥控器是掌握在弟弟云日升手里，他看什么云雨生就只能跟着看什么，因此她还没来得及看这部火遍大江南北的宫廷剧。

听着段晴霁绘声绘色地说起剧里的情感线，云雨生不停地追问。

“那若曦喜欢谁呢？”

“十四阿哥喜欢她吗？”

“十三阿哥后来怎么样了？”

直到听到背后凳子被拖动与地面摩擦出刺耳的声响，云雨生好奇地转头看去。少年放下书包，身影在晨光下被蒙上一层浅浅的金黄。

黑色的书包设计简约，便显得拉链上挂着的那个粉白色小兔子玩偶异常突兀了。

“咦，我怎么感觉程千峪包上的挂件有点儿眼熟。”

段晴霁皱起眉头，想了半天，总觉得在哪里见过这个小兔子玩偶。

云雨生赶紧把她的注意力转移过去：“别管挂件了，快告诉我若曦最后跟十四爷在一起了没有？”

“哦，他们啊……”段大小姐不再多想，很快又滔滔不绝讲了起来。

云雨生松了口气，脸上的温度却没有降下来。

她怎么都没想到程千峪居然也在十四班，之前看分班名单的时候，她完全不敢抱有任何期待，也根本没有刻意去找他的名字。

这个意外之喜让少女的心久久不能平静下来，完全没心思听段晴霁接下来讲了什么。

程千峪用上了她送的挂件。一整天，云雨生的心里都只剩下这一件事。这种感觉很奇妙，像是拥有了只有两个人共享的秘密。

她觉得，自己又朝程千峪走近了一步。

祁序是第二天才来学校的，看到程千峪和谢殊越成了同桌，他有了种被哥们儿和同桌同时背叛的感觉。

“你俩就这样把我抛弃了？”

谢殊越懒得搭理他，把头转了个方向又闭上眼睛了。程千峪戴上耳机，低头摆弄着MP3。

祁序就这样被彻底无视，段晴霁好心安慰了句：“天涯何处无芳草，班长心里没你，换个人爱吧。”

祁序一阵恶寒：“段晴霁你又忘吃药了？”

云雨生捂着嘴偷笑，窗外冰雪逐渐消融，这一刻她突然觉得，一切都是最好的安排，去不了想去的文科班，但好在她再也不是孤身一人。

开学的时光过得很快，每天的日常都如此相同，让人探寻不到一丝惊喜。

第二个星期一大早进教室的时候，云雨生就被眼前的一幕震惊得失语。

程千峪和谢殊越的课桌上堆满了各种各样的礼盒，看起来大部分都是巧克力。

早读课快过了一半，程千峪才从后门进来。

云雨生正跟着大家念课文，后背被一样钝钝的东西捅了一下。

见领读的同学没注意下边，她转过身，对上程千峪漆黑的眼，他的手里握着一支荧光笔。

“怎么了？”她做口型问他。

程千峪不动声色道：“他们呢？”

他难得问起别人的事，云雨生有些惊讶。开学以来，程千峪和谢殊越两个人似乎有些不对付。

要说有什么矛盾和纠纷吧，也说不上，但是云雨生总感觉这两个人暗地里憋着股劲儿，谁也不爱搭理谁。

她想不明白，程千峪明明不喜欢对方，为什么还要和谢殊越做同桌。

“还没有来。”

怕他听不到，云雨生又凑近了一点儿，声音软糯甜腻，像是一根羽毛轻轻划过少年的心脏。

痒痒的。

早读课结束，段晴霁和谢殊越才一前一后回到教室。

“吃吧，别跟那家伙客气。”

段晴霁把谢殊越桌上那一堆礼物抱在怀里，塞到她们的课桌下，打开了其中一盒德芙，不由分说地就往云雨生嘴里送了一颗。

“怎么样，好吃吗？”

云雨生微微蹙眉，表情有些纠结：“……有点儿苦。”

身后传来少年很淡的一声笑，下一秒，程千峪伸出手臂横在云雨生面前。

他手上拿着的是一根棉花糖，造型是活灵活现的小兔子，上边裹满了亮晶晶的糖霜：“这个不苦。”

云雨生愣了一会儿才接过，这好像不是其他女生送他的礼物。

会是哪儿来的？

她还没来得及问出口，祁序已经大呼小叫跑了过来，伸手把程千峪拽到走廊上去。

云雨生垂下头，轻轻把糖放回课桌，刚才尝着略带苦味的巧克力，在嘴里融化后却成了丝丝的甜。

日子不紧不慢地过着，云雨生的生活开始有了一些细小的变化。

理科班的男女比例是三比一，女生们成了珍稀动物，平时连搬个板凳都有好几个男生过来帮忙。

即使是云雨生这样普通的女生，每天一早到了班上也有不少男生热情地和她打招呼。一开始她还有些不适应，后来慢慢地也习惯了，甚至可以自然微笑地回应他们。

最让她们烦恼的仍然是学习成绩，云雨生的学习方法向来是靠死记硬背，而段晴霁做题全靠蒙。

第一次月考，两个女生的理综成绩在班上垫底，被班主任叫到办公室训了一顿。

“你说就我俩这成绩，想上个二本都够呛的。”

段晴霁垂头丧气：“你说谢殊越怎么回事，天天上课睡觉，作业也不动，结果考试还比我们高分，这有天理吗？”

云雨生沉默不语，想到程千峪那满分的化学卷子，被巨大的挫败感压得喘不过气。

以他的实力，即使发挥失常了，也能考到国内 Top2 大学。

而她却不一样，这一个月她很是认真，上课丝毫不敢分神，连小说也不看了，在家努力做题，可结果还是一样的惨淡。

原来努力并不一定会有结果，云雨生再一次痛恨自己的愚笨。

两个女生被低气压笼罩，后头的少年并不是全然不觉。

放学的时候，她们都没有离开座位。谢殊越收拾书包，看着前边的女孩儿趴在桌上一副死气沉沉的样子，上前一把将人拉了起来。

“你干吗？我还不想走啊。”

段晴霁的反抗没有一点儿作用，谢殊越轻轻松松就把她拎了起来，往教室门外带。

两个人吵吵闹闹地离开了，周围一下又变得安静下来。

祁序在窗外抱着颗篮球：“老程，走啊，他们都在等着呢。”

云雨生收回视线，低下头继续做起物理题。什么曲线运动、平抛运动，她看到这些脑袋就疼。

唉，什么时候可以彻底和这些烦人的公式说拜拜。她真的好想念历史老师的声音。

少女长长地叹了一口气，下一秒耳边有人打了个响指。

她抬起头，程千峪拉了张凳子在她面前坐下。

他没说话，只是拿起云雨生课桌下那一摞习题册翻了翻。

云雨生突然有种面对老师的紧张感，全身都有些僵硬，根本读不进去题干，一道题看了半天都不知道问的什么。

“这个，题型太单一。”他放下一本，又翻开第二本，看了几眼继续道，“这本呢，对你来说难度超出太多。”

继续往下翻了翻，少年“咔”了一声：“还有这本，解析都错了一半，你在哪儿买的？”

云雨生小声回道：“这是小霁的……”

她哪有钱买这么多习题册，刚才程千峪拿的那些都是段晴霁买来的，她们两个人的东西混在一起从没有刻意区分。

“这个也别做了，高考已经不考这种题。”

云雨生正在做的那本习题册也被他夺过，少年似笑非笑，语气不容拒绝：“草稿纸拿来。”

她乖乖地找出草稿本，在他面前摊开来。

程千峪拿起黑色水笔，在纸上画了个简单的示意图。

“船只渡河的时间，要看小船垂直于河岸的分速度……”

他刻意放慢语速，用最简单的语言给她讲解着，神情是从未有过的专注与耐心。

云雨生一开始还有些紧张，生怕程千峪觉得自己思维迟钝理解能力差，但慢慢地，她便跟上了程千峪的思路，沉浸在物理的世界里，连时间也忘记了。

“喂，你们还不走吗？”

祁序一身热汗，看到这两人凑得这么近，他本来还有些激动，结果越听越不对劲儿，合着他俩是在这儿讨论学习的。

他瞬间无语了，凉凉开口道：“差不多得了啊，都要锁校门了。”

云雨生抬眼看向窗外，外边的天黑沉沉的，再一看手表，都已经过了七点，住校生的晚自习也快开始了。

程千峪放下水笔：“先到这儿吧，明天再继续。”

“明天还来啊？”祁序小声抱怨道，程千峪不在，他们在球场被那群高二的虐得丢盔弃甲，脸都丢尽了。

祁序将枪口对准云雨生：“小鹌鹑，别学了，再学更傻了。”

云雨生本来还在因程千峪那句“明天再继续”失神，听了祁序这话，气呼呼地扭过头不愿搭理，快速收拾书包准备离开。

程千峪低眼轻笑，单手抓起书包肩带往背上一甩，对着祁序的腹部抡了一拳：“还打球吗？老地方。”

祁序捂着肚子，嘴上却是诚实：“打！”

云雨生走在前面，身后两个大男孩儿骑着单车不紧不慢地跟着。

她满怀心事，根本没有注意到身后的人，一边烦恼着回去又要因为这烂透的成绩被许慧芬骂个狗血淋头，一边不停回味着程千峪给自己讲题时专注又清冷的神情。

少年瞳仁乌黑，认真的时候眸光透亮，像是所有的光都装在他的眼里，让她心甘情愿溺毙在他眼底那片清澈的湖泊。

云雨生不知道的是，程千峪和祁序护送她到了楼下，看着小姑娘慢吞吞地上楼，他们才掉头离开。

四月，天气逐渐暖和起来，学校里的望春花抽出了新的枝条，放眼望去，整个校园都是鲜活的嫩绿色。

随着春天脚步而来的，还有另一个好消息——程千峪在之前代表六中参加的数学竞赛中拿到了一等奖。

学校领导层乐不可支，恨不得装上栅栏把程千峪当成珍稀动物一样围起来保护。

因为这事，程千峪又在学校出名了。连高三的学姐都慕名而来，每天站在走廊上往他们教室里边看。整个六中没有谁不知道高一理科十四班有个长相俊美的清冷学神。

长得好，头脑聪明，三分球也是被所有男生公认的最强，这样的男生，难怪能让那么多女生前赴后继。

被公认为校花的高二学姐于思这段时间也常常跑到辉月楼来找程千峪。

段晴霁凑到云雨生耳边，小声八卦着："连于思学姐程千峪都不搭理，他是想要月亮上的仙女不成？"

云雨生哭笑不得，也不止一次好奇过这个问题——程千峪这样的男生，到底会喜欢什么样的类型？

自从和祁序熟悉起来后，云雨生才知道孙婉妍和程千峪只是普通的朋友关系。听祁序说，程千峪从没有喜欢过哪个女生。

这样看来，他的眼光是真的很高。

孙婉妍虽然不是校花级别的大美女，但生得清秀温婉，笑起来很甜美，被很多男生视为"六中沈佳宜"。

云雨生无端感到失落，无论是于思还是孙婉妍，她们的外貌、性格都比自己强上很多，她的喜欢注定是要悲剧的。

放学后段晴霁一走，程千峪直接坐到她的位置上，打开化学课本准备给云雨生讲离子键与共价键这一部分的内容。

"由离子键构成的化合物……"

不知怎的，今天程千峪说的每一个字云雨生都有些听不进去，大脑一片混乱，怎么也无法集中注意力在课本上。

她烦躁地看了一眼窗外，才发现于思捧着奶茶站在窗边笑眯眯地盯着程千峪看。

"有人找你。"

云雨生声音闷闷的，"啪"地合上课本："家里有事，我先回去了。"

说完她没有看程千峪的反应，随便装了几本课本放到书包，低着头就走了。那时候云雨生还不明白这种心情，原来就叫作吃醋。

她只知道，她的心底酸酸涩涩的，只想赶快回到自己的被窝蒙上被子痛痛快快哭一场。

事实上，她也这样做了。

这个晚上，少女把头伸出窗外，吹着冷风抽抽搭搭哭了许久。

临睡前她拿出藏在床下的糖果盒，里边放着的是她折的纸星星，正中间的是程千峪送的兔子棉花糖。

她一直舍不得吃，可也许哪天这根糖就会融化掉。

不属于自己的东西，再怎么绞尽脑汁，也是留不住的。

光是想到程千峪会跟另一个女生走在一起，陪她笑陪她闹，把外套借给她，为她买很多很多的棉花糖，云雨生的心就像堕入了无边无际的深渊。

飘浮着，不安着。

也许是因为吹了夜风，第二天起来云雨生的脑袋昏昏沉沉，全身变得很重，像是背着巨石一般。

经过客厅时，她整个人脸朝地板摔下，身体乏力，想爬起来都没有力气。

许慧芬视而不见，冷漠道："赶紧上学去，别在这儿装死了。"

云雨生头痛欲裂，却还是扶着沙发站了起来。舌根处很烫，呼吸都带着热气，她没有胃口再吃早饭，背上书包迷迷糊糊往学校走。

到教室时，她身上出了不少汗，额前的发湿漉漉的，像是刚从河里捞上来一样。

"你怎么了，不会是来那个了吧？"段晴霁眼神担忧，随即想到好友应该是生理期刚来，身体不太舒服。

云雨生张了张嘴，却没有力气发出半点儿声音，她疲惫地闭上了眼睛。

两个人认识这么久，段晴霁知道云雨生一直有痛经的毛病，于是也没有太放在心上。

这天早读课领读的是英语课代表沈纯，每次站在讲台上她的目光都会停留在段晴霁他们四个人这边，今天也一样。

因此，她很快就发现云雨生在课上睡觉。

沈纯走到段晴霁桌前，出声提醒了一句：“赶紧叫她起来，不然让主任看到了，咱们班又得挨批。”

段晴霁不耐烦地说道：“她不舒服。”

沈纯撇了撇嘴：“不舒服还来学校干吗？”

她是班上的好学生，自然是看不上段晴霁和云雨生这样吊车尾的女生。

段晴霁懒得搭理她，继续明目张胆拿起言情小说看了起来。沈纯果然被气得不轻，傲慢地哼了一声，转身回去了。

在段晴霁的掩护下，云雨生又安稳地睡了两节课。到了课间休息的时候，段晴霁才忽然意识到不对劲儿。她伸手摸了摸云雨生的脸，那热度吓了她一跳。

“这么烫，你发烧了怎么不在家好好休息？”

段晴霁又喊了几声，发现云雨生根本没有清醒过来，她转过身推醒谢殊越，急得快要掉出泪来。

“快帮帮忙，雨生发烧了。”

程千峪本来还在做题，不知道是听到了哪个字眼，他立刻摔下笔，起身拉开凳子。

少年直接上手探向云雨生的额头，眸光瞬间沉了下来。

“你跟老师说一下，我带她去医务室。”

段晴霁下意识点了点头，还没反应过来，程千峪已经将云雨生打横抱起，从教室后门冲了出去。

走廊上正在嘻笑打闹的人看到这一幕，纷纷呆住一秒，随即发出惊呼声。

“那是咱班班长？”

“这是啥情况？”

“出大事了！”

段晴霁总算冷静下来，急忙吩咐了谢殊越几句，抓起保温杯也跟着往医务室跑。

云雨生睁开眼的时候，看到的是白色的天花板。她揉了揉眼睛，才发现自己躺在了学校医务室的床上。

听到动静的校医放下笔，柔声说道：“你这孩子，发烧 39℃都不知道，再烧下去脑袋都要烧糊涂了。”

云雨生缓慢地坐了起来，喉咙发干，嘴唇没有半点儿血色。

“等会儿通知家长过来接，你好好躺着吧。”

校医急着下班，把药品服用方法写在纸条上交给她之后，就合上门离开了。

放学铃响起没多久，段晴雾就跟小旋风似的冲到了医务室。

“我看看好点儿没有。”她伸手摸了下云雨生的额头，松了口气，“还好还好，烧退下来了。”

云雨生感激道：“小雾，谢谢你。”

她原本以为，把自己送到这里的人是段晴雾，没想到对方却迅速否认了。

“谢我干吗？你要感谢的是班长啦，你都不知道他那会儿有多着急，抱着你跑得跟飞起来似的，姑奶奶我追都追不上……”

段晴雾边啃着苹果，边滔滔不绝把上午的事情复述了一遍，显然因为这件事情对程千峪的好感再次直线上升。

原来那不是梦，云雨生又一次想起让她一辈子都无法忘怀的一幕。

当时昏昏沉沉，她只觉得自己漂浮在一片岩浆中，突然间便搂住了一道清凉的光，那光带着她逃逸，驱赶所有的黑雾。

梦里的那道光原来是程千峪，她渐渐松开手心。

这一场感冒突如其来，都说病来如山倒，病去如抽丝，云雨生的感冒拖了半个多月都没有好。

即使生病了功课也不能落下，她没有请假，每天把自己包得跟个肉粽子似的坐到教室，桌肚里全是擦过鼻涕的纸团。

四月底的时候天气逐渐变得闷热，班上的许多男生已经穿上T恤，让段晴雾不由得感慨男女身体构造果然是不一样。

程千峪也越来越忙，每天一放学就跑得没影了。听祁序说他最近在准备全国信息学竞赛，整个六中只有他一个人有资格参加。

没了程千峪的课后补习，云雨生仍旧努力地和数理化生死磕。看着她一边吸鼻涕，一边打起精神搞题海战术，段晴雾深受感染，连肥皂剧也不追了，每天放学后自愿留下来陪着云雨生学习。

天资愚钝，于是便只能花更多的时间去追上其他人的脚步。云雨生常常做着做着题便疲惫得一头倒下，短暂地合上双眼喘息几分钟。

某天她和往常一样，在艰难地解完一道数学题后，把头埋在手臂里歇息了一会儿，直到听到身后传来熟悉的脚步声。

少年没有叫醒她，只是微微俯身伸手把她旁边的窗户合上，不让冷风吹进来。

鼻腔间是她所熟悉的气息，干净又清新，云雨生心脏猛跳，悄悄睁开眼。

落入视线的是那双红色球鞋，她不敢抬头，察觉到他深沉的眸光盯着自己的后背，很久很久。

全国信息学竞赛落下帷幕，程千峪又开始给云雨生进行一对一的补习，段晴霁就这样被无视。也因此，谢殊越不得不加入他们的学习小组。祁序一个孤家寡人无所事事的，也厚着脸皮跟着一起了。

太阳东升西落，时间一天天推着她们往前。期中考试结束后，两个女生都筋疲力尽，躺在操场的大草坪上。

“我受不了了！这样的日子什么时候才是尽头啊！”段晴霁不顾形象地大喊，把这段时间以来的压力和坏情绪尽数释放。

云雨生直起身来，认真地掰着手指头数了数：“还剩下十次大考，再过两个夏天，我们就可以解放了。”

段晴霁被逗笑，望着头顶清澈蔚蓝的天，想象着高考结束以后的夏天她们要怎么尽情玩耍，“长大”这个字眼似乎离她们还很遥远，却又似乎是触手可及。

“对了，这个暑假，我们去山上露营看星星吧？”

段晴霁一向是想到什么就去做，因此刚冒出这个想法，她就迫不及待去找祁序商量。

两个玩心重的人一拍即合，为了让程千峪、云雨生和谢殊越也加入进来，那段时间他们的学习热情空前高涨，只为了一个共同的目标——期末考结束后五个人一起去烟丹山露营。

说起来也奇怪，不知道是从哪一天起，段晴霁和祁序不再针锋相对、一见面就互相辱骂对方，而程千峪和谢殊越也越走越近，不再对彼此抱有敌意。

进入六月后，五个人的关系越来越紧密，连周末也会约在市图书馆碰面一起学习。

换作以前，云雨生想都不敢想，有一天内向自卑的自己能拥有这么多真诚热情的好朋友。

六月下旬，伴着盛夏的蝉鸣声，五个人结束了人生仅有一次的高一生活。随之而来的还有一个好消息，程千峪又拿下了全国信息学竞赛的金奖。

领成绩单的那天，云雨生在公告栏看着年级前三百的名单，终于在末尾处看到了自己的名字：

第 299 名，云雨生，总分 560。

这是云雨生有史以来的最高分，这个结果一半是因为她自己足够努力刻苦，但云雨生知道更多要归功于程千峪的耐心和帮助。

她看着红色宣纸上黑色毛笔书写的大字，年级第 1 名后边那三个字龙飞凤舞，数了数，这时候她和程千峪之间隔了 297 个人。

“考得不错，化学还有待进步。”

身旁的少年不知道是什么时候出现的，云雨生侧头看去，他似乎又长高了不少。云雨生必须很费力地仰头，才能看到他那双好看的凤眼。

程千峪略低下头，喉结滚动了几下，淡漠的视线落在少女绯红的耳垂上。

香樟树郁郁葱葱，日光从枝叶间倾洒而下，点点光斑影影绰绰。少年穿着松松垮垮的白色短 T 恤，双手抄在兜里，嘴角无声地弯起好看的弧度。

“小、鹌、鹑。”

他突然伸手探向少女柔软的头顶，轻轻揉乱了她的头发。一年过去，她的头发已经长到肩膀处，发丝垂顺乌黑，衬得她的巴掌脸更显小巧精致。

云雨生微微抬眸，程千峪也在同一时间弯下腰，两个人的视线蓦然对上。

少年眼尾微微上挑，乌黑的瞳仁仿佛浸了水一般水光潋滟，眼下一颗泪痣落在冷白的脸上为他添了几分邪气。

她浑身上下的血液仿佛瞬间被抽空，只能听见心脏扑通扑通的跳动声。

蝉鸣声聒噪不安，夏天的风吹动树叶发出“沙沙”的声响，合欢花随风坠下，轻轻飘到少女的肩头。

她忽然听见程千峪极淡的一声低笑，而后，头顶传来少年低哑清冽的声线：“七月见。”

他逐渐走远，在烈日下身影高大清瘦，后背孤傲挺直，白色T恤的衣角被风吹起，成为云雨生记忆里永远无法磨灭的一部分。

这是属于她的夏天，热烈而生动。

七月，台风来袭，一连下了几天的暴雨，老城区的积水一直没有退下。五个人心心念念的露营之旅最后还是泡汤了。

这天云建国回来的时候，全身都淋湿了，脸上却是喜气洋洋。

“你堂姐买了触屏手机，这台诺基亚就用不着了，正好给你用。”

云雨生接过，手心上躺着的按键机格外小巧，上边的键盘磨损得厉害，已经看不清数字了。

云雨生记得许慧芬抱怨过，这是去年为了庆祝堂姐考上一本云建国特意买来奖励她的。他这人一向重视兄弟情谊，把哥哥家的女儿看得比什么都重要。

用许慧芬的话来说，就是自家都吃不上饭了，还死要面子在外头装大方。

云雨生没想那么多，能拥有一台旧手机，对她而言已经是天大的好事。

因为这一次期末考试云雨生考得不错，许慧芬没少跟同事们炫耀，心情一好，便难得同意了她去同学家过夜。

晚饭后雨终于停了，云雨生骑上母亲的单车，带着充满电的手机去段晴霁家。

段晴霁家所在的小区是北涪市中心最贵的楼盘之一，云雨生也是这天才知道，段大小姐原来比大家想象中的还要有钱。

她的父母在做外贸生意，平时总是忙得不见人影。云雨生进门的时候，只有段晴霁一个人在家。

两个女生瘫在沙发上吃着薯片看了会儿肥皂剧，直到一阵手机铃声突兀响起。

“我在看电视呢，不然还能干吗？”段晴霁跷着二郎腿，咬碎了嘴里的薄荷糖。不知道是因为听到了什么，她突然蹦了起来。

“行啊，我把小雨生也带去，你们等着啊！”

挂了电话，段晴霁把云雨生拉了起来。

“走走走，赶紧换衣服。”她笑得神秘兮兮，“带你去个好地方！”

云雨生一脸蒙地就被段晴霁拽着手臂拉到卧室打扮了一番，换上了段晴霁衣柜里的黑色亮片吊带裙，脸上也被她涂涂画画。

直到被推到镜子前，云雨生都有些难以置信，镜子里两颊绯红的少女真的是自己吗？

眉尾低垂，杏仁眼水雾弥漫，瞳仁是浅浅的琥珀色，唇色殷红，一颦一笑间有种说不出的妩媚。

平日里那低眉顺眼、唯唯诺诺的模样荡然无存。

段晴霁的个子比云雨生高了不少，但这条吊带裙对于云雨生来说却是意外的合身。

胸前是V领的设计，领口开得有点儿低，圆润的黑色珍珠串成肩带，裙子整体的薄纱加珠片显得少女又性感。

总之，是云雨生想都没有想过要尝试的风格。

坐上段晴霁的自行车后座，云雨生还有些忐忑，一手捂住胸口，一手不安地压住了裙摆。

夏夜的风挟带着马路两旁缅桂花的清香，拂过少女的发间。两个女生穿过大街小巷，最后在市中心最火爆的KTV——莱茵河门口停下。

莱茵河这边段晴霁可没少来过，对这里不能更熟悉了，她牵着云雨生轻车熟路地就找到了谢殊越所说的包厢。

刚进去，云雨生不得不分出手来捂住耳朵，里边刺耳的音乐声和祁序那大嗓门儿震得她耳膜快破了。

包厢内光线昏暗，头顶的彩色频闪灯有些晃眼。

她的视线直接越过了正在激情演唱的祁序，落到了最里边的少年身上。

程千峪整个人陷进了沙发里，灰色的T恤领口宽松，略微凸起的锁骨清晰可见。

比上回见面时相比他的头发又长了不少，也许是刚运动完，发梢湿漉漉的，遮住了他的眉眼，周身散发着生人勿近的疏离感。

他正捧着手机，手指敲打着屏幕，似乎在玩什么游戏。她看得并不太清，明明分开也没有多久，但她总觉得，他又变了许多。

似乎是察觉到云雨生的注视，程千峪忽然抬起头，漆黑的眼望了过来。

四目相对，云雨生狼狈地先一步移开双眼。

她已经可以做到自然地和其他人对视了，可遇到程千峪时，她还是做不到，总是落荒而逃，一点也不坦荡。

“才两个星期没见，小鹌鹑怎么大变样了？”

祁序放下话筒，上前来从头到脚把云雨生打量了一遍，表情极为夸张地吹捧了段晴霁高超的化妆技术。

段晴霁被夸得心里美滋滋，扭头扯了扯谢殊越的袖子。

“别睡了，你快看看雨生，好不好看？我为她化的妆呢！”

黑衣少年掀开眼皮，忽地凑近她耳边：“……你最好看。”

谢殊越的话音刚落，程千峪直起身来，若有所思。他轻轻放下手机，视线锁住了被祁序拽着一起合唱的少女。

云雨生觉得此刻异常煎熬，祁序也不知道是不是得了失心疯，非要拉着自己陪他合唱林俊杰的《小酒窝》。

“……我真不会。”

她紧咬下唇，并不是想破坏好朋友的兴致，可一来她生性害羞当着这么多人的面根本无法自然地唱出来，二来这首歌她确实不会唱。

“哎呀，行了，你别欺负她了。”

段晴霁看不下去，直接把两个人摁在沙发上，拿起话筒跑去换歌：“姑奶奶来给你们露一手！”

云雨生如蒙大赦，一手捂着胸口，有些拘束地在最外边的沙发上坐下。

她几乎没有穿过裙子，还是很不适应双腿完全暴露在其他人视线里的感觉，即使段晴霁不止一次夸过她的腿很直很好看。

不仅是穿裙子，来 KTV 对云雨生而言也是第一次。她的注意力很快就被段晴霁吸引，完全没注意到身旁有人坐了下来。

不得不说，上帝有时候确实很偏心。段大小姐不仅生得漂亮，嗓音更是万里挑一，她唱的是这段时间火遍大街小巷的歌曲《泡沫》。

一曲完毕，祁序带头热烈鼓掌，哄得段晴霁心花怒放。

听到身旁的鼓掌声，云雨生后知后觉侧过脑袋，才发现程千峪已经坐在自己旁边。少年神情懒倦，鼓起掌来是毫不掩饰的敷衍。

与她的目光对上，他嘴角一弯，眉眼间的冷淡都散了不少，沾了些玩世不恭。

在学校时，程千峪看向别人的眸光都是冰凉淡漠，没有半点儿温度。

可这一瞬间，云雨生在他的眼里看见了暗沉沉的迷雾，像是充满诱惑却又遍布荆棘的黑暗森林，充满了未知和危险。

云雨生的身体陡然僵住，片刻后，她挪开了一些距离，却突然嗅到一丝清洌的气息。

并不难闻，可这气味却让她有些心惊，因为此刻离自己最近的人是程千峪。

这味道，自然也是他身上携带的。

“别光我一个人唱啊，你们也快点儿，嗨起来。”

然而除了祁序，没有人响应段晴霁的话。毕竟剩下的三个人，都是沉闷的性子。

程千峪就不说了，祁序和他认识了十来年，就没见过这家伙唱过歌。谢殊越呢，他那嗓音光是说话都能吓得熊孩子做一夜噩梦，要是真唱歌那还得了。

于是炒热气氛这个重担，又回到了云雨生身上。

不知道为什么，今晚的程千峪总让她觉得有些危险，她趁着这个机会坐到了前边，拿起麦克风。

“……那，我唱一首吧。”

云雨生听过的歌并不多，便选择了学校广播站常放的《晴天》。

因为害怕自己带有老家口音的普通话被同学嘲笑，她平时不爱说话，声音也很小，这还是她第一次在别人面前唱歌。

她紧张得手心出汗，连声音也不自觉颤抖，好在刚唱到一半，包厢门就被推开了。

“Surprise（惊喜）！”

周蛮蛮穿着牛仔背带裤冲了进来，身后跟着的孙婉妍穿着碎花连衣裙，手上提了个方方正正的礼盒。

云雨生放下话筒，看见段晴霁翻了个白眼，踢了祁序一脚，朝他挤眉弄眼。

“这、这可不怪我啊。”祁序浑身不自在，粗声粗气地质问周蛮蛮，“你们俩怎么来了？”

周蛮蛮笑眯眯道：“我问阿姨了呀，她说你在这儿唱歌呢。”

祁序摊了摊手道：“都听见了吧，要怪就怪我家老妖婆。”

人来都来了，也没有把她们赶走的道理。段晴霁耸耸肩，朝周蛮蛮道：“你们想唱什么歌自己点就行。”

段大小姐都点头了，祁序朝孙婉妍手上看去：“你手上拿的是啥玩意儿？能吃吗？”

孙婉妍瞪了他一眼，随即在程千峪身旁坐下，慢吞吞地解开了礼盒上的绸带，里边是一个六寸的冰激凌蛋糕。

“阿峪，生日快乐。”

听到孙婉妍这一句，除了周蛮蛮其他人都愣住了。

“老程今天生日？”祁序一副状况外的样子。

程千峪轻轻颔首，神情仍是极淡：“谢谢。”

这一句，是对孙婉妍说的。

人一多，云雨生的存在感便弱了不少。她安静地在最里边的沙发坐下，包厢里的空调开得很低，吹得她手脚冰凉。

原来今天，是程千峪的生日。

她掰着手指头数了数，7 月 24 日，那么程千峪就是狮子座了。

原本云雨生并不是很相信占星学，但受星座达人段晴霁的影响，她现在又莫名有些迷信了。

上回段晴霁好像说过，狮子座男生的速配是白羊座女生。

想到这儿，云雨生的情绪不自觉变得低落，她是水瓶座。

正胡思乱想着，视线里一双笔直修长的腿朝着她走来。

“你很冷吗？”

这是今晚程千峪对云雨生说的第一句话，嗓音清越温柔，不自觉蛊惑着她。

云雨生摇了摇头，手指攥紧了裙角，察觉到他的视线落在自己身上，她下意识伸手捂住胸口。

下一秒，她又觉得自己的动作实在有些多余。

先不说她这排骨一样的平板身材毫无看头，再说了，程千峪也不是那种男生。

也不知道为什么，此时的他在云雨生的心里，就跟一个得道高僧似的，清心寡欲，一副看破红尘的冷淡模样。

当然，云雨生的这些想法后来被段晴霁嘲笑了好长一段时间，笑完段大小姐还总结了一句经典名言——“你对男人一无所知！”

看到云雨生呆愣的反应，程千峪嗤笑了声，弯下身来与她平视，俊颜慢慢逼近，眸光晦暗不明：“……怕我？”

他似乎是笑了一下，眉梢眼角都染上恣意与邪气，话头却突然一转：“向心加速度公式还记得吗？”

这话题转得令人猝不及防，包厢里味道又重，闷得人透不过气，云雨生的脑袋都是蒙的，水眸睁大，呆呆地“啊？”了一声。

程千峪忽地伸出手指在她额心轻轻点了一下：“忘了我就算了，公式也全忘了？”

云雨生只听见脑子里“轰”的一声，脸上迅速浮起热潮，热气窜遍她的全身，就连头顶都要开始冒烟。

他这人怎么又开始学祁序不正经起来了？

而且，她哪里是忘记他了。

云雨生张了张口，很想反驳，可看着程千峪脸上毫不掩盖的揶揄和逗弄意味，她又把那些话吞回了肚子。

他好像有两副模样，让她分辨不清，到底哪一个才是真实的他。

“光唱歌没意思啊，咱们来玩游戏吧！”

祁序一开口，段晴霁和周蛮蛮立刻举手同意。

孙婉妍也浅浅笑着：“我没意见。”

“我去前台要副牌，咱们七个人可以玩杀人游戏。”

段晴霁很快就拿了卡牌回来，喊着其他几个人围在一起坐好，简单地讲了一下游戏规则。

他们七个人中，除了上帝视角的法官，其他六个人分为杀手和好人两大阵营。所有玩家闭眼后，杀手睁开眼睛决定杀一个人，被杀的人就退出游戏了。

接着大家睁眼讨论谁会是杀手，经过投票后选出一人，然后将嫌疑人处决。好人揪出所有杀手即视为游戏胜利，反之杀手胜利。

输的一方就要接受惩罚，喝完一整杯可乐。

云雨生没有玩过这类游戏，听得云里雾里，唯一能确定的就是，当法官最轻松了。

于是她毫不犹豫抢先道：“我来当法官吧。”

段晴霁点头同意：“也行，一人当一次法官好了。”

云雨生坐在另一边，其他几个人并排坐在中间的沙发上，游戏正式开始。

她从左到右依次给大家发了身份牌：“准备开始了，大家低头闭眼靠后坐。”

所有人都乖乖合上眼睛，云雨生的音量也大了些：“杀手请睁眼，确认自己的同伴。”

她说完也有些好奇，刚才分发卡牌的时候连她都没有看清六个人里哪两个人才是杀手。

头顶的宇宙球灯和飞碟灯光线交错，五光十色，下一秒，最右边的两个少年倏地睁开眼。

是谢殊越和程千峪。

少年最先看向的不是同伴，而是身为法官的云雨生。

在忽明忽暗的光线里，他的发丝变得格外黑而亮，肤色更显冷白，眉梢眼角仿佛淬了冰，淡漠的唇倨傲地抿成一道直线。

一对上程千峪的目光，云雨生的心跳就会变得不稳，别开眼，她声音低了许多：“……请你们决定要杀死谁。”

谢殊越和程千峪对视了一眼，瞬间就心照不宣，同时做出了手势。

云雨生顺着那两人的手指看去——祁序那家伙还闭着眼睛，完全不知道大祸临头了呢。

“好的，天亮了，请大家睁开眼睛。”她憋着笑，好不容易才调整好表情。

“昨夜被杀的人是，祁序。”

众人沉默了两秒，然后不约而同笑出了声。

祁序一脸难以置信，愤怒地盯着云雨生：“What（什么）？”

少女无辜地回望着他："你出局了。"

"what the fuck（去你的）！"

祁序大吼了一声，如果这时候英语老师在场一定会觉得无语，毕竟这家伙向来连二十六个字母都认不全，没想到他这三个单词的发音比任何时候都准。

游戏继续进行，场上剩下三个好人，段晴霁无条件相信谢殊越，而孙婉妍怎么也舍不得把程千峪投出去。于是周蛮蛮莫名其妙就被全票出局了。

毫无意外，杀手获得压倒性的胜利。直到游戏结束，段晴霁都不敢相信，她这么相信谢殊越，结果闹了半天这家伙才是杀手。

"骗子！"

段大小姐气呼呼，谢殊越沉默了下，主动替她接受了惩罚。

第二轮游戏为了增加难度，杀手牌只有一张。这回谢殊越学乖了，主动担起法官一职。

云雨生在程千峪身旁坐下，拿到身份牌一看，不自觉心中一紧，她是杀手牌。

身旁的少年似有所感，睨了她一眼，沉默不语。

第一个晚上，云雨生犹豫了很久，最后决定从最左边开始杀人，第一个目标就是周蛮蛮。

众人睁开眼讨论，轮到云雨生发言，她紧张得声音都在颤，弱弱道："……我是好人。"

"就没了？"

祁序咬了口西瓜，又自己下了个结论："不过小鹌鹑也不会骗人，我信她。"

于是第一轮投票中，几个人把段晴霁给投了出去。

第二个晚上，云雨生依照顺序杀死祁序。

天一亮，被宣告死亡的祁序果然气得跳脚："怎么又刀我，有本事把程千峪弄了！"

这话刚说完，他自己也觉得有点儿不对劲儿，气急败坏道："老程，你就是杀手吧，又弄我！"

游戏进行到这里，云雨生知道，自己离胜利只有一步之遥。

然而也许是因为女生特有的直觉，孙婉妍说道："阿峪不是杀手。"

云雨生的心一下子提到嗓子眼儿，以程千峪的智商，他一定也能猜到拿杀手牌的就是她。

她抬眸佯装镇定，然而微微颤抖的肩膀已经将她出卖。孙婉妍自信满满地举起一只手："我们俩投——"

"我投孙婉妍。"程千峪突然开口，直接打断了孙婉妍的话。

明目张胆的偏心，让孙婉妍一张脸瞬间煞白，其他人也错愕了下，神色各异。

云雨生呆住，少年已经侧头看向她，眉眼染笑，嘴角掀了掀。

那双漆黑的眼分明已经将她看透，可他还是投了孙婉妍。

为什么呢？

云雨生想不明白，却还是闷闷出声："……我也投婉妍。"

谢殊越似乎早就洞察了一切，凉凉开口："孙婉妍出局，游戏结束，杀手胜利。"

程千峪拿起饮料，仰起头一饮而尽。

"现在，是你赢了。"

他眼眸微敛，瞳仁乌黑透亮，视线相交的一刻，少年周身的薄凉都散了去，如同春雪消融。

云雨生满怀不解，却不知道该怎么问出口。她微微张口，最后只轻轻说了句："……生日快乐。"

我的少年，祝你能够一直快乐。

另一边，祁序鬼吼鬼叫："哪有这么玩的，老程你这样放水，得多罚一杯！"

孙婉妍自顾自喝了一杯可乐："愿赌服输，我干了。"

暑假一晃而过，升上高二以后，他们有了新的身份——学长和学姐。

然而开学才一个星期，已经有不少的高一学妹慕名而来，每天都在理科十四班门口的走廊上探头探脑，就为看程千峪一眼。

有天云雨生正在走廊上一边透气，一边背着英语单词，后背被一根细嫩的手指戳了戳。

她转过头，对上学妹羞涩的脸，对方个子比她还高，说话嗲里嗲气的："学姐，你是十四班的吧？"

云雨生轻轻点头，下一秒看到对方眉开眼笑，亲密地挽着她的手：“那学姐能不能帮我把这封信交给程师兄呀？”

云雨生垂下眼，沉默了片刻后，轻声开口：“对不起，我帮不了你。”

连她自己都觉得有些奇怪，以前那个唯唯诺诺、从来不敢拒绝别人的云雨生，在不知不觉之间改变了许多。

她不再总是低头含胸驼背，也慢慢敢和其他人对视微笑。

云雨生喜欢这样的自己，越来越勇敢和自信。

回到座位的时候，段晴霁好奇地问：“刚才那女生找你干吗？”

她一五一十交代完毕，段晴霁一边照着谢殊越的答案抄写，一边说了句：“还找到你身上了。”

整个年级谁不知道，和程千峪走得近的也就他们几个，其中最好捏的自然就是云雨生了。想来那个学妹是认定了云雨生性格软糯好欺，觉得她不会拒绝自己的要求。

“程千峪，我先声明啊，我绝对没有别的意思。”段晴霁缓缓地问出重点，“你到底喜欢啥样的人啊，难不成你真想要天上的仙女？”

彼时程千峪正在写着生物试卷，听到这话微微抬头，眸光意味不明，紧紧锁住前边少女单薄的后背。

“你猜？”

段晴霁翻了个白眼，转过身继续补作业了。

云雨生的视线一直停留在刚才背过的单词上，刚才他们两个人的对话她听得清清楚楚。

程千峪的答案，是什么意思？

她正想得有些失神，后背又被戳了一下。

“……怎么了？”

那双浅淡的眸子掠过一丝不易觉察的笑意，他轻扯嘴角，冷峻的面容仍是不动声色：“作为帮你补习的回报，帮我买早餐？”

云雨生虽然已经学会拒绝其他人，可面对程千峪，她说不出一个“不”字。

“好……”

接过程千峪递来的饭卡，云雨生缓慢地转回身去，过了好一会儿，才偷偷拿出来仔细看了看饭卡上的一寸照片。

蓝底的照片，少年身穿校服，黑短的发垂搭在额前，眉目如同淬了冰一般矜冷，眸光不驯，微薄的唇紧抿着，少年气息清冷而内敛。

她小心翼翼地将这张饭卡夹在了钱包的最里层，仿佛珍藏的是什么宝贝似的。

十一假期以后，天气仍旧闷热，空气中挤不出一丝水分。一转眼，又到了一年一度的校园运动会。

高二的学习压力比高一大了不少，因此今年他们班只参加了篮球赛这一项目。

“快点儿，他们说高一有个学弟长得超帅的！”

段晴霁一只手上拿着毛巾和矿泉水，另一只手拉着云雨生迫不及待地往篮球场那边走。

今年两个女生不用再辛苦挤进人群，因为计分这个任务被分配给了她俩。

云雨生站在计分板旁边，望着远处湛蓝色的晴空，总觉得一切都有些不可思议。段晴霁抱着大容量的矿泉水送给程千峪的画面还历历在目，总感觉是昨天的事情。

可一晃眼，原来时间过得这么快，已经一年过去了。

别看谢殊越平日里只知道蒙头大睡，这次他可是破天荒第一次报名参加篮球赛。

段晴霁指着场上一个男生：“小雨生，你去问他要个联系方式呗？”

这一年云雨生的头发又长了不少，披散下来垂在胸前，齐刘海儿遮住眉头，露出长而圆的杏仁眼，瞳仁颜色很浅，宛若清澈的褐色玻璃珠，鼻头小巧精致，唇色殷红水亮。

看起来又纯又乖，加上她声音软糯清甜，性格又安静，班上不少男生开始注意到她。

“我？”

云雨生表情万分纠结，一会儿看着场上那个穿着蓝色球服的学弟，一会儿看着段晴霁。

“我去不好吧……”

段大小姐说的那个师弟叫关晏，个子很高，身形修长挺拔，留着干净利落的寸头，光着膀子，肤色是健康的小麦色，神情桀骜不驯。

总之，看起来就不像是好说话的。

然而段晴霁表情楚楚可怜，戳着两根手指头扮可爱，云雨生拒绝的话就说不出口了。

“去试一试呀！”

云雨生迟疑了下，无奈地点头：“……好吧。”

她心想，反正对方肯定会拒绝的，虽然有点儿丢脸，但是能让段晴霁高兴也不错。

于是中场休息的时候，云雨生鼓起勇气拿了一瓶水朝着几个男生走了过去。

祁庁正靠在谢殊越身上说着话，一看到云雨生，连忙招手喊了声：“小鹌鹑——”

可她就像没看到他们似的，直接和程千峪擦身而过，径自走向关晏。

“你、你好。”

云雨生结结巴巴，掏出了随身携带的《高考英语 3500 词》和圆珠笔递了出去。

“可不、可不可以给我你的，”察觉到无数道视线都落在自己身上，云雨生深吸了一口气，“……你的联系方式。”

一句话说得磕磕绊绊，音量很轻，她甚至不确定关晏能不能听清。

“联系方式？”

关晏挑了挑眉，答应得很是干脆：“可以啊。”

随即，他一只手将篮球夹在手肘和身体之间，另一只手接过她递来的小册子和笔。

云雨生愣住了，没想到事情会这样顺利，完全不是她预想的那样。

关晏打开她的那本《高考英语 3500 词》，嘴角勾起好看的弧度。

“高二理科十四班，云雨生？”

他低头盯住她，语气听起来意味深长：“原来是学姐啊。”

云雨生低头不语，见他写完两串数字，立刻匆匆忙忙夺过自己的单词本，连笔都忘了拿，飞快转身朝着段晴霁跑了过去。

真是丢死人了。

在段晴霁身边停下，她的脸红得跟番茄似的，呼吸声都有些沉：

“……拿到了。”

段晴霁已经目睹了刚才的一切，她拍了拍云雨生的肩头，毫不吝啬地夸道：“干得漂亮！”

另一边，祁序摸了摸下巴，盯着蓝队的关晏打量了半天。

“小鹌鹑干吗问那家伙要联系方式？”

他用手肘捅了捅谢殊越：“不是你说，我们几个随便哪个人拎出来不都甩关晏十八条街？”

谢殊越懒得搭理祁序这个低龄儿童，松了松肩胛骨，侧头看了眼程千峪。

少年刚好脱下刚才一直穿着的白色T恤，露出坚硬结实的胸膛，腰部线条野蛮流畅，充满力量感。

边上不少女生看了过来，脸上都染了薄薄的红晕。

程千峪将T恤甩到一边的草坪上，弯腰拿起一瓶矿泉水，单手轻松地拧开，直直往头上倒了下来。

阳光下，少年黑短而柔软的发沾上水珠，闪闪发亮，顺着发尾往下滴落，连长而密的睫毛也变得湿漉漉，一双漆黑的眼褪去往日的冷淡，染上一丝暴戾。

叫人看上一眼，便觉得浑身骤然冰冷。

一时间惹得女生们更是尖叫连连，祁序很不服气，走到她们面前展示着自己手臂上的肌肉：“不就是肌肉吗？哥也有。”

然而他得到的是师妹们异口同声的：“让开，别挡着程师兄！”

就挺，令人心碎的。

祁序捂着胸口夸张地求谢殊越安慰时，程千峪已经穿上红色的球服，一瓶矿泉水被他仰头一饮而尽，凸起的喉结微微滚动了几下，他不耐烦地出声：“别吵了，烦。”

祁序瞬间乖乖站好，和谢殊越默契地对视了一眼，同一时间看清了对方眼底的潜台词——不好，某人发火了。

程千峪这人，平日里看着冷冷清清，从不发火。但要是谁让他发火了，下场可比得罪了祁序还要凄惨。

冰山沉在海底的部分，也可能是灼热的岩浆。而现在，火山随时就会爆发，他们不约而同担心起那位师弟，希望他足够坚强……

这一刻，祁序在心里默默为关晏小师弟点了几根蜡烛。

果不其然，下半场比赛开始，关晏就感受到了来自程师兄的“关爱”。

整场比赛下来，他连摸球的机会都没有，程千峪就跟疯了似的毫不遮掩地公然针对他。

关晏本来就是他们这一队的主力，全靠他一个人进球得分，可因为程千峪，他完全找不到机会切入。

“啧啧。”段晴霁不停摇头，“这学弟有点儿不行啊。”

云雨生不懂篮球，却也看得出程千峪一直在压制关晏，她的心里一瞬间闪过一个荒谬的念头，可下一秒便被她自己否定。

身后的师妹们指着场上的少年，叽叽喳喳地议论着：

“高二的师兄们好帅啊，我喜欢那个12号！”

“我觉得3号师兄也很帅啊，他刚才还看我了欸。”

“你们不觉得，那个皮肤白白的7号也很帅吗？”

最后当然是红队获得了比赛胜利，而蓝队的五个男孩儿已经彻底怀疑人生。

“队长，你不会是得罪了那12号吧？”

“好家伙，他一个球都不让阿晏有机会碰到。”

而红队那边，已经有不少女生围了上来送水送毛巾。

程千峪避开围上来的学妹，撩起球服下摆擦了擦脸，任由汗珠从下颌滚落没入红色的领口。

云雨生看着他径直朝着自己走了过来，耳根潮红一片。

下一秒，程千峪直接抢过她手里只剩半瓶的橙汁，仰头喝了一口，眸光波澜不惊。

“……我、我……”云雨生大脑完全宕机，无法完整说出一句话，磕磕巴巴的。

“我再去给你拿一瓶！”她慌忙转身，想再去小卖部重新买一瓶，手腕却被少年紧紧握住。

温热的、略带潮气的肌肤碰触到她的手臂内侧，像是一根巨大的藤蔓将少女紧紧缠住，她的身体陡然僵硬，连心跳都慢了半拍。

“……怎么了吗？”

程千峪眼睫低垂，嘴角噙着一抹意味不明的笑，眉眼间的凌厉冷峻荡然无存，连锋利的面部线条都柔和了不少。

“不用。”

他轻声开口，陡然转了话题：“《高考英语 3500 词》？”

云雨生下意识乖乖地把兜里的小册子拿了出来，双手奉上。

少年手指微屈，干脆利落地将那写了两串阿拉伯数字的一页撕了下来，揉成纸团。

“嗖”的一声，正好投入不远处那个绿色的垃圾桶。

见鬼去吧。

少女水眸睁大，像是被点了穴一般定在原地，看着程千峪弓背低头靠近。

鼻腔间不止有香樟木的气味，还有程千峪身上清冽好闻的气息，像是咬碎的薄荷糖在舌尖融化的感觉。

云雨生听见少年轻笑了一声，呼吸尽数落在她的耳畔。

“乖。”

远处太阳呈现温柔的玫瑰色，宛若永远燃烧不尽的火球，逐渐西沉。

挟带树木香气的风还没有散去热度，轻轻从他们的耳边拂过，蝉鸣声依旧聒噪热烈。

她听见自己的每一个细胞都在欢呼雀跃。

人潮散去，少年们躺在略带潮湿的草坪上，望着头顶粉紫色的晚霞。

云雨生和段晴霁从小卖部跑了过来，手上拿了好几根冰棍。见到他们三个人躺得东倒西歪好不惬意。段晴霁上前踹了祁序一脚，后者果不其然表情夸张地哀号起来：“老谢，快把这疯子带走！”

五个人并排坐着，37℃的晚风如同热浪一般拂过年轻的脸庞，携带绿色植物特有的水润气息，令人心旷神怡。

手里的冰棍融化得很快，手指间被冰凉液体沾湿。光线逐渐变得昏暗，直到远处橘色的路灯忽地全部亮起。

不知名的细小飞虫围着电线杆转圈不知疲倦，球场上球鞋与地面摩擦碰撞出的声音也变得格外清晰。

夏天的雨来得猝不及防，没有一丝征兆。他们还在说说笑笑，天边忽然闪过一道惊雷，下一秒，淅淅沥沥的雨点便铺天盖地落了下来。

“快跑呀！”

段晴霁最先反应过来，拉着云雨生往距离最近的中明楼跑去，三个男生不紧不慢地跟在她们后边。

到了教学楼下的架空层，两个女生的衣服已经湿透，头发也被雨淋成一绺一绺的。

“啊！烦死了！”段晴霁烦躁地抓了抓头发，“我后背全湿了。”

云雨生低眼看了下身上，她的上半身全然湿透，被雨水浸得半透明的布料薄薄地贴在肌肤上，黏黏腻腻的有些不舒服。

不远处三个男生却似乎很是享受这场雨，还优哉游哉地走着，任由雨点洗刷着。

雨越下越大，似乎并没有停下来的迹象。雨水打落枝头的树叶，温度逐渐降了下来，空气中沾着泥土湿润的气息，像是某种青色苔藓潮湿的气味。

云雨生坐在台阶上，头脑放空望着雨幕，远处雷声“轰隆隆”，整个六中像是浸泡在海水里的玻璃球，一切都变得不真切。

雨声分贝渐大，吞没这世界所有的声音。远处的路灯橘色的光线在雨雾中跳跃闪烁，将雨丝染上浅浅的光晕。

身旁有人坐下，狭长清冷的眼认真地看她。

“要听歌吗？”伴随着雨点砸落地面的声响，少年音色喑哑清冽，又低又沉。

云雨生侧过头，难得见到程千峪像今天这样狼狈。

垂搭在眉梢的黑发还在往下滴水，额角冷白，眉眼间都被水汽浸湿，连淡漠微薄的唇都沾染了雨水，柔软湿润。

他伸手递来耳机的一头，白色的耳机线连接着的另一半停留在他的右耳边。

云雨生接过，将它戴在左耳。

“最美的不是下雨天，是曾与你躲过雨的屋檐……”

流进耳朵的，是那首《不能说的秘密》。她有一瞬间僵住，原来程千峪也喜欢周杰伦。

可他不知道，爱慕他，也是她不能说的秘密。

两个人都不说话，静静地听着耳机里的旋律，眼前是安静的雨幕，雨点落到地面形成一个又一个漩涡。

她和他的肩膀之间，只差一厘米的距离，这似乎是云雨生离程千峪最近的一刻。

有一瞬间，她很希望时间能够就此凝固。

云雨生喜欢雨天，她看过许多次雨，但在所有的雨天里，她最喜欢的永远是这一天。

即使后来过了很多年，云雨生也一直记得这一年的夏天。

热得要命，也快乐得要命。

这一晚的雨下了很久才停，似乎一下子洗刷掉整个夏天的燥热，空气中带着冰凉的潮意。

“终于可以回家了，我好饿啊！”

段晴霁走在最前面，大声和谢殊越说着话，对方安静地听着，看向她的目光很是温柔。

云雨生和程千峪走在后边，快走到校门口时，他突然叫住她。

“……穿上吧。”他塞进她怀里的，是今天比赛时脱下的那件白T恤。

光线昏暗，云雨生看不见少年泛红的耳根，只能听到他分外不自在的声音。

“你的衣服，”他顿了下，无意识舔了下唇，“……有点儿透。”

她比他更不自在，慌忙套上他的T恤，瞬间全身都被充满男性荷尔蒙的清冽气息萦绕。

“谢谢……”云雨生小声说着，完全不敢抬头看程千峪了，“我洗干净了还你。”

“嗯。”

程千峪的声音含着笑意，清越而温柔，落在她的心上，又荡起一圈涟漪。

“其实……”他再次开口，又忽然顿住。

云雨生没有听清，疑惑地问了一句：“你说什么？”

少年攥紧手心，低笑一声。

“算了，下次再告诉你。”

运动会结束以后，大家不得不收心继续投入学习中。

这天云雨生如往常一般帮段晴霁买好了早饭，坐到自己的座位上认真地背起《曹刿论战》。

云雨生背书的时候一向入迷，如果不是段晴霁出声提醒，云雨生还没有发现隔着窗户玻璃喊了她好半天的关晏。

“你找我有事吗？”

云雨生站在走廊上，脸上写满了不解。虽然前两天才跑去问人家要联系方式，但这一会儿，她已经对这个人只剩一点模糊的印象了。

毕竟每天都要背书，大脑容量实在有限。

关晏的眉心几不可察地跳动了下，还是温柔地笑：“学姐，你加我QQ了吗？”

云雨生终于记了起来，那天，程千峪好像把留有学弟联系方式的那一页给撕了……

后来他也没有和自己解释是因为什么。

她不自在地用手背蹭了蹭脸：“不好意思，我忘记了。”

关晏了然一笑，语气仍是温和有礼：“那师姐把手机号给我吧，我记性很好的。”

云雨生无意识就将自己的手机号码报了一遍，话音刚落她才意识到似乎不太合适。

可话都说出了口，她只能硬着头皮道：“你还有事吗？我得背课文了。”

关晏已经记下云雨生的手机号码，很快便离开了。

除了去参加集训的程千峪，关晏来找云雨生的事很快就传到其他人的耳朵。

祁序双手抄在兜里倚着她们的桌沿，表情很是精彩：“那小兔崽子还敢来找你？”

他轻舔了下后槽齿：“看来老程上次还没让他服啊。”

云雨生不明所以，水眸无辜地睁大：“关晏和程……千峪有什么关系吗？”

浅褐色的瞳仁让她的眼神清澈又空灵，祁序都不忍心在这小姑娘面前讲脏话了，他轻咳了几声，怕那些事说出来会吓着她。

“没啥。反正等老程自己告诉你吧。”

云雨生更蒙了，程千峪离开之前，也说过类似的话。

那一晚他想要告诉自己的，到底是什么事？

她想了很多个晚上，怎么也猜不出程千峪要说的会是什么内容。

他这一走就是大半个月，听老师说他是代表六中去参加一个什么生物竞赛，拿到一等奖就意味着他可以直接保送国内顶尖学府——清北大学。

云雨生既替程千峪开心，又有些失落。这个学期她比之前还要刻苦，在程千峪的帮助下成绩也提高了不少，但要追上他，简直是天方夜谭。

以自己现在的成绩，如果高考稳定发挥，应该可以冲一冲省内知名的财经大学。而程千峪，就算没有保送，他也可以凭自己的实力考上清北。

他们之间的距离，似乎又变得遥远了。

程千峪参加完竞赛回来的那天，他们正在上体育课。

每年的全市学生体测都让云雨生很是苦恼，她向来不爱运动，体质又虚，跑个 1000 米就能要了她半条命。

无奈学校下了死命令，体测不合格就没法拿毕业证，也不知道是不是恐吓他们。

云雨生和段晴霁两个人落在最后面，一边大喘气，一边互相给对方打气。

“别、别停下来，快到了。”

赤红色的跑道仿佛永远没有尽头，云雨生只能听见自己心脏剧烈跳动的声音，呼吸很重很沉，喉咙有种灼烧的痛感，两条腿像是捆着巨石一般，无论怎么用力仍旧拖动得很是缓慢。

尽头处，云雨生终于听到体育老师响亮的声音——

“五分十七秒！”

越过那道鲜明的白线，云雨生终于停了下来，弯下腰大口大口喘着气，再抬头时，才发现身穿浅色衬衫的少年正懒散地靠在栏杆上望着她，不知道已经来了多久。

程千峪剃短了发，额角冷白，眉眼间仍是如同淬了冰一般的凌厉，漆黑的瞳仁桀骜不驯，在对上她的视线时，却有了些温度。

云雨生就这样看着程千峪一步步朝着自己走来，他的双手抄在黑色休闲裤两侧的兜里，神情疏懒，带着些许矜贵的傲气。

终于，那双红色球鞋在她眼前停下。

少年忽地弯下腰缓慢蹲下，云雨生怔住，低头看到的是他头顶一层黑短的发茬儿，还有半截儿白皙的后脖颈。

他的背依然是孤傲挺直的，凸起的骨骼形状很是漂亮，将浅蓝色的衬衫撑得十分有型。

他的手指很是灵活，几下就把云雨生散开的鞋带重新系好，只是他打的那个蝴蝶结，云雨生怎么看都觉得有些“潦草”。

“程……”她下意识想喊出他的名字，却又觉得有些难以开口，她从来没有这样认真地叫过他。

“程千峪，你怎么来了？”

少年站起身来，一下子高出了她不少，他微微低头，眼眸稍垂。

“我偶尔，”他不易察觉地微勾嘴角，“也会想知道小鹌鹑是怎么跑步的。”

第五章 / 平安夜

当中明楼下一排排的梧桐树被秋风染得金黄，夜里的温度也悄然降了下来。

每个月总有那么几天，云雨生只想把自己包裹在被子里睡死过去，小腹一阵阵抽痛，完全没有站起来的力气。

拖着沉重的步子来到教室里，她小脸煞白，嘴唇没有一点血色。段晴霁已经习以为常，掰了块巧克力给她。

“唉，要不你找时间让阿姨带你去看看中医吧？”

段晴霁自由自在惯了，从不受任何人拘束，每次痛经就吃布洛芬，也没受什么苦。云雨生却不一样，许慧芬认为是药三分毒，坚决不让她碰止痛药。

“嗯。”

云雨生嘴上答应着，心里却知道，母亲不会带自己去看医生的。她常说，痛经很正常，等结了婚生了孩子就好了。

云雨生没勇气反驳，也懒得反驳。每当这个时候，她就恨自己为什么不是一个男孩儿。如果是弟弟承受这样的疼痛，父母一定不会漠不关心。

处于生理期的少女不仅身体虚弱，连情绪也十分不稳定，脆弱到看见枯叶随风凋零都会伤感。

整个早上，云雨生都病恹恹的，除了课间起来到厕所换了下卫生巾，云雨生连动都不想动一下。

最后一节课化学老师临时有事，于是变成了自习。她的头贴在桌面上，手上握着黑色水笔，大脑一片混沌，连最简单的化学公式配平都做不出来。

听到楼下加热水的食堂大叔那三轮车“嘎吱”的声响，身后传来板凳被拉开时和地面摩擦的刺耳声音。

下一秒，程千峪俯身伸手拿过云雨生放在窗台的水杯，迷迷糊糊的，她听见脚步声逐渐远去。

教学楼下的架空层有一排接饮用水的大桶，每天中午的时候食堂大叔会把刚烧开的滚烫的水加进桶里。

下课后去接水的人总是很多，来回一趟要耗费不少时间，因此两个女生都懒得跑这一趟，从家里带来的水喝光了也不愿意下楼，宁愿渴着。

等云雨生睡了一觉起来时，窗台上的水杯已经装满了。她伸手一碰，水杯上的热度还没有完全散去。

她拧开盖子喝了一口，感觉肚子舒服了一些。

“班长说了，以后他帮咱们下楼接水。”段晴霁拿起镜子欣赏着自己今天编的发型，不像平时那么着急冲去食堂，“对了，老谢他们帮我俩打饭，咱们慢慢过去，不着急。”

入秋以后，阳光照在身上已经没有那么灼热刺疼，两个女生慢吞吞地往食堂的方向走。

三个少年高大俊美，在食堂熙熙攘攘的人群中格外惹眼，她们几乎不需要费力去找，一眼就看到了他们所在的位置。

祁序还在傻乎乎地疯狂朝她们摇手，云雨生和段晴霁相视一笑，忍不住又想起“哮天犬”这个称呼。

走到他们占好的位置坐下，云雨生看到面前的餐盘有些惊讶，没想到里边全是她喜欢吃的那几个菜。

似乎是看出了云雨生的疑惑，祁序多嘴道：“老程帮你打的，你俩这口味真够像的。”

听到这话云雨生朝着对面那人的餐盘看去，果然和自己那份的菜品一模一样。

程千峪像是被饭呛了一下，咳嗽了几声，冷白色的脖颈泛起一片桃粉。他不自在地摸了摸脖子，冲祁序说了句：“闭嘴。”

原来他们喜欢吃的菜都是一样的，云雨生觉得自己离程千峪又近了一点。

整颗心像被泡在蜂蜜罐里头似的，她低下头偷偷弯了嘴角，总觉得今天的饭菜比平日里要好吃许多。

虽然夏天已经过去，食堂里的风扇还是不知疲倦，在她头顶呼呼地旋转着，吹得她有些头疼。

对面的少年突然放下筷子，起身朝前边走去。

她正疑惑着，头顶的风扇慢慢停止了转动，风也静止了，原来，他是去关风扇。

程千峪很快又回来了，祁序嘴里还塞着米饭，说起话来含混不清："老程你干吗关风扇？爷快热死了。"

少年面无表情，声音一如既往地冷淡："我冷。"

2012 年 12 月 12 日那天，世界末日并没有来。

云雨生却突然有些庆幸，她曾经许多次盼望着末日降临，可以摆脱数理化生，摆脱这个总是充斥着争吵的家，可直到这天她才发现，生命里还有更多美好在等着自己去经历。

这一天，她觉得自己突然长大了。

很快又到了平安夜，云雨生记得很清楚，那天是周一。

她本以为自己会是第一个到教室的，却意外地在教室门口撞见了匆匆忙忙跑出来的女孩儿。

云雨生思索了片刻，才想起对方的名字——许诗音，高一上学期时她的前桌。

对方撞到她的时候表情有些不自然，说了声"对不起"就飞快离开了。

云雨生放下书包时，才发现程千峪的桌上放了一个拳头大的红苹果，底下垫了一张卡片，上边是女孩儿清秀的字迹：

愿你永远保持快乐。

没有留下任何署名，云雨生却一下子想明白了之前的种种细节。

云雨生想起了自己床下那盒纸星星，有一瞬间，她觉得许诗音就是另一个自己。

她们都只敢默默地看着他，甚至连一句祝福都不敢署名。无论对于她们自身来说是这份感情有多么热烈，最后也只敢在夜里念出他的名字，永远只是独角戏。

这个平安夜，是五人小团体的聚会。

晚上十一点多，云雨生隔着墙壁听到父母都睡下了，才背上书包蹑手蹑脚溜了出来。

到了楼下，其他四个人已经等了她许久。段晴霁坐在谢殊越的黑色单车后座，祁序和程千峪则是各自骑着山地车。

“……你们都骑车啊？”云雨生有点儿不知所措，她还没有胆量去楼梯间把许慧芬那辆单车推出来。

祁序挑了挑眉：“我和老程你挑一个，说吧，想让谁载你？”

程千峪不说话，额发垂搭在眉梢，安静地望着云雨生。

夜空如同泼墨似的漆黑，少年穿着黑色的长款外套，帽子边缘是蓬松的一圈毛茸茸的白，他的眼底盛满点点星光，亮得让她无法忽视。

暗夜给了云雨生莫大的勇气，她没有拒绝祁序这荒谬的提议：“可是，这车没有后座……”

下一秒，云雨生听见从程千峪胸腔间溢出来的闷笑声，低低的，带着夜风的凉。他拽过她的书包肩带，一个大力把她拉了过去。

随后，她的书包便被甩到谢殊越的自行车前边的篮子里。

云雨生还来不及反应，少年如猿臂一般结实有力的手臂已经将她揽住。

“把腿踩在这上边，坐这儿。”

少年音色冷冽，温热的呼吸落在云雨生的脖颈上，像是轻飘飘的羽毛一般掠过，痒痒的。

她乖乖地坐到了车子的前杆上，因为个子娇小，腿也短，这个姿势倒也不会很费力。

“我算是明白了，”目睹了这一幕，祁序有点儿酸了，“我就是来给你们发光发热的。”

呼吸间可以清晰地嗅到属于程千峪的清冽气息，带着刚沐浴完残留的佛手柑香气，干净又清新。

夜里的风很大，刮到脸上有些疼。程千峪骑得很慢，被谢殊越他们拉开了一些距离。

他忽然停了下来，长腿撑在地面，三两下就把脖子上的围巾解了下来。

是米色菱格图案的羊毛围巾，触感柔软细腻，一下子围住云雨生的下半张脸和脖颈。少年胡乱地帮她围好，似乎是怕她无法呼吸，又轻轻把它扯松了些。

车轮又继续缓慢往前，祁序在前边大喊着："你俩磨蹭啥呢，快点儿！"

云雨生低着头，看着路灯下两个人重叠在一起的影子，能感受到身后来自少年心脏一下一下的跳动。

一路上橘色的光线穿破冗长的黑夜，有一瞬间，她希望这条路永远没有尽头。

市中心最高的那栋楼响起了深夜十二点的钟声，空荡荡的马路上只有少男少女无忧无虑的欢笑声。

也是这一夜，北涪迎来了这个冬天的第一场雪，细小的、如盐粒一般的雪轻飘飘，落到头发上，冰冰凉凉的。

"下雪了？"

云雨生喃喃自语，忍不住伸出手心去接住飘落的雪花。

"嗯。"

头顶传来少年温润清越的嗓音，和这场雪一样轻飘飘的。

今年的第一场雪，是和他一起看的，她的心底突然涌上一股隐秘的欢喜。

祁序精心策划的活动就是一群人一起打游戏，他家里有个亲戚的新网吧即将营业，让他先去体验一下。好在段大小姐一向粗线条，见是打游戏也没有生气。

云雨生在角落里坐下，她从没接触过电脑，甚至连开机都不会。

最后还是程千峪帮她开机的，他在她旁边的座位坐下，没有选择和祁序他们打 LOL。

云雨生拿着鼠标点了电脑桌面上的几个图标，没一会儿就感到无聊，完全想不明白男生们怎么这么喜欢打游戏。

段晴霁坐在她对面，跟着谢殊越和祁序三个人在游戏里杀红了眼，时不时冒出几句："给我加血啊！"

"你是猪吗？祁序！"

"点塔啊，快点儿！"

而云雨生和程千峪这边，仿佛跟那三个人不在一个世界。

她刚收回视线，身旁的人已经自顾自给她的右耳戴上了白色的耳机。

Cuz baby you are mine mine

Mine mine

太快就承认我真的很想你

…………

是她喜欢的Jay独特的嗓音，然而云雨生从没有在广播站听过这首歌。

似乎是听到她心里的疑问，他凑近了些，低沉的嗓音落入她的耳朵。

"是《Mine Mine》。"

少年喑哑的声音带着莫名的缱绻，像是毛茸茸的蒲公英般拂过她的心脏。

"……哦。"

她小声应着，手指无意识攥紧。

少女裹在雾霾蓝色的面包服里，柔软垂顺的黑发被拢在耳后，侧脸净白，下垂的眼恬静天真。

被程千峪尽收眼底，娇小又脆弱。

他的播放列表里都是周杰伦的歌，第二首是《可爱女人》。

以前在广播站听到这首歌时，云雨生只觉得旋律好听，可这会儿和他一人一半耳机听着那些歌词，云雨生的心跳就有些不稳了。

余光中，程千峪冷白的侧脸轮廓线条俊逸清晰，低垂的眼睫长而密，锋利分明的下颌线再往下，是微凸的喉结，带着几分说不清的禁欲感。

察觉到她的视线，少年的喉结不自在地滚动几下。他突然侧头看了过来，伸手将她的帽子扣上柔软的头顶。

那双漆黑的眼一扫先前的桀骜不驯，眼神如小孩儿一般放松，晶亮清澈。

视线蓦然对上，他这样专注地看着她，让她不禁生出一个念头——他是在意自己的。

心脏猛跳，意识到自己的想法有多么荒谬以后，她的脸颊发烫，连呼吸节奏都乱了。

差一点儿，就差一点儿。

她的秘密就要从眼睛和嘴里跑出来了。

几乎是同一时间，耳机里传来那一句："有谁能比我知道，你的温柔像羽毛。"

她明明知道歌名，可还是鬼使神差地张口问他："这首呢？"

少年的下颌线绷得紧紧的，唇色殷红，声音很轻："……《你听得到》。"

每一个字都那样清晰深刻，叩在她的心尖。

云雨生想，整个世界一定也只有她能听到，这一刻程千峪的温柔。

高二这年的寒假却有些难熬，期末考试成绩出来，云雨生的分数和之前比没有太多变化，仿佛是到达了瓶颈。

只有她自己知道，这个分数是她花费了比之前还要多一倍的时间和精力才勉强换来的。

云雨生觉得自己已经拼尽全力了，可结果还是不尽如人意，云雨生突然很是疲惫，对自己产生了巨大的怀疑。

然而比起成绩带给自己的失意和不甘，更让云雨生感到痛苦的是来自许慧芬给她的精神摧残。

老人常说，女人是天生的母亲。可云雨生越长大越发现，母爱不是天生的。母亲可以对弟弟付出所有的爱，对她却是弃之如敝屣。

是的，许慧芬不爱她。

云雨生曾经很不愿意承认这一点，可夜深人静，她总会想起小时候许慧芬拖着行李箱要去赶车时，自己一路小跑去追，最后只能跌坐在路旁大哭的样子。

许慧芬自始至终都没有回过头，每一次都走得干脆。好不容易她们生活在一起了，可许慧芬对待自己仍旧是厌烦和嫌恶。

许慧芬不止一次说过，后悔把她生下来，后悔当初没有掐死她。

每当许慧芬的拳脚落在云雨生的身上，用恶毒的语言在她心上划下一刀又一刀，无力感就渗透进少女身体里每一条血管，连她自己都厌恶自己。

那个时候她常常觉得，自己只是麻木地活着，不配得到任何人的爱和尊重。

大年初一那天，云日升在楼下玩闹时不小心摔倒，额头磕到台阶鲜血直流。许慧芬一听到这个消息，第一时间踹开了云雨生的房门，揪着她的头发把她拖在地上，嘴上骂骂咧咧。

“你一天到晚窝在屋里，怎么不看好弟弟？

“你是不是盼着他死？我怎么会生下你这么个东西？

“你趁早去死吧！”

听听，这是她的母亲说出来的，每一句都带着刻骨的仇恨。云雨生捂着肚子，眼眶的泪溢了出来。

不明白，她真的想不明白。

许慧芬的每一脚都往她小腹踹，到了最后，甚至直接上手掐住她的脖子，一边掐，一边脱她的上衣。

好疼啊。

就快没法呼吸了。

她觉得，自己马上就会被黑暗完全吞没，会死掉的，她甚至宁愿就在这一天死去。

同一层的邻居王阿姨听到云家闹出来的动静，提着一袋水果过来凑热闹。

她嘴上说着：“快别打了，孩子还小，不听话也正常。”

转过身她又和她老公讲得眉飞色舞：“这女孩子啊，就是不让人省心，还是咱们家儿子好。”

一切都是为他人徒添笑料罢了，躺在地板上的少女无人关心。

后来是怎么结束的，云雨生已经不记得了。

她只记得自己哭得连头发都被眼泪浸湿，毛衣领口被许慧芬扯松完全变形，脸上是火辣辣的疼，五指印一直没有消褪。

家里空荡荡的，许慧芬带着弟弟去诊所包扎了。云雨生慢吞吞地从地上爬了起来，有一瞬间，她很想从窗户跳下去。

手机铃声突兀地响起，是段晴霁打来的。

“小雨生，新年快乐呀！”

电话那头有鞭炮声，还有一家人说笑的声音，其乐融融。

云雨生吸了一下鼻子：“新年快乐，小霁。”

段晴霁一下听出她的声音有些不对，脱口而出道：“你妈又打你了？”

云雨生没有回答，沉默了很久，听到段晴霁低声骂了一句，模糊不清。

平复完情绪，段晴霁才小心翼翼地问道：“你现在能出来吗？”

云雨生点头答应，挂了电话，在洗手间用冷水拍了拍脸，套上外套便出门了。

到了和段晴霁约好的地点，她才发现来的还有祁序和程千峪。

看见他们的一瞬，云雨生慌忙转身，生怕脸上的红痕被他们看到。

但还是晚了一步，程千峪穿着驼色的长款风衣大步走来，额前的发被风吹得乱糟糟，眉眼间矜冷凌厉，如同淬了冰一般，连声音都骤然冰冷：“谁弄的？”

云雨生是那样要面子，何况对着面前这人。

为了维持仅剩的那点儿可怜的自尊心，云雨生侧身闪过，语气有些硬邦邦的：“没事。”

气氛陷入诡异的尴尬，最后还是段晴霁打破了沉默，冲他们大喊：“走啦，咱们去看烟花！”

少年转身背对着云雨生往前走，她有一瞬间很想拉住他，很想和他说一声“对不起”。

但她开不了口，这一刻，她觉得自己很像漂浮在一潭死水里的垃圾。

恶心、毫无用处，任谁也不想多看一眼。

几个人沿着江边的公路一直往前，最后爬到堤坝上。

谢殊越提着一大袋零食和饮料姗姗来迟，五个人并排坐着，等待着晚上八点钟对岸的烟花表演。

江面上结了薄薄的一层冰，靠岸的冰块里凝结着一颗颗大小不一的气泡。夜色降临以后，对岸的万家灯火倒映在冰面上，影影绰绰，宛若梦境。

北涪市政府为了给市民呈献这场壮丽璀璨的烟花盛典，在桥下设置了四个燃放点，预计燃放八万枚烟花。

可惜的是，云雨生没能看到这一晚烟花满天的北涪。

父亲云建国在朋友聚会上饮酒过多，引起急性糜烂出血性胃炎导致胃出血，被送到医院急诊。接到许慧芬的电话，云雨生只能匆匆忙忙丢下朋友跑回家。

她甚至来不及和程千峪解释，也没有机会告诉他，她有多么想和他、和大家一起看这场烟花。

那段时间整个云家都陷入愁云中，云雨生很是压抑，父母争吵不休，弟弟又闹腾，所有的家务活都压在她一个人身上。

灰暗的日子里，她每天如行尸走肉一般，直到某天，手机短信提示声响起。

是一个陌生的本市号码，对方发来的内容很简单：生日快乐。

云雨生愣住，几秒后抬头看向墙上的挂历，才想起这一天原来是自己的生日。

从没有人对她说过这四个字。小时候奶奶嫌弃她是女孩儿，连一碗长寿面都懒得准备。云建国更不用说，他估计都不知道自己女儿今年到底几岁。

至于许慧芬，她是那样厌恶云雨生，更不想提起那个特殊的日子。

所以从来没有人为云雨生过生日，连她自己都常常忘记这寻常普通的一天。

从错愕中反应过来，她又仔细回想了下，还是猜不出这个陌生号码到底是谁。

在北涪，和自己走得近的也只有段晴霁了，然而她从没有跟对方提起过自己的生日。

云雨生慢吞吞地编辑好回复信息：谢谢。你是？

对方似乎一直在等待她的信息，她刚发了过去，下一秒他的消息又跳了出来：程……

她的身体陡然僵住，不可置信地又把这条信息看了一遍，甚至揉了揉眼睛，害怕是自己出现了幻觉。

单是这个省略号，云雨生就已经可以完全确定他的身份。

怎么会是他？程千峪为什么会有她的手机号码？

云雨生有很多个疑问，不停地编辑又删除，好半天都不知道接下来要怎么回他的消息。

也许每个女孩儿在爱慕的少年面前都是这样，简单的一句话都要反复斟酌，甚至连一个标点符号都要思虑很久。

最后还是程千峪又发了消息过来，问她学校发的几套卷子写得怎么样了。

话题自然而然被打开，他是那样冷淡寡言的性子，却永远能掌握好最合适的分寸，不会让她冷场。

后来不知道是哪个粗心的人充错了话费，给她的号码充值了五百块，她更加毫无顾忌地和程千峪在手机上一来一回地聊着。

冬夜里，窗外大雪纷飞，云雨生关了灯，在被窝里缩成一团的时候，短信提示声总能准时响起。

大多数时候都是以聊学习开场，话题慢慢变歪，他们从童年趣事聊到人生理想，从人文历史聊到物理、化学，总之天南地北，无所不谈。

云雨生总是抱着手机聊着聊着就睡着了，第二天醒来才看见程千峪发了一句：睡了？那晚安。

在这个冬天，她觉得自己离程千峪又近了一些，知道他爱吃辣，不喜欢葱和蒜的味道……

高二下学期比起上学期学习气氛一下子紧张了许多，云雨生每天透过窗，就能看到对面高三教学楼如同密不透风的蒸笼一般，即使下课铃响了也没有人走出教室门。

他们曾经觉得高考还很遥远，但不知不觉，他们也即将踏上绝版高三的旅程。

北涪的初夏是从一场雨开始的，雨过之后，楼下的香樟树又绿了些，清风拂面，空气里都是水润的植物气息。

光线跳跃，树影斑驳，这种时候，云雨生总会昏昏欲睡。

于是她和段晴霁想出了不少抵抗睡意的点子，喷花露水、涂风油精，最后甚至是互相掐对方大腿，强迫彼此保持清醒。

也许是因为学习压力过大，云雨生的例假开始变得不正常，有时候一个月就来了两次，每次出血量都很大，让她忐忑不安。

在四月里的某一天，她终于鼓起勇气，和许慧芬提起想去看医生的事。

云雨生想，她这一辈子都没有办法忘记那一天。

当时许慧芬听完她的话，鄙夷地冷笑了声："看妇科？一个小孩子看什么妇科，只有乱搞男女关系的人才需要去看那个！"

她硬着头皮再次坚持："妈妈，拜托你了。"

去医院挂号就要花不少钱了，许慧芬自然不同意，不情不愿地从钱包里掏出几张皱巴巴的纸币，丢到她面前："去你庄阿姨她婆婆开的诊所看看。"

云雨生蹲在地上把钱一张一张捡起，那一刻她的心里只有一个念头，钱是不是世界上最好的东西？

如果有钱，她是不是就可以有很多很多的安全感，不用低声下气，不用畏手畏尾。

许慧芬说的那个诊所开在老城区的某条巷子里，从外边看已经开了不少年头，门口的招牌因风吹雨打都褪色了，破败不堪。

进门的时候，屋里一片昏暗，空气中弥漫着怪异难闻的中药味。

看诊的是一个年近六十的女人，云雨生刚说明了来意，对方就让她进里边的小床上躺下。

拉开白色的帘子，那张浅蓝色的小床上铺了一层薄薄的白色棉布。

云雨生很不安，局促地听从中年女人的指令脱下自己的裤子。

"有过男朋友吧？"

对方的语气如同冰冷的器械，带着毫不掩饰的轻蔑和鄙夷。

云雨生几乎是立刻就否认了："没，我没有。"

女人一边扒下云雨生的底裤，一边毫不客气道："装什么啊，你们这样的孩子我见得多了。"

对方的语气是那样笃定，也许早就认定了她就是那种不检点的女孩儿。

云雨生再次开口："我没有。"

女人转过身去拿棉棒，"哧"了一声。

云雨生忍着心里那种不舒服和委屈的感觉，没有再说话。

当对方用那根棉棒毫不留情地戳进她的身体时，她还是疼得没忍住叫出声来。

那一瞬间，云雨生的脑袋里有一根弦彻底绷断。

奔跑穿梭在大街小巷，听着耳边呼呼的风声，那一刻她的心里只有一个念头——

快点儿长大吧。

长大了，就不用再经历这些，不用再背负莫须有的罪名。

就不会再受到伤害了。

在那个时候，她唯一能做的，只有更加努力投入学习中。

五月以后，为了让他们更快进入高三的备考状态，学校要求走读生也要留下来参加晚自习。唯一的好消息是，学校的通知终于下来，程千峪被成功保送顶级大学。

都说高考就是千军万马过独木桥，在他们都在争分夺秒的时候，程千峪已经轻轻松松走到对岸了。

他还是继续来学校上课，想和大家一起走完剩下的一年。

第一次上晚自习，两个女生只坚持了四十分钟，便各自沉沉地睡下，直到放学铃响起才猛地惊醒。

第二个晚上，程千峪说服段晴霁换了位置。

身旁的人变成了他，云雨生不得不打起十二分精神，恨不得拿双面胶把自己的上眼皮粘到额头上。

她的学习方法除了死记硬背就是搞题海战术，这样做有一个弊端就是大脑常常会承受不住高负荷，对数字产生厌倦感。

程千峪把历年的高考真题做了归类，每天晚上针对同一类题型给云雨生讲解。他讲题的时候比老师还要耐心细致，又说得通俗易懂，常常让云雨生茅塞顿开、恍然大悟。

看到程千峪给云雨生补习，也有不少同学会抱着卷子过来问他题目，每当这时候少年总是冷淡地以一句“抱歉，我不会”拒绝掉其他人。

时间一长，其他同学都有些不满，在背地里议论。

程千峪对云雨生越好，云雨生的心里就越是忐忑，他已经走到光明的大路上去，而她，还在黑夜里挣扎。

云雨生常常会想，像程千峪这样的学神会不会有烦恼。毕竟他们这样的人，哪怕每天照常玩乐，考前翻一翻书，最后出来的成绩也是令人艳羡的分数。

而她，无论怎么努力，最后还是不得不承认，她只不过是芸芸众生中普通得不能更普通的一个，就像武侠小说里的小炮灰，作用不过是衬托主角的高光时刻罢了。

勉强能上本科线的成绩、总是闹得鸡飞狗跳的家，挫败和无力充斥着她的每一根神经。

这个年纪的少女总是有很多烦恼，即使在大人看来这些事情完全不值一提，可随便哪一件，都能瞬间将她击倒。

第三次月考成绩出来以后，云雨生的成绩还是达不到自己的目标。那天她连晚饭也没吃，巨大的精神压力让她几近崩溃，趴在课桌上小声哭了很久。

程千峪和一帮男生打完球回到教室，才看到她抽抽搭搭的样子。少年在她身旁坐下，视线落到桌上那张物理试卷，他便全明白了。

他没有说话，只是安静地递了一张又一张纸巾，侧头看着少女哭得满脸是泪。

视线被眼泪模糊，云雨生低着头，并没有看到少年的表情，也没有看到他的欲言又止。

无论多么痛苦和不甘心，他们仍是要继续往前走的。

高二这一年的暑假很是短暂，只放了一个星期的假以后，他们就搬到了对面早已人去楼空的荟文楼——属于高三的战场。

从此等待他们的，只有无休无止的课堂加练、课后辅导，还有延长时间的晚自习。

太阳还没有从东边爬起的时候，已经有学生借着路灯暗淡的光背着英语单词。食堂里他们一边拿着知识小册子争分夺秒背着公式，一边狼吞虎咽。下课后教室后排倒下一颗颗脑袋，严重睡眠不足的大家都趁着课间的五分钟赶紧补眠。

老师们挂在嘴边的一句话永远是“只要学不死，就往死里学”。

那段日子回想起来虽然很苦，却是人生中最简单快乐的时候，大脑里摒除了一切乱七八糟的想法，只记得头顶的风扇呼呼作响，只记得每个深夜在台灯下做题做到绝望，一边哭一边继续往下计算。

时间像被按下加速键，高三是没有寒假的，春节那几天，学校才大发慈悲给他们放了三天假。

那段时间云建国和许慧芬为了孩子的户口问题带着弟弟回了老家，家里就只剩下云雨生一个人。

除夕那天晚上，她一个人吃完饭洗了碗，换上睡衣钻进被窝的时候，突然接到段晴霁的电话。

“快下来！我在你家楼下。”

以为只有段晴霁一个人，云雨生披上外套穿着毛茸茸的室内拖鞋就跑下楼了。

结果刚下台阶，才发现其他人也一起来了。

大冬天的，程千峪只穿了件灰色连帽卫衣，下边搭了条浅色牛仔裤，长身玉立，像屹立在雪地里的一棵青松。

云雨生有些不自在地低下头，觉得自己穿得实在是太随意了。

“等下，”她急急忙忙朝他们喊，“我上楼换个衣服，一分钟！”

身后传来含着笑意的声音：“慢慢来。”

五个人在堤坝上并排坐着，可惜今年已经没有烟花表演。

江面上夜色冗长黑暗，头顶只有数点暗淡的星光。

祁序不知道从哪儿弄来了仙女棒，自顾自点了起来玩得开心。

段晴霁叹了口气：“他怎么年纪越长心智越往下降啊？”

云雨生却看得很开心：“我觉得这样挺好的。”

无忧无虑的，永远不需要长大。

“你还记得我说的一百个心愿吗？”

听到段晴霁的话，云雨生思索了片刻，便想了起来。那时候段晴霁天天神神道道，写下了世界末日来临之前必须要做的一百件事。

她点了点头：“我记得。”

段晴霁拉住她的手：“我的九十九个心愿都实现了，只剩下最后一个。”

云雨生的好奇心一下子被全部勾起：“嗯？”

“那就是——”段晴霁站了起来，朝着江面大喊，“让我们的小雨生开心幸福！”

少女的声音像是风铃声一般清脆动听，顺着夜风飘远。

不知道为什么，云雨生的眼眶便有些酸痛，她咬着下唇，忍着不让眼泪往下掉。

"大小姐，你今天又忘吃药了？"

祁序这一句果然惹怒了段晴霁，她拎着羽毛球拍追着祁序一顿痛殴。

两个人你追我赶鬼哭狼嚎，逗得云雨生又想哭又想笑。谢殊越松了松肩胛骨转身加入战场，帮着围殴祁序那个倒霉蛋了。

于是便只剩下云雨生和程千峪两个人在原地坐着了。

"……给。"

她正看着那三个人互殴，身旁的人突然开口。

云雨生转过头，视线里出现一簇银色的小星星。

"噼噼啪啪"的声响划开了漆黑的夜，一颗颗小星辰忽闪忽闪，在少年形状优美的手上缓缓绽放。

那一刻，少女听见了自己脑海中烟花漫天绽放的声音。

她伸手接过，小心翼翼地把那根细小的棍子握紧在手心，像是接住了一捧星星做成的花束。

在跳跃的银色火光中，少年的俊颜也越来越清晰。

进入三月以后，随之而来的各种考试铺天盖地般将他们淹没。

一模的试卷难度增大，整个年级几乎全军覆没。

那段日子大家唉声叹气，就连做梦都会梦到在高考考场上做不出来题，焦急到哭着醒来。

一轮又一轮的考试以后，他们似乎又变得麻木了。还来不及为上一场考试的失败痛哭流涕，就要奔跑着去参加下一场考试。

什么真题卷、模拟卷、黄冈密卷，仿佛他们的生命中，只剩下考试这一件事。

日子也并不全是焦虑沉闷的，四月底的某个晚自习上，整个六中全部停电了。

头顶的白炽灯突然熄灭的一刻，所有人都愣住了。

下一秒，男生们欢呼起来，有几个爱玩的甚至跳上课桌，妖娆地扭起腰肢，引得其他人哈哈大笑。

被困在一堆电压、电流、电阻里头脑袋都快爆炸的云雨生，在这一晚终于让自己喘了口气。

不知道是谁出的馊主意，祁序拿出了手机在教室公放了一部恐怖片。漆黑一片的教室，伸手不见五指，加上阴森诡异的背景音乐，所有女生都被吓得屏住了呼吸。

云雨生一向最害怕这一类东西，几乎是第一时间就用手捂住了耳朵，拼命让自己不要去关注那边。

可大脑却不受控制，她越是抗拒，耳朵就越能精确捕捉到电影里每一句台词。即使没有看到屏幕，剧情也全跑进她的脑袋。

在她的惊惧达到顶点之际，垂在长凳上的右手忽然被身旁的少年紧紧握住。

是他！这个念头让她的肩膀陡然僵住，动弹不得。

他是无意碰到的吧？

手背上传来温热而干燥的触感，她甚至能感觉到对方手心上那一层薄薄的茧子。

大脑完全短路，云雨生无法思考，身体仿佛都不是她自己的了，被钉在原地，只能听见自己心脏“扑通扑通”跳动的声音。

空气好像凝固了一般，湿热黏腻，晚风从教室后门吹了进来，拂过少女额前的发，露出清澈空灵的眉眼。

她的手心很快便沁出一层薄汗。

另一边，祁序扯着公鸭嗓喊着：“老程，你俩也过来啊，人多才有意思！”

段晴雾也跟着喊：“小雨生，别背书了，赶紧过来啦。”

窗外只有香樟树枝叶被风吹动的声响，缅桂花香气浓烈，月光如水。

云雨生侧过头，借着皎洁的月光，看见程千峪那弧度完美的鼻梁，高而挺，线条清逸。

少年眉骨硬朗，瞳仁乌黑，眼下的泪痣在净白肤色的衬托下，更添了几分邪气与恣意。

扑通！扑通！

心跳声如雷，分不清是她的，还是他的。

“我……”

程千峪喉头微滚，喑哑出声，却被祁序的公鸭嗓突然打断：“你俩在搞什么呢？”

像是触电一般，听到他们过来的脚步声，云雨生迅速抽回自己的手，飞快地扭过头。

“小鹌鹑，给你看看这女鬼，忒吓人了！”

祁序拿着手机屏幕对着云雨生，那热情的样子让云雨生差点儿有种他在介绍自己女朋友的错觉。

“拿开啦！我不想看。”

她闭上眼睛，拼命推开祁序递过来的手机，腹诽道，这王八蛋是想害她今晚做噩梦不成。

一群人闹哄哄的，云雨生也没有机会再问程千峪，刚刚他想说的话，究竟是什么。

因为电路没修好，来巡视晚自习的老师通知他们今天可以提前下课回家。得知这个消息，一整栋楼的人嘻嘻哈哈背着书包拥出教室，把楼梯挤得水泄不通。

云雨生小心翼翼地跟在人群的最后，她有夜盲症，每下一级台阶都提心吊胆，生怕一个不小心就会摔下去，弄得鼻青脸肿。

后背上的重量突然消失，她诧异地停下脚步，回过头猛然撞进了少年温热清冽的怀抱，他正用手托起她的书包。

鼻腔间是他身上好闻的气息，像是刚刚切开的柑橘清甜的味道，挟着男性荷尔蒙的气味，干净又好闻。

程千峪沉默不语，自从刚刚被祁序打断话以后，他的脸上丝毫不掩饰烦闷。

两个人一前一后慢慢地走下楼梯，在教学楼和停车场的拐角处，云雨生鼓起勇气率先开口：

“程千峪，明天见。”

他却突然拽住她的书包肩带，沉声道：“我送你。”语气带着明显不容拒绝的意味。

云雨生怔在原地，没有多久，程千峪便推着山地车从停车场出来。

“走吧。”

他的嗓音又哑又凉，和夜风一起落到她的心上。

不知道刚刚在停车场程千峪和祁序说了什么，这一回，祁序没有再死乞白赖跟着他们。

走出校门的时候，他们肩并着肩。

一路上穿着同样校服的少男少女从他们身旁经过，他们不言不语，却心照不宣。

这条路仿佛变得很长很长，连两旁路灯投射下来的橘色光线看起来都比往日暧昧了几分。

路过小超市的时候，程千峪进去买了一盒三色雪糕。

凑巧是云雨生最喜欢吃的那款，因为价格不算便宜，只有考试成绩提高了她才会买来犒劳自己。

少年低垂着狭长的眼，视线落在面前少女柔软的发旋上，薄唇仍是紧抿着，轮廓清晰的侧脸一半隐匿于黑夜，黑短的碎发被橘色光线镀上一层柔和的光晕。

“吃吧，我有话跟你讲。”

把雪糕的盖子打开后，程千峪拆了塑料勺一并递给云雨生。

“……哦。”

她慢吞吞地舔了一口，甜腻的草莓味雪糕冰冰凉凉，瞬间在舌尖融化。

半掀了下单薄的眼皮，程千峪微微低头看她，双手闲散地插在兜里，漆黑的眸里映着微弱的光。

头顶的蝉鸣声无休无止，穿着短背心、脚踏人字拖散步的大爷从他们身旁经过，在电线杆下，少年和少女也被瞬间定格。

“小鹌鹑……”

程千峪突然开口喊云雨生，却又蓦然顿住，垂下眼睫，有些不自在地伸手摸了摸脖子：“你知道我的意思吧？”

他弯下腰，让视线与她相交，神情认真专注。

“你也考到首都吧。”

少年的眸光暗沉沉，像是深不见底的黑海。

云雨生的心跳都慢了半拍，下意识便躲开那道灼热的视线，低下头踢着脚下的石块，好半天都没有回答。

气氛陷入僵持状态，最后是程千峪先败下阵来。

“成吗？”

最后一个单音节，他将尾音拖得有些长，隐约有些恳求的意味。

云雨生仍是低着头，从脸颊到耳垂都在充血发烫，脸上的热度一直没有降下去。

她的视线落在面前少年脚下的那双红色球鞋上。

少年像风一般自由又恣意，怎么也抓不住，不为任何人停留。又像是黑海里闪闪发光的灯塔，指引着她不停往前。

云雨生的大脑完全空白，直到程千峪再次开口：

“你怎么想？”

她不说话，盒子里的雪糕已经融化掉，三个颜色混合在一起。

少年耐心地等待着，眉目疏离冷淡，仿佛并不在意她的回答，只有微湿的手心出卖了他全部的心情。

云雨生缓慢抬头，直直地撞进他狭长漆黑的眼里。少年的眼睫如鸦羽般轻轻颤动，在眼下投出一小片阴影。

他的皮肤在橘色的光线下白得近乎透明，这样近的距离，她可以清楚看到他红得滴血的耳垂，还有不安滚动的喉结。

原来，即使是清冷高傲如程千峪这般的人，也是会紧张的。

也许是害怕她要说出口的是拒绝，程千峪的声音听起来有些慌乱：

“等你高考结束，给我答案，行吗？”

像是被蛊惑了一般，云雨生轻轻点头，小声说了一句：“……好。”

只是简单的一个字，便已经胜过了千言万语。

程千峪愣了片刻，眉眼间的冷意瞬间完全消散，浅淡的眸子染上笑意，水光潋滟，不自觉地勾人。

他无意识舔了下唇，似乎是松了一口气，胸腔微微震动，缓缓溢出一声喑哑的低笑。

接下来的一路，少年微微弯起的嘴角几乎都没有下来过。

怕在楼下碰到邻居解释不清，到了路口，云雨生就不让程千峪再送了。

“那，明天见。”

“拜拜。”云雨生从程千峪手里拿回自己的书包，又冲他挥了挥手。

“晚安。”

她往前走着，身后的人却一直杵在原地。

踏上楼梯台阶时，云雨生下意识地再次回头。

程千峪果然还站在那里，像是月光下摇曳的一丛凤尾竹，身影清瘦挺直，眉眼深远。

上楼后，许慧芬见到云雨生又阴阳怪气地刺了几句，可云雨生的心情没有再受半点儿影响，甚至连洗澡的时候，她都情不自禁哼起了歌。

钻进被窝的一刻，少女终于没有忍住，用被子捂住整个脑袋。

“啊啊啊……”

手机突然振动了下，云雨生从被窝里探出个脑袋来，看到手机屏幕上那串她几乎能倒背如流的号码。

深吸了几口气，插上耳机，她才慢吞吞地接起：“喂……”

声音带着她自己都没有察觉到的颤，软软的。

“是我。”

电流声中，少年的嗓音似乎又低沉了一些。

“嗯，我知道。”

云雨生关掉台灯，又钻回被窝，窸窸窣窣的声响自然也传到程千峪那边。

“要睡了吗？”

他已经将她的作息时间完全摸透，没等她回答，便继续说道：“那，晚安了。”

“……嗯，晚安。”

她说完，却没有挂断，程千峪似乎在等着她挂电话。

两个人都有种固执的坚持，耳机里连他呼吸的声音都听得清楚。

云雨生又听见他笑了，她闭着眼都能想象到他垂着眼低笑的模样，略显玩世不恭。

最后，还是她先挂断的电话。

手机信箱里几百条舍不得删的，都是来自于程千峪的短信，云雨生又打开来看了一遍又一遍。

出于少女莫名其妙的心理，她一直没有给程千峪的号码留下备注。直到这个晚上，她终于鼓起勇气，将他的号码添加进通信录。

给他的备注是：Air。

翌日，云雨生到教室的时候，发现程千峪的课桌里已经放好书包，而自己的课桌上不知道是谁放了一瓶牛奶，玻璃瓶身还是温热的。

第一节课上课铃响起，程千峪才慢悠悠地从教室后门进来。

少年脸色有些病态的苍白，眼下一片乌青，眼里的血丝尤为明显，一看就是一夜没睡，倒是眸光仍是神采奕奕。

看见窗台上原封不动的牛奶，他很是自然地伸手去拨她的发丝：“怎么不喝？”

音色喑哑，带着不自觉的亲昵。

那一瞬间，她觉得程千峪有点儿像自己小时候养过的大狗狗，有些黏人。

云雨生坐直了些，后背有些僵硬：“一会儿就喝。”心里却想，原来那瓶奶是程千峪给她带的。

仅是一夜之隔，两个人之间的气氛便与之前全然不同。

段晴霁似乎察觉到了什么，转过头用笔敲了敲程千峪的桌面：“贿赂我家小雨生？有问题哦。”

她这一句意味深长，程千峪轻笑了声，淡淡开口：“我乐意。”

听起来还有几分得意，就挺欠扁的。

接下来的日子里，程千峪雷打不动地每天清早给云雨生买好牛奶，课间跑去楼下把她的杯子灌满热水，中午飞奔到食堂给她打饭，上完晚自习推着山地车陪她走到她家楼下……

后来连祁序都有些看不下去了，嘴上酸溜溜的：“我看老程干脆当小鹌鹑的爹算了。”

每当这时候云雨生只能装傻敷衍过去，她常常想，如果时间可以停留在那个时候，那该有多好。

可惜上帝总是对她那样残忍，即使他们不愿往前走，时间也要推着他们往前不停地遇见与离别。

2014年6月7日，云雨生迎来了人生的第一道关卡——高考。

那天北涪全城下着暴雨，雷声“轰隆隆”，考场上安静得连一根针落地的声音都能听见。

上午的语文试卷难度中等，作文题目也很有意思：

> 你可以选择穿越沙漠的道路和方式，所以你是自由的；你必须穿越这片沙漠，所以你又是不自由的。

当时在考场上写下那洋洋洒洒将近800字的文章时，少女还懵懵懂懂，对于“自由”，她的了解仍是片面。

接下来的数学难度比往年大了一些，云雨生按照程千峪说的，放弃了最后一道大题，只做了第一问以后就把剩下的时间用来检查前边的题目。

她是很容易在考场上紧张的人，一紧张就容易出错。好在心里一直记得程千峪的话，她喝了口温水，逼着自己镇定下来，果然在检查前边做过的题目时，发现几个因为粗心而算错的答案，又赶紧改正了。

第二天的理综和英语都比往年难度降低了不少，交上高中三年的最后一张试卷，少女走出考场的时候，只觉得自己就是那飞出笼子的小鸟，冲破黑暗，从此飞向外边广袤无垠的蓝天。

考场外挤满了心急的学生家长，祁序的爸妈提着大包小包，一迎上来就是各种嘘寒问暖，恨不得用八抬大轿把他给抬回家。

云建国和许慧芬都没有来，等待云雨生的只有一个程千峪。

香樟树朝着阳光肆意生长，枝叶茂密，绿意逼人。树下身穿白色衬衫的少年长身玉立，双手插兜，神情疏懒，站在六中门口就自成一道风景线。

云雨生按捺着想跑向程千峪的冲动，只是远远地朝他挥了挥手。

多年后云雨生常常后悔，如果当时她知道那是年少的他们与对方见的最后一面，她一定会不管不顾跑向程千峪的。

还没等到云雨生走近，程千峪就被祁序、周蛮蛮还有孙婉妍等人围住，云雨生在远处看着，不愿打扰他们一帮初中老同学重聚。

六月正赶上周杰伦的魔天伦世界巡回演唱会，北涪是其中的一站，祁序早就买好了票，五个人约好了考完试要一起去看这场演唱会。

想到这儿，云雨生就没有上前。她总觉得，往后还有很长很长的时间，她可以慢慢告诉程千峪，关于那个晚上的答案。

高考完的那个暑假对于其他人而言也许是人生中最轻松快乐的一段时间，对云雨生而言却不是。

刚回到家，许慧芬就已经把她的行李箱推了出来。

“你表叔说他们厂里正缺暑假工，你回去干两个月，工资就留着给自己上学用。”

许慧芬早就帮云雨生买好了车票，想来这个决定也不是一时性起。云雨生甚至连鞋子都没来得及脱下，就被推着赶着到了车站，坐上了那班离开北涪、离开程千峪的火车。

据说，很多高考生在考完当天晚上都会失眠。云雨生也没有例外，在连夜赶往盐溪的火车上，她一整晚都没有合上眼。

也许是自尊心作祟，回老家打工的事情她只轻描淡写告诉了段晴霁，还和对方约定了八月底再见。

在表叔所在的制衣厂，云雨生再一次碰见了记忆里那个恶魔——路霄。他长高了许多，头发染成金黄，还是一如既往地吊儿郎当。

“妞儿，你还记得我吗？”

路霄手上夹了根烟，一边吞云吐雾，一边试图和云雨生搭话。

云雨生下意识后退几步，捂住鼻子。她不喜欢路霄，更不喜欢他身上的气味。

可不论云雨生有多么讨厌路霄，她还是摆脱不了对方的纠缠。

表叔说，路霄的老爸是这个厂的老板，让她多讨好一下路霄，指不定就能飞上枝头变凤凰了。

大人总是那样现实，语气也是赤裸裸的，仿佛女孩子就是一件货物一般，她的价值就只剩下能给家里的那一笔彩礼。

工厂里很闷，除了机器运作产生的刺耳声音，就是空气里刺鼻的布料味道，每一天云雨生都身心俱疲。只有下班躺到床上的时候，她才能感觉到片刻的轻松。

高考出分那天，云雨生请了假跑到镇上的网吧里，输入准考证号的一刻，她的手指都不受控制地颤抖。

也许是网络不好，等待了很长时间，最后完整的页面才刷新出来。

661分。

正好比去年他们省的一本线多出了10分。

云雨生定定地看了很久，终于没忍住大哭出声。不顾身旁的人投来的目光，少女从网吧跑了出来，在大马路上给程千峪打了电话。

“我查到了，661分！是661分！我能上首都理工大了！”

电话那头少年声音含着笑意：“嗯，我早上就查到了。”

“……哦。”

完全没想到程千峪会连她的准考证号都记住了，她的心像浸在蜂蜜罐里，甜丝丝的。

他突然出声：“什么时候回来？”

云雨生愣住，片刻后才明白过来，应该是段晴霁把自己回老家的事情告诉了程千峪。

“可能，”她顿了顿，“应该八月底就能回去了。”

少年的声音藏着一丝期待：“嗯，等你。”

似乎从来没有分开过这么久，那一刻，云雨生突然特别想见到程千峪。

7 月 24 日那天凌晨，云雨生在员工宿舍床上给程千峪打了电话。

“生日快乐。”

少年嗤笑了声，突然有些恶劣：“我的礼物呢？”

云雨生呆住，从枕头下掏出钱包数了数攒下来的零钱，语气很认真：“你想要什么？”

电话那头程千峪顿了下，回答得也很认真：“你。”

她的脸上瞬间浮起热潮，心跳如雷：“别……别开玩笑了。”

少年似乎是认真思考了下，又说：“那你喊我一声哥哥，嗯？”

这个要求倒是不算太过分，云雨生想了想，把自己闷进被子里，深吸了几口气，嘴唇微张：

“哥……哥哥。”

声音是南方女孩儿特有的软和嗲，程千峪愣了好久，连呼吸声都重了几分。

过了很久，他终于轻笑出声。

“嗯。”

他一笑，云雨生就能想到他垂下眼勾起嘴角的神情，心跳加速，她急急忙忙挂断电话，嘴角却不受控制疯狂上扬。

报考志愿几乎没有花太多时间，云雨生一开始的目标就是首都理工大学，学校老师也说，以她的分数报考这所学校很稳妥。

段晴霁报了首都传媒大学，谢殊越报了首都航天航空大学，祁序虽然分数不怎样，但也算超常发挥，进北涪体育学院应该没问题。

似乎所有的一切看起来都在往好的方向发展。

直到八月里的某天，云雨生无意在车间听到路霄和其他人炫耀：

“那个傻妞儿啊？考得是不错，不过她妈说了，她迟早是我家的人，哪能让她飞到大城市去，就把她的志愿改成了盐溪师大了……”

云雨生愣住，仿佛有一双冰冷的手掐住她的脖子，她完全无法呼吸，浑身冰凉，大脑一片空白。

她推开门，声音颤抖，还抱有几分侥幸：“路霄，你说清楚，改志愿的事情是真的吗？”

路霄脸上的笑容僵住，顿了几秒，又笑了出来：“怎么，你才知道吗？不信的话，你去问你妈呗。”

云雨生跌跌撞撞冲出了制衣厂，一遍又一遍给许慧芬打电话。

许慧芬一直没有接，她心急如焚，抓起自己的挎包就要去车站，却被路霄拦住。

“你现在去也没用了，已经提交上去了。”

虽然没读过多少书，但对于这些路霄还是明白的。看着面前满脸是泪的少女，他突然也有些不忍了：“喂，你别哭了，不就是一个大学而已，在盐溪上不也一样？”

云雨生使出了浑身的力气推开他，歇斯底里地吼道：“你不明白！”

他们不会明白的，他们怎么可能会明白呢？

那些在台灯下一边流泪，一边握着笔计算的夜晚，那些她幻想了无数遍的未来，全都毁了。

而罪魁祸首却用轻飘飘的一句“不就是一个大学而已”，就轻而易举毁掉她的所有努力。

许慧芬终于回了电话，语气一如既往地冷冰冰。

“是，我是改了。读师范大学多好，女孩子将来毕业了当个教师，铁饭碗，多少人抢破头呢？

“你哭什么，去首都要花那么多钱，留在盐溪，还能拿补贴，我不也是为你好。

“这个家，还轮不到你说不愿意。我也不怕实话告诉你，你那个死人爹在外面工程款都收不回来，日升要上个好一点儿的私立学校托关系还得花不少钱。”

…………

云雨生的手无力垂下，不愿再听下去。许慧芬就那样擅自决定了她的人生，从她要念的大学到她未来要嫁的丈夫，全都替她安排好了，甚至连问都没有问过一次她的意见。

凭什么？

到底凭什么？

就因为她是女孩儿吗？

哪怕心里是那样憎恨眼前的人，云雨生还是哀求道：“路霄，我求你，身份证还我好不好，我真的必须回去。”

路霄蹲下身来：“你妈已经从我家拿了十六万，你现在可是我家的人了。”

那语气，仿佛说的是今天他从菜市场买了一棵白菜一般，轻轻松松，没有任何起伏。

“你不信？你要不跟我回家问我爸去。”

云雨生缓缓摇头，彩礼，呵，彩礼，这两个字表叔明里暗里提了不少次，原来早就暗示过她了。

她被困死在盐溪这座小城，怎么也跑不出去了。

那个下午，年少的她隐隐约约明白了人生的重大课题——自由与不自由。

录取通知结果出来，云雨生根本不敢接电话，她不知道要怎么告诉程千峪和段晴霁，她不能遵守约定，和他们一起去首都了。

就算告诉他们，又能怎样呢？

她和他们，本来就不是一个世界的人。

那束光曾经穿破黑暗，给予过她温暖和慰藉。

可身处黑暗深渊的人，凭什么和闪闪发光的少年站在一起？

程千峪还有美好的未来，而她，已经没有了。

背负着许慧芬嘴里所谓的十八年养育之恩，还有路家那十六万的“债务”，她肩上这么沉，怎么可能追得上如风一般的少年。

八月底的一个雨天，云雨生终于下定决心给程千峪打了最后一通电话。

“喂。”

不等电话那头的人说话，她已经自顾自说了起来：“我想告诉你，我的答案。”

程千峪有些意外，声音听上去难得有些紧张：“嗯。”

“程千峪……”她故作轻松，嘴角上扬着，眼泪却不受控地往下掉。

云雨生捂住嘴，努力不让自己哭出声，艰难地挤出一句：“对不起，我们别再见面了。”

少年迟迟不出声，呼吸的声音很轻，似乎有一个世纪那么久，他才终于缓慢开口：“你想好了？”

如果云雨生仔细听，一定能听出他语气里的卑微和恳求。

她重重点头：“嗯。”

“原因呢？”程千峪苦笑了下，“你总要给我一个死心的理由。”

理由吗？

云雨生望着窗外，盐溪的夏天结束得太快，树叶已经枯萎泛黄。

她用手背抹了抹眼泪：“因为……夏天都结束了。”

一切都结束了。

她的美梦也结束了。

“程千峪。”

最后一次喊起他的名字，指甲不自觉嵌入手心，鲜血冒了出来，云雨生却浑然不觉。

“谢谢你，再见了。”

说完这一句，云雨生迅速挂断了电话，将电话卡取了出来，从窗口扔了出去。

蹲坐在地上，少女双手抱着膝盖，终于痛痛快快哭了出来。

再见了，我的少年。

谢谢你来过，谢谢你给了我最美好的一个夏天。

第六章 /

夏天会再回来吗

2020 年 8 月底。

云雨生拉着行李箱走出北涪火车站，37℃的风如同热浪一般拂面而来。

出站口外边围满了满头大汗的出租车司机，他们操着一口浓重的本地口音招呼着，争前恐后想要上来帮她拿行李。

她小声拒绝，好不容易才冲出重重包围，穿过马路来到了对面的公交车站。

头顶枝叶茂密的香樟树投下一片绿荫，空气湿热黏腻，带着热气的水润植物气息充斥鼻腔。

时隔六年，再一次回到这座城市，它还是和记忆里一样，鲜活又热烈。

正是下午五点半左右，落日余晖依旧灼烫。车窗外车水马龙，偶尔有骑着单车、穿着蓝白色校服的少男少女从云雨生身旁飞驰而过，每一张脸都充满蓬勃的生气。

年少的他们，未来还充满着无限的可能。

云雨生收回视线，低下头打开微信看了看，昨天给路霄的转账又被自动退回。

她叹了口气，再一次把那笔钱又转了过去。

大学毕业以后，她在盐溪一所中学当了两年的语文老师，学校包吃包住，发下来的工资她一分钱都舍不得花，每个月都按时转到路霄的妈妈沈阿姨那边。

陆陆续续也还了六万多，后来被路霄知道，他回家闹了一场，沈阿姨就再也不肯收她的钱了。

原本两家人已经谈好了婚事，拖着拖着就拖了这么些年，路霄也二十六岁了，同龄人早就抱上了娃娃，就他还打着光棍。

沈阿姨心里也有不满，和许慧芬私下商量好了，今年国庆就给两个孩子办酒席。

如果不是路霄喝醉了告诉云雨生这个“好消息”，她还会一直被蒙在鼓里。她以为还了钱就好了，可原来他们都当她是傻子。

恰好云雨生那段时间看到了网上的招聘信息，北涪六中今年在招临聘教师，她幸运地通过了筛选，这两天做完体检后就可以入职。

还欠路家人十万，她掰着手指头数了数，再过两年，她就可以彻底自由了。

翌日一早，云雨生来到北涪市人民医院。

入职体检的项目还不少，等她一一检查完，已经过了午饭时间。

她正要离开，经过某间病房的时候突然听到一个很熟悉的声音：“胃穿孔还跑去开什么会啊，你疯了吧！”

云雨生怔了一下，总觉得这个公鸭嗓好像在哪里听过似的。

这时候两个小护士从她身边走了过去，小声议论着：“306病房就之前胃穿孔被送过来的那个，长得真的绝了！”

“我知道，我知道！就是太冷了，也不爱说话……”

云雨生摇了摇头，没有再多想，很快就离开了医院。

而病房里，祁序因为大呼小叫，被小护士红着脸又提醒了一次。

躺在病床上的男人面色苍白，没有理会娇俏的小护士似有若无的讨好，神情很淡：“帮我订一下后天的机票。”

祁序摁熄屏幕：“又去那鸟不拉屎的破地方？学校那边联系好了，后天你必须得去一趟。”

他实在搞不明白，程千峪怎么没事就爱往盐溪那种落后的小地方跑。

手机开了静音，云雨生刚打开就跳出了十几通未接来电，有路霄的，也有许慧芬的。

云雨生莫名烦躁，干脆跑到附近的营业厅重新办了张卡。

她想要一个全新的开始，一个没有许慧芬和路霄的控制、完完全全属于她自己的全新生活。

体检报告出来以后，云雨生很快就办理好入职手续，拉着行李箱住进了六中的职工宿舍。

六年了，母校似乎没有什么改变。香樟树长得茂密，荟文楼上课的学生还穿着和她当年一模一样的校服。

除了高三的学生，其他人还没有正式开学，学校里空荡荡的。

像是根本不在意毒辣的日光，云雨生沿着赤红色的跑道走了一圈又一圈，只是跑道旁边的篮球场，再也看不到她记忆中的那个身影。

云雨生有很久很久没有再梦到过那个少年了，久到，她甚至已经有些记不清他的模样。

在最灰暗的那段时光，她曾经反反复复看过和他往来的短信记录无数次。对她而言，那是世界上最珍贵、也是最让她悲伤的小说。

后来，那部记录了他们几百条信息的诺基亚手机，也在大一的某天悄然寿终正寝。她换上了触屏手机，不再需要担心内存不够，却再也没有任何值得存储的记忆了。

都说时间会带走一切，也能治愈所有的伤痛。云雨生想，她也许已经彻底放下，那一段还没来得及盛开，就在雨天里夭折的初恋。

走到第九圈的时候，她忽然听见一个温润清冽的声音。

身体瞬间僵住，她几乎是立刻就转过身去，身穿宽大校服的少年一手揽着个球，一手撩起衣服下摆擦汗，后背孤傲挺直。

不远处站着一个个子娇小身穿百褶裙的少女，明眸皓齿，笑靥如花，冲他招了招手，嘴里催促着："走啦！一会儿保卫处的人该来了。"

背对着云雨生的少年笑得恣意畅快："知道了。"

像极了他，却又不是他。

云雨生的眼泪陡然跌落，好奇怪，她明明已经快要记不清了，可总是在某一刻，记忆就像冲开闸门的洪水一般席卷而来。

原来人的感情，并不像时间那样有着明显的分界线。

程千峪，程千峪。

她在舌尖反复咀嚼这三个字，心底酸酸涩涩。

9月2日，新学期正式开始。

云雨生任教的科目还是语文，带的是高一年级。

第一天她就碰到了一位老熟人——孙婉妍。

见到云雨生的一刻，对方似乎很诧异，愣了很久，才过来和她打招呼。

"你就是新来的老师吧。"孙婉妍浅浅笑着，"还记得我吗？"

云雨生迟疑了下，才点了点头。孙婉妍比记忆里胖了许多，而她的肚子已经隆起。

察觉到云雨生的视线，孙婉妍捂着嘴不好意思地笑了笑："五个月了，所以没有办法再给孩子们上课。"

"……恭喜！"

云雨生想了半天，才挤出这干巴巴的祝福。

孩子，是程千峪的吧？

云雨生突然想起某个下午，孙婉妍在停车场拉住自己，她说，没有人比她更喜欢程千峪了。

心口突然抽痛起来，像是一根根针扎在心脏，绵密的、无法忽视的疼痛感让她有一瞬间无法呼吸。

似乎是猜到了云雨生心中所想，孙婉妍突然开口："不是他哦。"

女人笑起来眼睛弯得像月牙儿："我跟我老公是大学同学，年初才摆了酒席。"

云雨生怔住，表情有些迷惘和复杂。

"你也觉得很奇怪吧？"孙婉妍轻轻地抚摸着自己的肚子，低垂着眼，不知道在想些什么。

"哪有人会一直心甘情愿守着另一个人？我们都不是小孩子了。"

她突然苦笑了一声，夹杂着一声叹息，声音轻飘飘："我后来才明白，没有回音的山谷，是不值得纵身一跃的。"

孙婉妍很快就办完了手续，透过窗，云雨生看到一个侧脸和记忆里那个人有几分相似的男士站在楼下，见着孙婉妍，他一把搂过她的腰，两人很快就上了车。

云雨生还愣在原地，怅然若失。

高一那会儿在教学楼后的停车场，少女提起程千峪的表情还历历在目："就算他说月亮是正方形的，我也会笑着点头附和，是啊，月亮的线条特别笔直。”

云雨生想不明白，那个口口声声说“永远喜欢程千峪”的孙婉妍，怎么就嫁给了其他人。

可她又好像能够体会，孙婉妍说的，大家都不再是小孩儿了。

这种感觉，在云雨生站上讲台时尤为明显。

看着台下那一张张青涩稚嫩的脸庞，她总有种恍惚的感觉。

现在的学生和他们那会儿不太一样，如今孩子们人手一部智能手机，里边各种社交软件和游戏看得她眼花缭乱。

云雨生刚在黑板上唰唰写下自己的手机号码和 QQ 邮箱，就听到第一排一个虎头虎脑的男孩儿大声问了句：

“老师，你玩 Summer cans 吗？”

Summer cans？

夏日罐头？

云雨生微微蹙眉，就听见另一个女孩儿说道：“是最近很火的社交软件，老师你快注册一个吧。”

她轻轻颔首：“好，我今晚研究一下，不过现在，大家先把手机收起来……”

晚上回到宿舍，云雨生洗了个热水澡，拿起手机来，才想起这事。

为了更好地了解她的学生，她没有犹豫，马上在应用商店下载了 Summer cans。

这款软件做得很用心，界面清新，没有乱七八糟的广告。

云雨生粗略看了下，它的功能也很简单，可以一对一聊天，也有多人聊天室，个人主页能发表的只有图片，没有文字。

而最受学生欢迎的就是它的影音共享功能，通过这个软件，他们可以一起听歌，一起看视频。

某种意义上，也算是为异地恋情侣增添了一些小浪漫。

最有意思的是，听说开发者决定做这款软件是为了喜欢的女孩儿，想为她留住夏天。

云雨生觉得这个开发初衷还挺有意思的，于是也就没有卸载它。

如果夏天也能像食物一样长期贮存，随时随地打开就好了。

折腾了半天，云雨生终于注册好了自己的账号，正准备睡下，微信突然弹出了新的消息，是五班的班主任余老师：

小雨老师，这么晚还打扰你，实在是抱歉。

是这样的，学校领导临时通知，明天下午有几个校友要回校参观，初步决定在我们班听课。

我记得下午是你的课，到时候麻烦你组织一下纪律，辛苦了。

云雨生用毛巾擦了擦头发，手指飞快敲打，将编辑好的消息发送了过去：

好的。

发丝沾上枕头以前，她迷迷糊糊想着，会是哪一级的校友呢？会不会她也认识……

周三，云雨生走进办公室的时候，看到女老师们都凑在余老师的办公桌前，七嘴八舌正说着什么。

她刚放下包，余老师便从头到脚上下打量了她好一会儿："小雨，你怎么就穿成这样啊？"

云雨生低头，看了看自己今天的装扮，杏粉色衬衫下搭米白色过膝长裙，中规中矩，她看不出任何问题。

"怎么了吗……"她局促不安地把手伸到后背扯了扯衣服，"不合适吗？"

看出她的紧张，其他几位年轻女老师笑出了声："看把你吓的，没事，就是太素了点儿。"

今天下午要过来的那几位杰出校友可是青年才俊，因此学校里单身的女老师都是花了点儿心思打扮好才过来的。

"小雨这皮肤是真好，不化妆也这么好看，你都是用什么护肤品啊？"

"咦，小雨应该还没谈对象吧？"

众人叽叽喳喳，一个接一个的问题让云雨生应接不暇，好在上课铃响起，她们总算抱着教科书离开。

坐在自己的座位上，云雨生才后知后觉感到紧张。

她也不是没上过公开课，可其他人摆出这么大的阵仗，弄得她也心慌意乱起来。

一整个上午都没有云雨生的课，云雨生做完了备课的工作，听见放学的铃声响起，才伸了个懒腰，缓缓起身朝楼下走。

从教师办公室到食堂要绕过大半个操场，正午的太阳像是燃烧的火球，日光打在后背上灼热滚烫，云雨生不得不抬起手遮挡住眼前阳光的直射。

女人穿着浅色的衣裙，黑发飘散，跑动起来像是一朵淡粉色的燕覆子，引得球场上的少年们纷纷侧头看来。

祁序找了个阴凉处坐下，大口喘着气，仰头喝下半瓶水，再抬眼时，一身黑衣、眉目矜冷的男人大步朝他走来。

“伍老头儿又给你介绍对象了？”

对方并不答话，忽地停下脚步眺着远处，不知道是因为看见了什么，眸光隐有波动。

祁序站起身来，拍了拍他的肩膀：“想啥呢？”

说着，他好奇地顺着对方的视线看了过去，远处只有一排茂密的香樟树，空无一人。

祁序松了松肩胛骨：“走吧，吃饭去！”

程千峪垂下眼睫，冷白的一张脸又恢复了往日的淡漠，刚才紧握着的拳头终于缓慢松开。

预备铃响起，云雨生抱着教材和笔记本朝对面的教学楼走去。楼梯上还有几个学生在打闹，见着她也不惊慌，嬉皮笑脸地喊了声：“老师好。”

她浅浅笑着点了头，耐心地等待楼梯上的学生先走。

“对，我是。”

身后传来一个喑哑低沉的男声，像是冬日冰河上漂浮着的薄冰，叫人遍体冰凉。

云雨生缓慢地转过身，撞进一双狭长漆黑、深如幽潭的眼。

程千峪！怎么会是他？

男人薄唇微动，冷冷吐出一句：“嗯，您说。”

明玥看过那张冷漠的面孔无数遍，可这一眼又让她心头一颤。

六年了。

云雨生没有仔细数过，离开这座城市、离开这个人有多少个日夜。

明明已经过去很久了，久到她已经很久没梦见过那个少年，可就只是刚刚这么一眼，云雨生心里突然闪过一个荒唐的念头，她又将万劫不复。

程千峪看起来还是一点也没有变，岁月只是让他那俊美的五官又凌厉了些，下巴上也多了一圈青茬儿。

记忆中那个清冷俊逸的少年在她不知道的漫长时光中慢慢蜕变成高大英挺的男人。

手机那头的人不知道说了什么，他眉头紧蹙，单手将黑色丝质衬衫领口扯开了些，隐约露出里边坚硬的胸膛。

而后，他一边掏出根烟咬在嘴里，一边熟练地用打火机点火。

在那单薄眼皮下的漆黑眸子，和六年前一样，望一眼仿佛就要结冰，她差点儿就要溺死在这片冰河里。

即使她甘之如饴。

在云雨生恍神的片刻，男人吐了口烟雾，对着电话那头沉声说了句：“我明白了，晚点儿我再联系您。”

云雨生近乎痴迷地盯着程千峪，在脑海里轻轻抚摸着他那淡漠的双眸和清晰的下颌线，直到他挂了电话，似乎是不经意才瞥到一边的她。

“抱歉。”他冷声开口，“请问高一（5）班怎么走？”

在很多个失眠的夜里，云雨生曾经无数次幻想过和程千峪会如何重逢。

然而，和她设想过的各种重逢场景都不一样，此刻的程千峪，看着她的眼神就像看待一个陌生人一样，没有任何感情。

哪怕是怨恨都没有。

好像他们之间，从来没有发生过任何故事。

云雨生心头很乱，不知道是庆幸还是失落。

她终于回答：“……三楼左手边就是。”

男人微微侧身，笔直的长腿从她身旁跨过台阶，嗓音漠然冷冽：

“谢谢。”

她终于明白过来，原来，程千峪就是余老师嘴里说的那几位青年才俊之一。

那会不会，其他人也一起来了？

云雨生无意识握紧手心。不知道为什么，她很害怕会再次见到段晴霁他们，也许是对六年前不告而别的愧疚，也许是出于莫名其妙的自尊心……

直到刺耳的上课铃响了第三遍，她才终于回过神来，慌忙追上前边人的脚步。

站上讲台，望着教室最后那两张熟悉的面孔，云雨生的腿差点儿就站不稳，手掌扶着桌面才勉强支撑起身体。

程千峪一身黑衣黑裤，眉目矜冷，低垂着眼看着手上的课本，面无表情。

一旁的祁序则是从最开始见到云雨生的诧异和震惊中恢复过来，视线落在她身上，满是轻蔑与不屑，丝毫不遮掩敌意。

云雨生低下头，轻咳了几声：“上课——”

“老师好。”

她稍垂眼眸，逼迫自己把注意力集中在课本上，缓缓出声：“今天，我们一起来学习戴望舒的这一篇《雨巷》……

“在雨巷中徘徊的独行者，像丁香一样结着愁怨的姑娘，都是象征性的意象……”

女人的声音带着南方人特有的软和甜，音量不大，通过她腰间的扩音器才传遍整间教室，她的语速有些慢，很好地将学生带入诗里的意境。

祁序一向不喜欢这种文绉绉的东西，没听一会儿就忍不住想打瞌睡，侧头看了看身旁正襟危坐的男人，他动了动嘴皮：“她怎么在这儿？”

见程千峪没理会，祁序又猜测：“你早知道了？”

“不能吧？”他一拍大腿，“难不成伍老头儿给你介绍的是她？”

这动静惹来了最后排几个学生的注意，见他们不时回过头来往这边看，程千峪终于开口：“别吵，听课。”

一听这话，祁序总算是安静下来，恶狠狠地瞪了眼扭头看他的两个男生。

见那几个兔崽子消停了，他扯了扯嘴角，听课？不存在的。他祁小爷活了二十五年，字典里就没有“听课”这两个字。

祁序想不明白，本来只是回来看望母校的恩师们，顺便捐点儿钱给学弟学妹们整个贫困生励志奖学金，怎么就又碰上程千峪命里这一劫——那只小鹌鹑了。

作为兄弟，他是真不乐意再看自己的好哥们儿为情所困。

好在程千峪还是一如既往地冷静，要不是对他俩的事情了如指掌，就他这副见着人家了也面无表情的淡漠模样，祁序这会儿也会以为这两人压根儿就不认识。

看在程千峪的面子上，祁序没有再折腾出别的动静来，让云雨生顺利地上完了这一节课。

下课铃响起，余老师已经在走廊上等待许久，见到程千峪和祁序走了出来，她赶紧迎了上去。

“小雨老师，你过来一下！”

云雨生本来已经快走到楼梯口，听到这一声，只能硬着头皮转过身来。

“我来介绍一下，这位是我们学校新来的教师小雨。”余老师亲昵地拉过云雨生的手，指着两个男人介绍道，“这位是咱们学校 2011 级的优秀毕业生程千峪，程先生从事 IT 行业，听说前不久爆火的一款 APP 就是他的团队开发的。”

“这一位祁先生也是 2011 级的，”话说到这儿，余老师突然记了起来，“小雨，我怎么记得你好像也是 2011 年入学的？”

云雨生不自在地点了点头：“对。”

余老师笑得合不拢嘴：“那可真是太有缘了，说不定那会儿你们还见过呢。”

话音刚落，祁序眼角抽搐，低声嘟囔：“何止是有缘，完全就是孽缘。”

像是没听到他的话似的，程千峪不动声色地伸出手来：“幸会。”

四目相对，云雨生不得不跟着伸出手。指腹触碰到对方手背的一刻，她的心不受控制瑟缩了下。

程千峪沉默地望着她，乌黑的瞳仁里幽暗深沉，藏着她看不清的万种情绪。

他很快就将手抽回，留下云雨生的右手还尴尬地停留在半空。

“都是年轻人，有什么事情你们和她聊也是一样的。”

余老师抬手看了看表，对他们歉意地笑了笑：“我还有点儿事，失陪了。”

程千峪轻轻颔首，目送着余老师走下楼梯。

云雨生正准备离开，却听到身旁男人沉声开口：“小雨老师……”

她怔住，这一刻格外迷惘，从没想过这么一个普普通通的称呼，从他嘴里说出来，会是这样陌生而伤人。

原来程千峪是真的不认得她了。

云雨生缓慢地抬起头，面前的男人长身玉立，身形修长挺拔，肩宽腰窄，将一身黑色丝绸衬衫穿得十分有型。

黑色的碎发垂落在冷白的额前，他的眉梢眼角如同淬了冰一般清冷疏离，眸光深冷，下颌线绷得紧紧的，倨傲又不驯。

身后是大片绿意逼人的香樟树枝叶，更衬得男人周身散发的气息冰冷，有种生人勿近的距离感。

视线蓦然对上，他打开手机递了过来，轻动薄唇：“后续的事情，我们微信上谈。”

女人那双水雾弥漫的杏仁眼倏地睁大，看着眼前手机屏幕上那四四方方的二维码，嘴唇张了张。

后续的事情？她怎么不知道后续还有什么事情需要和他们再谈的？

察觉到对方有些不耐烦地蹙了眉头，云雨生慌忙掏出手机，很快就扫完码。

跳出来的，是一个一片漆黑的头像，微信名叫“Rain”。

云雨生的心里掠过一丝异样，快得她抓不住。

再抬眼时，程千峪和祁序已经走远。

她捂住胸口，不知道为什么，突然感觉有些透不过气，心里闷闷的。

云雨生跌进无边的梦境。

昏暗的教室里，穿着宽大校服的少年后背孤傲挺直，右手在腰间揽着一颗篮球，忽然，他便转过身来，一双凤眼水光潋滟。

云雨生的心跳陡然慢了半拍，他微微勾唇，似笑非笑般问："怎么，不记得哥哥了？"

她张了张口，却发不出任何声音。

少年的表情突然变了，眉眼间尽是冷淡疏离，他不再看她，回过头大步朝着与她相反的方向远去。

不，别走！

云雨生下意识想追上去，可双脚却不知道被什么东西定住，怎么也无法挪动半分。

"程千峪！"

她大喊了一声，双眼倏地睁开。

从百叶窗透进来的月光一片惨白，云雨生擦了擦额头上的汗，意识逐渐清明。

原来是梦。

好久了，她真的有好久没有再梦见过程千峪。

起身开了床头的台灯，她才看清枕头上的一片湿润。她揉了揉眼睛，记不清这是第几次梦到同样的情境，又是第几次被梦疼醒。

喉咙发干，云雨生缓慢地下床，起来倒了杯温水，划开手机屏幕一看，这会儿才凌晨三点。

睡意却消散得一干二净。

她无意识叹了口气，打开微信，才发现下午发送的好友添加请求已经被程千峪通过，时间显示是深夜十二点的时候。

望着他那个一片漆黑的头像，云雨生踌躇片刻，还是慢吞吞地点开了他的资料。

程千峪的朋友圈和他本人一般，寡言少语，只有寥寥无几的数条转发，她粗略扫了一眼，多是行业资讯。

云雨生又想起下班前余老师吩咐她的那些话，说是祁序他们准备为学校的贫困学生设立一些奖学金，原来程千峪所说的后续的事情就是这件事。

余老师还说，这两位校友年少有为，让她花些心思维系好跟他们的关系，将来也许会有帮助。

云雨生扯了扯嘴角，记起下午祁序看着自己那种不善的眼神，突然便有些头疼。

他们一定恨死她了吧？

毕竟那时候五个人的关系是那样好，约定好了一起去听周杰伦的演唱会，一起去毕业旅行，一起去北京……

可她却懦弱地当了逃兵，甚至连一个正式的告别都没有给他们。

她最对不起的，还是程千峪。

骄傲如他，在听到她那句“我不喜欢你”时，少年的声音都带着明显的颤抖。

云雨生的心脏抽痛了一下，眼泪又不听话地掉了下来。她吸了吸鼻子，把自己蜷缩进被子里，拉过被子捂住脸，才终于小声啜泣起来。

不应该难过的，都过去那么久了。

就连孙婉妍那样痴情专一的女孩儿都可以释怀，转头另嫁他人，何况是程千峪这样优秀的男人。

无论是过去还是现在，他的身边从来不缺少追求者。或许，他已经有了女朋友甚至是妻子。

云雨生想，她又有什么资格难过呢？

棉质床单散发着清新的柑橘香气，那是她找了很久才找到的某个牌子的洗衣粉。

这些年来，她总是固执地使用着一切柑橘味的洗护用品，为了能够短暂地嗅到一丝和程千峪身上清冽气息有一点儿相像的味道。

一个人，真的能够忘掉另一个人吗？

她不止一次打开手机浏览器，不止一次搜索过“如何放下一个念念不忘的人”，可成千上万条信息，没有一条能够教她，到底如何遗忘。

一夜未眠，窗外天光大亮，鸟叫声格外清脆。

云雨生钻出被窝，慢吞吞地刷牙洗漱，看着镜子里自己一双眼睛又红又肿，面色憔悴得有些吓人。

这个样子去给学生上课肯定是不行的。

她翻了半天，总算找到之前朋友送的彩妆小样，打开美妆教学视频研究了下，弄了好半天才给自己化完了妆。

学校食堂早上是不开门的，云雨生换好鞋，锁上门出发准备到校外小吃街吃个早餐。

她刚下楼，远远就看见宿舍楼区前边的空地上停了辆黑色卡宴，驾驶位上似乎坐了个人，因为距离有些远，看得并不真切。

直到脚步逐渐走近，云雨生才看清楚车上男人的模样。

他合着眼，长长的睫毛如鸦羽一般黑而密。肤色冷白，如同象牙的质感。就连睡着，他也是眉头微蹙，锋利的下颌线条紧绷着。

依旧如她记忆中一般，男人的周身散发着清冷疏离的气息。

倒是他今日穿的一身，浅蓝色条纹衬衫下搭杏色休闲裤，衬得整个人清朗简洁，连那生人勿近的距离感都淡了几分。

似乎能察觉到她的视线，下一秒，程千峪倏地睁开眼来，漆黑浅淡的眸蓦然望进她的眼底。

云雨生的心跳瞬间慢了半拍，像是被抽去魂魄似的，呆愣了好一会儿。

直到程千峪拉开车门，笔直的长腿朝着自己走来。

“早。”他的语气很淡，听不出任何情绪。

云雨生扯开嘴角，有点儿心不在焉：“……早。”

确实是早，这会儿才清晨六点，整个学校空荡荡的，也不知道程千峪怎么会出现在这里。

“那个……”

想到他也许是为了助学金的事情来找学校领导，云雨生好心提醒道：“主任他们应该八点钟才到办公室……”

“嗯。”

程千峪一如既往地惜字如金，嗓音却是冷冽低沉，像是玉器碰撞的声响般莫名好听。

这会儿云雨生不知道说什么了，不自在地伸手将垂落至眼前的碎发拢至耳后，她低着眼：“那我先走了……”

程千峪却跟了上来，像是随意谈论天气那样自然，冷声开口：“你去哪儿？”

有风吹过，带来男人身上清冽干净的气息，鼻腔间顿时被佛手柑的香气填满，她的身体有片刻的僵硬。

她张了张口，声音听起来闷闷的：“我去外边吃饭。”

男人侧头睨了她一眼，眸光深冷，拳头不自觉紧握，像是害怕一切只是梦境，等他睁开眼，眼前的人就会不见。

他就这样并肩和她走着，脚步不疾不徐，跟着她一路来到了校外的小吃街。

这会儿还没有多少学生，早点铺忙碌着，一条街飘满豆浆和油条的香气。

云雨生找了间铺子坐下，老板娘马上就过来招呼："两位想吃点儿什么？"

"一份炒米粉，一杯豆浆，还有——"她侧头看了眼程千峪，语气有些不确定道，"再来一份炒面，别放葱和豆芽。"

话音刚落，老板娘大声应道："好嘞，稍等啊。"

程千峪神情微动，嘴角不易觉察地勾起很小的弧度。

见此，云雨生心里微微松了口气。这么多年了，他还是不喜欢吃葱和豆芽，和高中那会儿一模一样。

气氛陷入诡异的沉默，云雨生拿出手机随意浏览着这几天的社会新闻，注意力却一直无法集中。

晨光中，男人修长白皙的手指骨节分明，像是一件精心雕刻的艺术品。此刻他正无意识地用手指轻敲桌面，一下又一下，节奏有些乱。

"……什么时候回来的？"

云雨生缓慢抬眼看向面前的男人，他的眼皮有些单薄，眼眸浅淡，莫名有些冷感，眼下那颗泪痣却为他添了几分邪气。

游走在禁欲与蛊惑之间，两种矛盾的气质神奇地融合在一起。

她抽了张纸巾擦了擦筷子："刚回来没多久……"

程千峪不再开口，学着她擦了双筷子，低头吃起刚端上的炒面。

云雨生吃东西的速度一向很慢，等她慢吞吞咽下最后一口，拿起纸巾擦嘴时，才发现程千峪不知道什么时候已经放下筷子。

"以后还走吗？"他这话问得漫不经心，似乎只是无意间问起。

她却答得认真："这几年不会走了。"

她没有家，无处可去，如果说这个世界上还有一个地方值得她留恋，只能是六中了。

男人神情疏懒，狭长漆黑的眼只专注地盯着她，好像在这一刻，他的世界里只剩下一个她。

对上程千峪的目光，心跳便有些不稳，云雨生下意识别开眼，起身去扫码付钱。

后背还能感受到来自程千峪那深邃灼热的视线，她手有些抖，输个支付密码都花了好半天。

结完账，她拿起放在凳子上的挎包，而他已经站起了身，双手闲散地抄在兜里，衬衫纽扣又被他扯开了一颗，领口处露出一圈冷白的锁骨。

“谢谢。”程千峪抬手看了看时间，嗓音又哑又凉，客气又疏离，“下次我请。”

云雨生有些局促，摆了摆手：“不用……”

再抬头时，那个修长清冷的身影已经走远，消失在温柔的晨辉里。

似乎，他只是恰好碰见她并同她一路过来，又恰好一起吃了个早餐。

两条线偶然产生了交集，在短暂的碰撞后又各自远去。

云雨生无端感到失落，垂下眼睫，刚打开微信，一刷新朋友圈，才发现一分钟前，程千峪刚刚更新了动态。

他分享了一首歌，是苏打绿的《无与伦比的美丽》。

鬼使神差地，她从兜里翻出耳机插上，轻轻按下播放键。

“你知道当你需要个夏天，我会拼了命努力……”

她抬眼，路的尽头绿意盎然，两旁鹅黄色的扶桑花开得热烈，夏天仿佛才刚刚开始。

高一的授课任务比较简单轻松，云雨生很快就适应了在六中的这个新身份。

转眼就到了开学第二周的星期四，正好是教师节，办公室的几个老师几天前就约好了今天下班一起聚餐，把刚来的她也叫上了。

下午云雨生没有课，在自己的桌位上看了会儿书，她不知不觉就睡了过去。

窗外蝉鸣声无休无止，身后的小风扇呼呼转动着，门外吹进来的风仍是燥热，挤不出一丝水分。

她睡得很沉，做了一个又一个分辨不出真假的梦。

一身白衣的少年眉眼染笑，在她桌上轻轻放了瓶牛奶，半倚着桌沿，捧起她的习题册认真看了起来。

画面一转，他冷着一张脸，脚后跟稍抬，手掌朝前微微用力，篮球在空中划出一道完美的抛物线，最后稳稳落入篮筐。掌声四起，面容冷峻的少年却望向人群中的她，一双漆黑的眼深如寒潭，眸光似淬了冰，满是化不开的冷意。

云雨生情不自禁往前跑，伸手想去抓住少年纯白的衣角，可一阵风吹来，他一下子消失不见。

她的手停在半空，怅然若失。

像是意识到这是梦境，云雨生猛地惊醒，掀开眼皮，视线由模糊渐渐转向清晰。

眼前是一捧盛开的向日葵，金灿灿的大片花瓣鲜活亮眼，中间点缀着几朵粉白色的重瓣洋桔梗。

她愣了会儿，揉了揉眼睛，抱起花束才发现里边还藏了一张浅绿色的小卡片。

打开来，上面龙飞凤舞的黑色字体苍劲有力，看起来莫名有些眼熟：

节日快乐！

云雨生后知后觉扫了一圈周围，此刻还是上课时间，办公室里只有自己和八班的化学老师。

“端木老师，您刚才有看到谁来过我们办公室了吗？”

对方正在批改作业，听到这话头也没抬：“是有位小哥来过，还给你带了束花呢。”

会是谁呢？

云雨生想了半天，还是没有半点儿头绪，她索性不再去想，开始翻看学生的读书笔记。她把手头上的工作都处理完时，放学铃恰好响起。

余老师招呼大家：“走咯，吃大餐去。”

云雨生收拾好东西，跟在大部队的最后边。教体育的张东也是这学期才来的六中，他放缓脚步，状若无意地和她搭起话来。

“小雨老师，您是北涪本地人？”

这还是开学这么久以来，第一次有男性教师和自己说话，云雨生腼腆地垂下眼睫：“不是，我老家在盐溪。”

张东早已经对云雨生的信息了如指掌，却装作惊讶的样子："盐溪？那地方还挺远的，我去过一次，你们那边有个秋霞山风景很不错。"

云雨生轻轻点头，没有开口接话。

张东继续开口说道："你一个女孩子，离家又这么远，要是有什么需要帮忙的，尽管喊我。"

她再次点头，不自觉加快脚步，将张东甩在身后。

聚餐的地点定在了离学校不远的一家大排档。

众人一坐下就七嘴八舌聊起天来，和平时讲台上严肃的模样判若两人。

云雨生刚拉开椅子坐下，张东正好在她右手边的位置也坐了下来。他大声说着，声音爽朗："各位姐姐想吃什么随便点，今天我请客。"

余老师正在为其他人倒茶水，听了这话皱了皱眉，不客气道："这句姐姐我可不爱听，还有，大家可早说好了，群里AA转账。"

一群人笑作一团，云雨生插不进嘴，也不知道该聊些什么，安静地坐在一旁，百无聊赖地四处张望。

华灯初上，长风四起。街上的人开始多了起来，偶尔有孩童手里举着半根未化完的盐水冰棍跑过，卷起一阵尘土。

她的目光突然定住，视线停留在对面另一家店门口坐着的程千峪身上。

他今日穿了一件纯白色棉T恤，浅色牛仔裤包裹着的一双腿修长笔直，微微屈着往前伸，脚下踩着一双红色的运动鞋。

这身装扮看起来简单休闲，又充满蓬勃的少年活力，无论是谁一眼看去，都会以为这是哪个班不穿校服的叛逆少年。

距离上次见面也才过了几天，他的头发似乎又长了些，垂搭在眉前，冷白的侧脸轮廓俊逸，下颌线条锋利清晰。

和以前没有什么差别，他只要坐在那里，便是人群中最耀眼的那一个，引得路过的女孩儿们纷纷注目。只不过一会儿的时间，已经有两个少女上前去和他搭话。

从她们一脸羞涩拿着手机比画的手势，云雨生大概也能猜出，她们应该是找程千峪要了联系方式。

“看什么呢？这么入迷。”

张东伸手在云雨生眼前晃了晃，终于将她的注意力唤了回来。

顺着她的视线看去，张东了然笑道：“现在这些学生啊，太早熟了，跟咱们上学那会儿太不一样了。”

云雨生收回目光，不知作何回应，有些不自在地拿起杯子小口抿了抿。

其他老师正好聊到了学生早恋的话题，不知怎的，一下就将话头转到云雨生身上来。

“小雨这么乖，上学的时候一定是最让老师放心的那一个。”

听到余老师这话，云雨生莫名心虚，她上学那会儿，可没少气得伍老头儿破口大骂。

“学生时代的喜欢，还是太肤浅了。”端木老师像是很有经验似的，语气笃定，“一群小孩儿懂什么爱情呢，不过是一时冲昏头脑……”

余老师也总结道：“是啊，这么些年，我也没见哪对早恋的最后能成。偏偏这帮孩子说不听，你越阻止，他们越觉得这就是刻骨铭心的爱情。”

云雨生有些出神，突然很想知道，如果当年自己如愿以偿上了理工大，和程千峪一起去了北京，他们是不是也会和其他小情侣一样，从热恋到冷淡，最后各奔东西？

然而即使是这样，她仍想完整地去经历一遍，和他。

可惜这世上从来没有如果。

看出张东的心思，余老师故意问了一句：“小雨就没遇到过喜欢的男孩儿吗？”

云雨生顿了下，轻轻颔首：“有。”

有的。

曾经，她也辗转难眠，因为那个人的一句话忽悲忽喜。

“他，是什么样的人？”张东很是好奇，能够吸引到云雨生这样含蓄内敛的女孩儿，会是怎样的一个男人？

云雨生下意识抬眼看向路对面的程千峪，他正仰头将酒杯里暗黄色的液体一饮而尽。

“是，”她稍垂眼眸，陷入回忆中，“很温柔的一个人，有点儿像日光。”

他和他身上的气息，总是那样干净又明亮，带着她穿破黑暗，在她单调沉闷的灰色世界涂上一抹亮色。

如果他能一直在，她的世界里就永远都是炙热沸腾的盛夏。

云雨生的话音刚落，其他人都笑了出来。张东嘴角勾了勾，觉得这姑娘果然和他想象中的一样。

单纯，不掺任何杂质。在如今这样快节奏的社会，这种女孩儿已经很难得了。

云雨生并不知道他们的想法，她再次抬头，才发现程千峪身旁有人落座。

那是一个漂亮的女人，即使对方只留下一个背影，云雨生也能判断出来。

她披着一头栗色的波浪长鬈发，如海藻一般茂密，垂至腰间。

能和程千峪走到一起的，必然是集优秀和美貌于一身的女人。云雨生眼底酸涩，鼻根酸胀，她干脆不再去看，低头认真吃饭。

北涪人惯能吃辣，这家大排档的菜品也多是重口，一不留神，她就咬碎了一粒花椒。

这玩意儿在舌尖炸开的味道又麻又呛，云雨生没忍住咳嗽起来，一张小脸被辣得通红。

“没事吧？”张东赶紧递了杯白开水给她，眼神毫不掩饰他的担忧。

“谢谢张老师。”

云雨生一口气喝完，才感觉整个人舒服了一些。

她抬手夹了一块糖醋排骨，放入口中，正咀嚼着，忽然感觉到一道淡漠的视线落在自己身上。

她侧头看了眼，下一秒，一颗心瞬间跳至喉咙，大脑一片空白。

程千峪不知道是什么时候发现了她，漆黑的眼望向她，眸光桀骜不驯。

在她看不见的角落，男人的手指不自觉用力，将手里的筷子折断。

而他身旁那个女人也转过身来，居然是段晴霁。即使六年未见，云雨生也能一眼就认出对方。

她惊慌失措地背过身，在心里祈祷着段晴霁不会发现自己。

曾经她们是无话不谈的小姐妹，然而时过境迁，此刻的云雨生根本没有勇气面对她。

也许是看穿了云雨生的心虚与狼狈，段晴霁踩着高跟鞋款款走来，一颦一笑颠倒众生，惹得店里的男人瞬间都呆愣住。

“老板，给我炒几个菜，打包。”

和六年前一模一样，段大小姐的声音还是那样清脆悦耳，尾音带着不自觉的媚与嗲。

张东的注意力也被吸引了去，同桌另一位男老师情不自禁感慨道：“没想到她本人比电视上还要好看。”

他刚说完，段晴霁已经朝着他们这一桌走来：“冒昧问下，你们是六中的教师吧？”

张东赶紧点头：“是的，是的！”

段晴霁捂着嘴轻轻笑了下：“我是六中毕业的，祝各位老师节日快乐。”

已经有人认出她就是北涪电视台当红的女主持人，纷纷掏出纸和笔想让她签名。

一片热闹中，只有云雨生慌乱起身，躲进了洗手间。

那时候她们互相拧着对方的大腿逼着彼此认真听课，在走廊上聊起曾经觉得无限遥远的未来，约定好要一直做最好的朋友。

可因为她的懦弱，她们在漫长的岁月里完全失联，整整六年。

云雨生想，段晴霁一定对她很失望吧。

段晴霁离开后，他们这桌人也吃饱喝足，到前台结账的时候，老板却一脸惊讶。

“之前已经有位先生把你们那一桌的账结了。”

大家你看看我，我看看你，都不知道到底是谁偷偷过来付了钱。

“张东，你别装了啊。”

张东一脸疑惑，双眼无辜，摆了摆手：“这次还真不是我。”

老板娘正好端了餐盘经过，听到他们的话便插嘴道：“刚才帮你们付钱的那个小哥生得可俊了，说有个小姑娘是他的老朋友，祝她节日快乐。”

这话如平地惊雷，众人更是猜不透了，难道是哪位女老师的追求者？

没有人注意到，人群外围，云雨生的指甲不自觉嵌入手心，肩膀完全僵住。

她终于明白过来，原来那束花，是程千峪送的。

晚上回到宿舍，看着窗台上那捧灿烂的向日葵，云雨生拿起手机，不停地编辑删除，最后还是没有发出那一句“谢谢”。

程千峪到底是什么想法，她不得而知。

然而因为这束花，她好不容易才平静下来的心又开始乱了。

接下来的日子程千峪却没有再出现，倒是有天晚上，他不知道是误发了什么消息，云雨生没来得及看清，他便立马撤回了。

当时是夜里两点，她想了想，还是没有把“？”发出去。

直到上周，程千峪突然又在微信上找她：1 号有空吗?

云雨生反复看了很久，揣摩了好半天还是没有弄明白对方的意图，于是实话实说：嗯。

他很快回复过来：周三下午我过去找你。

心底莫名涌上一股隐秘的欢喜，她回了一句“好”。

她心不在焉地转着笔，抬眼看着桌上的台历，才发现周三是 30 号，可程千峪分明问的是她 1 号有没有空。

奇怪。

云雨生暗想，他总不会在假期还来和她谈论工作上的事情吧？

程千峪没说，她也猜不透，却开始盼着时间能过得快一些。

今年的中秋节和国庆长假凑在了一起，放假前一天，学生们都有些躁动。

最后一节是云雨生上的语文课，讲完了课文，她留出了五分钟给学生们收拾书包和聊天。

男生们已经有些坐不住了，眉飞色舞地说起假期里游戏要上多少个段位，女生们还能端正坐着，却也交头接耳、唾沫横飞，聊起最近很火的几部韩剧。

云雨生抬头看了看墙上的钟表，时间过得的确有些缓慢了。

她并不着急，工作日与假期对她来说似乎没有什么分别。家人联系她不外乎只有两件事——要钱或者催婚，除此之外，他们从来不会想起她。

张东倒是几天前就拐弯抹角约她3号到市文化馆去看展。之前拒绝了他好几次邀约，云雨生心底有些过意不去，正好这回的展览有她喜欢的作品，于是也就答应下了。

她继续埋头看书，却突然听到学生们诡异地安静了一瞬，鬼使神差地，她抬起眼来。

透过玻璃窗望去，走廊上站着一个一身黑衣黑裤的男人，身形清瘦挺拔，像是雪地里屹立的一株青松。

似乎察觉到云雨生的注视，程千峪转过身来，不动声色地回望着她。

“好帅啊！”讲台下有女生惊呼出声。

男生们也回过头去，反驳的话到了嘴边，却怎么也说不出口。

程千峪的目光牢牢锁在云雨生的身上，明眼人都能看得出来，于是很快学生们便意味深长地异口同声——“噫！”

班里最管不住嘴的男生已经率先举起手来：“老师，外面那人是你男朋友吗？”

云雨生脸上浮起热潮，拿起保温杯轻轻敲了下桌面：“安静！”

又一个女生大胆出声：“老师，你男朋友好帅啊！”

其他人也跟着起哄，云雨生不得不提高音量：“都安静一点儿！不然我要抽人上台背诵《沁园春》了。”

这话一说出来，台下一帮半大孩子果然安静下来，只是他们仍好奇地往走廊上张望。

好不容易挨到下课铃响起，整栋楼顿时响起桌椅拉动的刺耳声响，学生们边叽叽喳喳边冲出教室，像是被拘了许久的鸟儿终于回到蓝天一般。

被他们的快乐感染，云雨生的嘴角也小幅度上扬。

“忙完了？”

眼前落下一片阴影，不知道是什么时候，程千峪已经走到她面前。

她下意识后退一步，点了点头。

“老谢和他老婆在门口等着，走吧。”

云雨生错愕了半秒，才想了起来，老谢应该是谢殊越，至于他的老婆，用脚趾头猜也能猜到，自然就是段晴霁。

她被动地跟在程千峪身后，后知后觉张口想问他为什么来，可话到嘴边，却又被她吞了回去。

从教学楼到校门口，走了三年的路似乎变得长了些，等她走近校门口停着的红色劳斯莱斯时，后背已经出了浅浅一层汗。

段晴霁靠在车身，戴着副夸张的大墨镜，见到两人走了过来，她才不紧不慢摘下，冲他们招了招手。

“快点儿，热死姑奶奶了。”

程千峪神情自若，而云雨生却是怯生生的，好半天才鼓起勇气开口，声音却跟蚊子一样：“小霁，好久不见。”

段晴霁恶狠狠地瞪了她一眼，不发一言，即使多年未见，云雨生也知道，这是她愤怒到极点才会有的表情。

可下一秒，出乎所有人的意料，段晴霁飞奔上前，一把搂住云雨生，像是受伤的小狗一般埋在她的脖颈呜咽出声。

“臭雨生！你还舍得回来啊？”

六年前云雨生不告而别，电话再也打不通，段晴霁千里迢迢找到盐溪师大那边去，在她的宿舍楼下等了一个下午，却始终没等到她露面。

段晴霁心灰意冷，从此只当没有云雨生这个朋友。

前段时间在校外碰见，段大小姐克制住想上前拥抱她的冲动，故意忍了大半个月，就想冷一冷对方，可今天到底还是破功了。

“对不起，真的对不起……”

云雨生小心翼翼地轻拍段晴霁的后背，见对方哭得伤心，就像滚烫的开水猛地浇在她的心头，她难受得胸口发堵。

“两位女士，你们能不在母校门口丢人现眼吗？”祁序从车窗探了个头，语气凉凉。

段晴霁的睫毛膏不防水，脸上花成一片，莫名滑稽。她一边抽泣，一边凶巴巴地骂了过去：“少对美女指手画脚了！蠢狗！”

祁序龇牙咧嘴，瞥了前边驾驶位的谢殊越一眼：“不管管你老婆？一天到晚发神经。”

在他滔滔不绝抱怨起段晴霁各种恶劣行径的时候，两个女人终于手牵手上了车。

看来是雨过天晴了，程千峪和谢殊越对视一眼，彼此了然地勾了勾唇。

段晴霁本就是个话痨，再加上她和云雨生有六年未见，一时之间仿佛有说不完的话，嘴巴一张一合完全停不下来。

谢殊越已经熟练地转动了方向盘，将车往北涪郊区的方向开。

“你知道吗，我们那个台长简直了，他——”

段晴霁说得正起劲儿，祁序毫不留情打断：“大姐，这事你已经说了十六遍，我都倒背如流了，能换点儿新鲜的吗？”

见段晴霁双眼冒烟，云雨生赶紧安抚道：“他怎么了？我好想知道。”

有了云雨生这个忠实听众，段大小姐又继续唾沫横飞说了起来，直到口干舌燥也不舍得打住。

云雨生并不嫌烦，反而听得很是认真。似乎只要是段晴霁说的话题，她都会很感兴趣。

直到车窗外的风景从高楼大厦转变为一排排参天大树，云雨生才小声问道：“我们……这是要去哪儿？”

没等段晴霁回答，从刚才上车就一直沉默不语的程千峪突然开口：“烟丹山。”

“咱们程老板没告诉你吗？”

段晴霁这才想起今天的重点：“我们这几天去山上露营看星星，东西老谢都准备好了。”

露营？

云雨生微怔，才突然想起，高中那会儿他们曾经约好暑假一起到山上露营的，只是那个夏天一直下暴雨，这趟行程也不了了之。

“……那我们要去几天？”她想到和张东的约定，不知为何，心底下意识松了口气。

“我不管，这个长假你的时间都归我了。”

段晴霁打开手机，不自觉撒娇：“老谢，啥时候带我们去远点儿的地方玩呀？北涪就这么点儿大，我都看腻了。”

谢殊越正专注开车，听到这话侧头看了一眼副驾驶座上的程千峪，似笑非笑：“那得看老程放不放人了。”

这话听得云雨生分外不解，刚才听段晴霁喊程千峪一声程老板，这会儿谢殊越又说要看程千峪放不放人，她还没想明白，段晴霁已经出声解答了她的疑惑："你还不知道吧，咱们学神现在身价暴涨，是鼎鼎有名、炙手可热的 IT 新贵，老谢和蠢狗都在给他打工呢。"

云雨生水眸睁大，她之前听余老师说起程千峪毕业后混得风生水起，却没想到他爬得比自己想象中的还要高。

祁序语气略带嘲讽："老程如今也算大老板了，不知道某些人会不会后悔？"

他这话说得很冲，在场的人都听得出来他的轻蔑与不屑。

"闭嘴吧你！"

"少说两句。"

段晴霁和谢殊越几乎是同时出声，让云雨生愣了愣。

祁序的话没有在她心里掀起什么波澜，虽然从上回在学校偶然碰见那会儿便一直能感觉到来自他的敌意，但云雨生压根儿没把自己和他嘴里的"某些人"联系起来。

她以为祁序只是还在生气高考后她临时更改志愿还不告而别，却不知道让对方不爽的完全是另一回事。

像是怕踩到地雷一般，所有人都默契地对六年前的事情闭口不谈。

到达目的地时，天已经黑透，他们把车停在半山腰的广场上，三个男人各自背着大包，两个女孩儿手拉着手慢悠悠地走在前面。

五个人运气不错，正好赶上了最后一趟缆车。

烟丹山虽然是省内第一高峰，但是景区内的设施很不完善，因此即使在黄金周游客也很稀少。

缆车不紧不慢，缓缓上升。

云雨生以前并不知道，原来自己还有恐高的毛病。段晴霁指着玻璃窗外朦胧的夜景叽叽喳喳时，她却一点也不敢往外看。

尤其缆车时停时走，绳索相互摩擦时又钝又重的声响更让她心惊肉跳，不知不觉额上已经沁出一层薄汗。

程千峪坐在云雨生的对面，相比起全程充满新鲜、大呼小叫的祁序和段晴霁，他似乎对这一切都兴趣缺缺的样子，一上来就闭着眼养神。

她总不自觉去看他，男人略低着头，濡湿的额发遮住凌厉矜冷的眉眼，鼻梁挺直，薄唇紧抿着，下颌线清晰流畅，一身黑衣黑裤完全融入冗长漆黑的夜色中。

这种时候的他，褪去往常的疏离冷淡，完全没有距离感。

她突然就没那么害怕了。

如果是和他一起坠落的话，无边的深渊似乎也没什么好畏惧的。

就在云雨生以为程千峪已经睡着，放肆地用视线去描绘他那清冷的面容时，对方却倏地睁开了眼，乌黑的瞳仁里淬了冰般，透着化不开的寒意。

那是怎样的一种眼神，云雨生一瞬间想不到任何形容的词汇。

漆黑、深沉，像是蛰伏许久的猛兽盯住猎物时的阴鸷与冷戾。

目光蓦然对上的一刻，她如同被毒蛇缠绕住小腿一般，身体陡然僵硬，仿佛全身的血液都被抽空。

然而下一秒，男人喉结微滚，眸光里的冷意全部消散。

再看向她时，他又恢复之前懒倦的模样。

云雨生低下头，视线落在程千峪垂在身侧、指节分明的手上，突然听到他低声开口："渴了吗？"

她下意识抬眼，撞进那双深如寒潭的眼，而他已经自然地递了瓶水过来。

他是不是误以为自己渴了又不好意思喊他，所以才一直盯着他的？云雨生犹豫了下，慢吞吞地伸手接过。

无法避免地，她的指腹触碰到男人的手背，那是一处凸起的骨骼，有些硬，触感温热。

她的脸上瞬间便浮起热潮，手指微抖，差点儿没拿稳那瓶矿泉水。

其他人似乎完全没有注意到他们这边，祁序和段晴霁仍在斗嘴，谢殊越合眼休息着。

云雨生垂着眼，暗骂自己，都多久了，怎么还是无法对程千峪这个人产生免疫？

假如这是两方交战，那她此刻便是束手就擒、不战而败。

她陷入思绪，完全没看到面前的男人盯住她柔软的头顶，无意识舔了舔下唇，漆黑的眸子颜色骤然加深。

到达山顶，缆车刚停，段晴霁已经撒开腿冲了出去。

眼看着谢殊越和祁序也跟着下车，缆车里便只剩下她和程千峪。

云雨生站起身，腿还有些发软，身旁的人突然伸手拽住她的手腕。

“山路滑，当心。”他的嗓音低沉清冽，在这样的夜里，很是温柔。

像是电流蹿过一般，手上的温热感难以忽视，叫她心跳又快了半拍。

四周一片漆黑，树木和野草绵延成黑压压的一片。

山上气温低了不少，夜风挟带着树木枝叶的水润气息，灌进衣服里透着凉意。

三个男人很快就找好了搭帐篷的空地，麻利地忙碌起来。

“啊！小雨生你快来看！”

听到段晴霁惊讶地大喊了一声，云雨生跟了过去。

脚下是灯火通明的整个北涪，五颜六色的霓虹灯闪烁着，像是一颗颗永不熄灭的星辰。

“好漂亮！”

她情不自禁地感慨，又听到段晴霁指着其中一个方向说着：“看到那栋最高的楼没有？尖尖的那个。”

云雨生点头：“看到了，是这几年建的吧？”

她记得高中那会儿，北涪最高的地标建筑还是电视台的大楼，方方正正的。

“老程直接买下最上边的五层楼，想不到吧？”

云雨生呆住，五层，那得多少钱？

按照北涪现在飞涨的房价，她掰着手指头算了半天，还是觉得格外不可思议。

“吓傻了？”

段晴霁伸手掐了一下云雨生的脸：“说实话我都没想到，老程学习好也就算了，就连做生意都是个天才。”

云雨生沉默了，读高中那会儿她就知道，程千峪本就是优秀到令人望尘莫及。可她没想到，才毕业几年而已，他已经甩开她如此遥远的距离。

“不过，他也吃了挺多苦的。”

段晴霁状若无意道："就上个月，老程才因为胃穿孔进了医院，你都没看到祁序当时急得上蹿下跳那样子。"

胃穿孔？

电光石火之间，云雨生忽然想起了体检那天，似乎在医院里听到了祁序的声音："胃穿孔还跑去开什么会啊！"

可那会儿，她下意识不愿去相信。

即使胃穿孔也要去工作，程千峪这样拼命，云雨生心口堵得难受，转过身去寻找程千峪的身影。

他正好弓背低头，专注地检查着帐篷支架的牢固程度，侧脸线条俊逸，在夜色里半隐半现。

"其实，你最该说对不起的人不是我。"

段晴霁的声音从背后传来，在风声中听得并不真切。

云雨生侧过头，见段晴霁表情有些复杂，似乎是想说什么，最后却又打住了。

搭好帐篷生了火，五个人的肚子已经唱起了空城计。

谢殊越的包里装了自热火锅、面包和巧克力，他刚拿出来，段晴霁的眼睛一下亮了。

"果然还是老谢懂我，我最喜欢吃这个了！"

她拿了一个面包递给云雨生："喏，这是现在北涪第一好吃的芋泥面包，他们家经常要排队，可难买了。"

云雨生接过面包，正要撕开包装袋，却被身旁的程千峪一把夺过。

她抬眸不解，他已经从背包里拿出另外一款面包，撕开袋子递给了她。

男人轻咳了声，解释道："这个没有芋头。"

云雨生心里怔了一下，从没想过他居然还记得，她对芋头过敏的。

高二那会儿某天祁序给大家打了饭，其中一道菜是芋头焖鸡，她抱了侥幸心理吃了一块鸡肉后，脖子上便起了一片红疹。

其他人都没有注意到，只有程千峪看到了。后来回教室他不知道从哪儿帮她弄来了药膏。从那以后，他每次帮她打饭都会避开芋头。

云雨生小声开口："吃一点儿应该没事的……"

话虽如此，但她却已经乖乖啃了一口程千峪给她的面包。

他挑了挑眉，漆黑的眼染上几分笑意，嘴角几不可察地勾了勾。

面包很松软，中间的豆沙夹心偏甜，云雨生小口小口啃了好一会儿，总算把它解决了。

她喉咙有些干，刚想去拿水，身旁的人已经拧开瓶盖，将水递到她眼前。

“……谢谢。”

云雨生暗念道：他怎么总是知道我心里在想什么？

太诡异了。

五个人围坐在草地上吃了一顿特殊的晚餐，说说笑笑，吹着夜风，看着跳跃的火苗，分外惬意。

祁序一向是耐不住寂寞，很快提议道：“光坐着多没劲儿，咱们来玩点有意思的？”

段晴霁飞快举起手表示赞成，云雨生见状也跟着举了手。

谢殊越无奈道：“就五个人，能玩啥？”

祁序摸了摸下巴：“真心话呗。”

段晴霁喝了口橙汁：“蠢狗你能不能有点儿创意，咱们都这么熟了谁稀罕听你的真心话。”

祁序从包里拿了两罐啤酒放在地上：“少废话，敢不敢来？”

段晴霁果然被激到，说：“谁怕谁啊！”

其他三个人沉默地互相看了看，倒是都觉得无所谓，没人反对，于是游戏就这样开始。

“我先来。”祁序故作深沉，缓缓开口，“如果看到自己最爱的人在你面前熟睡，你会做什么？”

他的话音刚落，段晴霁的白眼已经翻出天际，拉着云雨生的手吐槽：“祁蠢狗真的土，我真受不了他了！”

对于她的嘲笑，祁序视而不见，指着边上的谢殊越：“老谢，从你这儿开始。”

谢殊越微微侧身，直接在段晴霁侧脸印下一个吻，摊了摊手：“就这样，多的不用我再说了吧？”

祁序做恶心呕吐状：“过了过了，下一个。”

段晴霁思索片刻：“脱他衣服。”

众人哑住，祁序已经习惯了段大小姐的神经质和简单粗暴：“下一个。”

轮到云雨生，她眼睫低垂，根本不敢往右手边看。

“我选喝酒吧……”

光是想到程千峪在自己面前熟睡，她就紧张到大脑完全空白，根本不知道该做什么。

伸手拿过地上的罐装啤酒，她飞快拉开易拉环，仰头往嘴里倒，淡黄色的酒液顺着下巴往下滴落，而她浑然不觉。

祁序掰了下手指关节：“老程，就剩你了。”

云雨生下意识屏住呼吸，余光中，男人如月下青竹一般清冷挺直，侧脸俊逸流畅，喉结略凸，手臂肌肉贲张，每一寸都充满力量感。

似乎有一个世纪那么久，他终于开口：“想抱她。”

像是察觉到云雨生的视线，程千峪侧过头，眉骨硬朗，眼眸漆黑如墨，眼下那颗小痣勾人魂魄。

男人嘴角弯起，音色喑哑，带着莫名的蛊惑意味：“我想抱一抱她。”

第七章 /

打开记忆的罐头

云雨生不自觉将手放在胸口，努力平复着杂乱的心跳频率。

“啧啧，老谢，你学着点儿，老程这才是正人君子。”

段晴霁催促道：“快点儿，快点儿，继续！”

这一回轮到谢殊越发问了，他看了眼祁序，有些意味深长：“上一次失恋是什么时候？从老祁开始吧。”

祁序瞬间蒙了。

“……去年。”

几人毫不客气地哈哈大笑起来。

祁序被他们笑得火大，将矛头对准旁边的程千峪：“老程赶紧的，老实交代。”

云雨生下意识抬眼，男人乌发朗眉，眼角眉梢都染着揶揄的笑，眸光亮得出奇，周身的冷意都化开了。

见众人把火力集中到自己身上，他手握成拳凑在唇边，嘴角轻扯，语气十足的漫不经心：

“从没有，过。”

祁序摸了摸鼻子：“我怎么就这么不相信呢？”

谢殊越点头：“行吧，下一个。”

云雨生慌忙俯身去拿第二罐啤酒，不料却被程千峪抢了先。

他的手指修长白皙，指尖压住易拉罐的一边，指腹覆盖住她的手背。

心跳一下加快，如同擂鼓一般，仿佛下一秒就要跑出胸腔。

“有点儿渴了，”他似笑非笑，漆黑的眼直勾勾地盯住云雨生，“这一罐让给哥哥，嗯？”

她的大脑一片空白，只看得见眼前嘴角噙笑的男人，下意识喃喃道：“好。”

祁序不满：“不带这样的啊。”

段晴霁拿了包薯片朝着他脸上扔了过去：“又没规定不能代替别人受惩罚。”

祁序捡起薯片，撕开包装抓了一把狼吞虎咽。这一轮下来，被取笑得最惨的居然是他自己。

他不情不愿道：“老程少喝点儿啊，我可不想再去医院闻消毒水味了。”

终于轮到云雨生提问，虽然段晴霁在一旁一直怂恿她问劲爆点儿的问题，然而她最后问出口的却是：

“喜欢晴天还是雨天？”

段晴霁率先抢答：“晴天！”

祁序：“加一。”

谢殊越看着段晴霁，嗓音嘶哑：“我喜欢有你在的每一天。”

这一番老土情话自然又引来了祁序的白眼。

程千峪是最后一个开口的，他的神情很是认真专注，音色清冽温柔：“……雨天。”

云雨生不自觉看他，猛然撞上他的视线。

四目相对，他眸光微动，像是月色下暗潮汹涌的海面，让人情不自禁陷了进去。

“我喜欢雨。”

他盯住她，一字一句，掷地有声。

她心脏倏地瑟缩，突然明白过来，难怪程千峪的微信昵称是Rain。

原来他也喜欢雨天，这个发现让她莫名雀跃了些。

云雨生这个问题问得实在太过无聊，祁序又提议换个游戏，一人说一个恐怖故事。

理由是天气热，讲点让人透心凉的鬼故事降降温。

云雨生满脸写着抗拒，无奈其他人看起来还挺有兴趣的。

云雨生又想到高三停电的那天，他们一群人在昏暗的教室里放着一部日本恐怖电影，好像是《午夜凶铃》，她只是听到声响，就吓得心惊肉跳。

后来，身旁的人不小心碰到她的手。

那时候所有人都沉浸在电影的恐怖氛围里，没有人知道，她和程千峪在教室的角落里曾经那样接近过对方。

她甚至还能记得那一晚的风拂过耳畔的感觉，可一切都已经变成了回不去的曾经。

五个人说说笑笑，转眼就到了后半夜，因为惦记着要看明天的日出，两个女生便决定先回帐篷睡下。

里边一片漆黑，躺在睡袋里，云雨生虽然困乏到极点，却怎么也不敢合上双眼。

“小霁，你睡了吗？”

她小声试探性地开口，段晴霁没有回答。

片刻后，云雨生探出头来，又叫了一次：“小霁？”

浓稠的黑雾里，伸手不见五指，她从衣服里摸出手机来，打开手电筒，才发现段晴霁已经睡得很沉。

云雨生又钻回睡袋，下一秒手机突然振动了下。

她打开微信，发现是程千峪发来的消息：睡了？

云雨生翻了个身，回复道：还没……

那边显示了好半天的“对方正在输入中”，可他却没有再回。

她打开手机阅读 APP，找了篇最近很火的言情小说看了起来。

一阵脚步声由远及近，最后在她的睡袋前停下。

有束些微刺眼的亮光打在她的眼皮上，云雨生抬眸，程千峪已经蹲下身体，指骨微屈，摁熄了那束光。

“怎么了？”

怕吵醒段晴霁，云雨生刻意压低声音，听起来闷闷的带着一些孩子气。

头顶传来男人低沉的嗓音，他将睡袋拉链往上拉了一些：“怕有人听完小丑雕像的故事不敢睡，所以——”

他的声音又哑又凉，含着几分笑意与轻慢：“我来陪她。”

云雨生一下子反应过来，之前祁序说起一个关于连环杀人犯伪装成小丑雕像的小故事，语气一惊一乍，把她眼泪都吓了出来。

所以程千峪，是担心她会害怕，特意过来陪她的？

云雨生只觉得自己的整颗心都被裹上糖霜，她小声道：“哦……”

下一秒便听见程千峪“哧”了一声，微不可闻。

“睡吧，我在。”

褪去了往常的冷淡，此刻他的声音温柔得要命。

她翻了个身，把手机放在一边，乖乖合上双眼。

没有了视觉，于是听觉和嗅觉便比往常还要灵敏上许多。

耳边是帐篷外夜风刮起树木枝叶“沙沙”的声响，夹杂着不知名动物的叫声，像极了小孩子在鬼哭狼嚎，听着莫名有些瘆人。

然而她的心却比任何时候都要安定，即使下一秒天塌下来，她也不会害怕了，因为程千峪在，她知道他会顶着。

鼻腔间嗅到男人身上清冽的气息，和记忆里一模一样，像是刚洗过的校服外套晾晒在阳光下的味道，干净又好闻，让人觉得安心。

他的呼吸声很轻，可存在感又极强，叫她无法忽视。

这是她喜欢了将近九年的少年，他就在离自己不到三十厘米的地方。

还好，她这艘小船，兜兜转转，又回到了属于她的海域。

云雨生一向认床，睡眠质量也差，本以为会翻来覆去失眠一整晚，可奇怪的是，没有多久，她就沉沉地睡了过去。

凌晨五点多的时候，她被一阵“噼里啪啦”的声响吵醒。

掀开眼皮，入眼的是程千峪安静柔和的侧脸。

他就睡在她左手旁深蓝色的睡袋里，头发凌乱，柔软乌黑的发丝间露出冷白的额角，长长的睫毛如鸦羽般垂落。从这个角度看去，他的鼻梁高挺，弧度几近完美。

他睡着的时候，眉眼间的清冷凌厉消散不见，整个人像是柔软的大狗狗一般，让人忍不住想凑上去一把抱住。

“哟，醒了？”

祁序正在角落里鼓捣着他的一堆宝贝，刚才吵醒她的声响就是他弄出来的。

他跨步走来，弯下腰就要叫醒程千峪，云雨生急忙将手指凑到嘴边“嘘”了声：“你别大喊大叫的……”

祁序翻了个白眼：“赶紧把大小姐捞出来，你们还看不看日出了？”

说罢，他一屁股坐下，拿起一串钥匙在程千峪耳边晃了晃：“老程，赶紧起来，你老婆跟人跑了。”

这声响还算是温柔，程千峪悠悠转醒，慢慢睁开眼睛，看到祁序凑近时，他语气很差：“滚。”

云雨生忍俊不禁，原来他也是有起床气的。

她捂住嘴偷笑，从睡袋里钻了出来，轻轻摇醒了段晴霁。

“小霁，快醒醒，太阳要出来了。”

段晴霁迷迷糊糊嘟囔着回应，被谢殊越拦腰抱起，麻利地为她披好外套。

五个人一出帐篷，正好看见一轮红日穿破天边一片鱼肚白，缓缓从东方升起。原本灰蒙蒙、呈现青蓝色的天际，一瞬间霞光四起，将云雾染成橙黄。

四周万籁俱寂，清晨的空气中夹杂着浓重的植物气息，偶尔有鸟飞过，叫声清脆。

雾气还未完全散去，他们仿佛置身仙境中，墨绿的树丛飘浮在白雾中，若隐若现。

冷风簌簌，吹入肺腑。脚下整个北涪都被笼罩在一层薄纱之下，朦朦胧胧，并不真切。

云雨生正沉浸在眼前这场视觉盛宴中，面前突然出现一盒牛奶。她微微仰头，程千峪低垂着眼睫，眸光晦暗不明。

“……谢谢。”

她伸手接过，才发现盒身还带着些温度，山上气温这么低，为什么这盒牛奶却是热的？

云雨生不自觉蹙眉，他已经不动声色地抬眼眺望远处，漆黑的眼波澜不惊。

晨光中，男人的面容清冷淡漠，下颌线条锋利分明，喉结微滚，耳根有些泛红。

她不自觉被吸引住，视线再也无法移开。

看完了日出，三个男人又忙碌起来，拆帐篷、收拾垃圾。云雨生和段晴霁啃了些面包，背上祁序带来的相机到林子里拗造型拍照。

无惧冷风，段晴霁特意换上了白色的棉麻吊带裙，穿入灌木丛中，像是一朵藏在绿叶中绽开的白玫瑰。

云雨生举着相机不停地咔嚓咔嚓，一张又一张，将镜头里美艳动人的女孩儿永久定格。

段晴霁放下手，跑了过来："快让我看看。"

云雨生把相机递了过去，段晴霁一边看，一边疯狂点头："太好看了！你都不知道老谢技术有多烂，他要是拍得有你拍的十分之一我都感恩戴德了。"

想到谢殊越那直男死亡拍照角度，段晴霁的吐槽就停不下来。

两个人一边说，一边往林子深处走，山路崎岖又泥泞，段晴霁又一次靠到云雨生脖子上撒娇，结果对方一个不慎，脚下一滑朝前方摔了下去。

"啊！"

两个女生惊呼了声，下一秒，云雨生的膝盖直直撞上面前的树干，被那粗糙的表皮蹭得血肉模糊。

"没事吧？"段晴霁急急忙忙提着裙摆蹲了下来，小心翼翼地检查她的伤势，"都怪我，一说起话没完没了。"

小腿被刮蹭一片，火辣辣作痛，云雨生皱起眉头，安慰着段晴霁："我没事的，别担心。"

这种小伤，她向来不会放在心上。

与被许慧芬拿着藤条抽在背上的感觉相比，眼下这点儿疼痛几近于无。

"不行！你先别动，我喊他们过来。"

段晴霁背过身火急火燎地给谢殊越打了电话，这才蹲下来从包里翻出湿纸巾帮云雨生擦拭处理腿上沾上的泥垢。

身后脚步声有些急促，云雨生刚回过头，一身黑衣、修长挺拔的身影已经映入眼帘。

程千峪在她面前蹲下，看了一眼那一片触目惊心的伤口，语气冷得叫人遍体生凉："不是说了别乱跑吗？"

他从没有用这种语气对自己说过话，云雨生有些委屈，小声开口："对不起……"

程千峪顿住，语气却软了几分："我没说你。"

段晴霁也知道是自己做错，不该为了拍照拉着云雨生到这边来，因此即使知道程千峪凶的是自己，却也难得没有发脾气，沉默地把云雨生扶了起来。

程千峪弯下腰，孤傲挺直的背影慢慢在她的面前蹲下，长腿微屈。

"上来。"

他的声音仍是冷淡，语气不容拒绝。

刚才那一跤摔得只是蹭伤皮肤，并未伤及骨头，云雨生自然觉得自己可以走，不用麻烦他。

然而她还没来得及开口，程千峪隐有不耐烦："快点儿，背还是抱，你自己选。"

话都说到这个份儿上，云雨生只能硬着头皮靠了过去，轻轻贴上男人宽阔的后背。

他缓缓起身，调整好姿势，只觉得后背上轻飘飘的，没有一点儿重量。

两边生长着色彩鲜艳如同油画一般的野花，可云雨生无暇欣赏，心跳得很快。隔着单薄的布料，让她有些疑心这样剧烈的心跳声他是不是也能听到。

这样近的距离，她终于可以肆无忌惮、痴恋地看着他。

程千峪生得极好，这个角度，她能看清他轮廓清晰的侧脸，还有他耳朵后边小小的一颗朱砂痣。

她忍不住想伸手去碰一碰它。

心里这样想了，手也不受理智控制，意识过来之际，她的手指已经轻轻贴上男人的耳后。

有一瞬间，她能感觉到身下的肌肉瞬间变得僵硬，不知道是不是阳光的原因，他的耳根一下子变得泛红。

指尖能感觉到男人皮肤上温热的触感，她恶作剧般，突然用整个手掌心包住他的耳朵。

程千峪的气息一下子变得有些不稳，喉咙发干，连声音也喑哑了几分："……云雨生。"

她听到这声音，依然没有收回手，只是随口"嗯"了一声。

"云雨生。"

这一次，似乎与刚才那一声又不一样了，褪去了冷淡，低沉而温柔。

她从不知道，有天居然也会发现自己的名字这样顺耳，也许是因为这三个字是从他嘴里喊出来的，便变得格外动人了。

程千峪微微侧头，却仍是看不见背上那人的表情："……疼吗？"

云雨生低垂着眼，心不在焉道："不疼。"

程千峪停下脚步，似乎想说什么，可最后仍是沉默地继续往前。

她身上最柔软的部分贴在他坚硬宽阔的后背上，随着他每一次抬腿跨过台阶，那团如云朵般的绵软隔着单薄的布料一次次擦过男人的骨骼，激起他一阵战栗。

对程千峪而言，这是世界上最为甜蜜的酷刑，尤其是当她的呼吸洒落在自己的脖颈上，有些温热，有些痒，一点儿一点儿瓦解着程千峪原本最引以为傲的自制力。

只是短短的一程，放下云雨生时，程千峪额前的碎发诡异地被汗濡湿，就连呼吸也粗重了不少。

"虚了？"

祁序迎了上来："人家医生可说了，术后不能干重活。"

程千峪习惯性无视了他，转头问谢殊越："还有纯净水吗？"

对方在背包里翻找半天，终于找到最后一瓶矿泉水。

程千峪将盖子拧开来，又轻轻旋了回去，这才把水递给云雨生。

"收拾一下，一会儿下山了。"

一听这话，段晴霁不乐意了："还有天池和珈蓝寺没去呢！"

祁序难得和段大小姐站到统一战线："难得来一次，不去看看多可惜。"

程千峪蹙起眉头，视线落在云雨生受伤的小腿上，语气坚决："下次再来。"

云雨生犹豫了下，也开口道：“我也想去珈蓝寺看看……”

气氛陷入短暂的僵持，而后，面对着三个人可怜兮兮的眼神，程千峪终于败下阵来，轻轻颔首：“六点前下山。”

段晴霁悄悄对着祁序竖起两根手指，两人对视一笑，果然，能搞定程千峪这家伙的只有小雨生了。

在绵延层叠的山脉间，藏着一处火山口积水形成的湖，湖水淡蓝澄澈，倒映着一碧如洗的晴空，如同一枚瑰丽的碧玉镶嵌在群山之中。

而珈蓝寺就在离天池不远的地方，红墙黑瓦，庄严肃穆。

因为万分嫌弃男朋友的拍照技术，段晴霁硬是拉着祁序留在天池陪自己拍照。

云雨生拖着受伤的腿，慢吞吞地往前边的珈蓝寺挪动。

身后的程千峪放下背包，交代祁序他们看好，快步追了上来：“我背你。”

他的语气仍是强硬，云雨生不再挣扎，乖乖地再次趴到他的背上。

通往寺庙要经过一段石阶，石板上长满了青苔，几簇鲜花开得热烈，也许是因为位置偏僻，来这边烧香的人并不多。

他们走进寺门，跨过门槛，周围一片肃穆，镏金塑身的佛像静默着，空气中弥漫着檀香的气息。

年少时逢年过节，奶奶都会带着云雨生到寺庙里礼佛，求佛祖保佑一家人平安顺遂。

那时云雨生还是懵懵懂懂，只觉得每次一踏进寺庙，内心便能获得安宁。久而久之，她也喜欢时不时来寺庙走走，获得短暂的平静。

程千峪却是不信佛的，他那样的人，只相信自己，从不求神拜佛，认为命运终究是掌握在自己的手心。也不知道今天是怎么的，他竟会陪着她踏入这个地方。

程千峪一定不知道，这些年云雨生每一次到寺庙里都会虔诚祈求神明，保佑她爱着的少年可以事事顺心，所求皆能如愿。

循着不远处飘荡着的悠远深沉的木鱼声，云雨生不自觉地往里边走去。

直到视线里出现了一个身穿黄袍的僧人，她的脚步突然停下。

在一道月门内，神情肃穆的僧人缓缓走过，不远处朱红色的墙体有些剥落，庙顶的琉璃瓦上积满了枯叶，日光从屋檐倾洒而下，院中那棵已站立百年的菩提树仍是苍翠挺拔。

在这一刻，时间仿佛悄然静止，木鱼声将心底的浮躁一扫而空，对佛的敬畏之情也从她的心里油然而生。

几乎是下意识地，云雨生想按下快门，可下一秒又想起相机在祁序那边。

手忙脚乱地找出手机打开了摄像头，她蹲下来将自己整个人贴在地面上，丝毫不在意身上的衣服会沾上尘土。

巧合的是，因为半夜才下过雨，地上的一摊积水还未散去，倒映出僧人行走的模样，亦真亦幻。

就是这个瞬间，云雨生又惊又喜，手指微微颤抖按下了拍摄键。

再次抬头时，那僧人已经走远，仿佛刚才的一幕只是她出现的幻觉。

程千峪刚打完电话找了过来，发现云雨生坐在地上，裤腿沾上了泥水。他眉头微蹙，一把将人拦腰打横抱起。

“你！”云雨生微微张口，声音却变低了些，“你干吗呢……”

程千峪沉默不语，一直把人抱到石凳上才轻轻放下。

他用手指轻轻蹭了一下她的鼻尖，将她散落的发丝拢至耳后，似是无意地捏了捏她的耳垂，语气淡淡：“……小花猫。”

喑哑的声线带着些难以言喻的温柔，像是电流蹿过一般，让云雨生有些恍惚。

“嗯？”

她疑心是自己听错，抬眸疑惑地望向高大俊逸的男人。他的面容仍是冷峻，似乎刚才那一瞬间的温柔只是她的错觉。

在云雨生肆无忌惮看着程千峪的同时，他拿出纸巾，一点儿一点儿把她的手腕、每一根手指都擦拭了一遍，连指甲边缘也没有遗漏，动作分外轻柔，仿佛她是什么绝世珍宝一般。

午后的阳光照在身上有些懒洋洋的，喜欢了那么多年的少年就站在她面前，神情专注，那么近的距离，甚至连他脸上小小的绒毛都能看见。

鬼使神差地，她突然开口：“你刚才许了什么愿？”

如果可以，她真想完成他全部的心愿。

这是她爱着的人，她自然是千方百计也要把这世上所有好的一切亲手送到他手上。

程千峪低声道：“已经实现了。”

这一句没头没尾，云雨生错愕了下，却没有再追问。

快要走出寺庙的一刻，她突然心有所感，停下脚步，转身默默看了一眼肃穆的佛像，在心底小声说道：

“谢谢，谢谢上苍让我还能再一次和他肩并肩走在路上。”

而在云雨生身旁的程千峪，只是默默看着她认真专注的神情，不知道心里在想些什么。

因为是黄金周的第一天，傍晚开车回市区的时候，高速上堵得厉害。

进入市中心时已经是夜里十二点左右，学校的大门早就锁上了，保卫处也下了班，空无一人。

云雨生只能跟着段晴霁在她的公寓楼下下了车。

程千峪沉声嘱咐她：“伤口别沾水了，有事打我电话。”

段晴霁不耐烦地推着他们：“行了，你们仨赶紧各回各家，别操心了。”

云雨生被段晴霁拉着进了一楼，在电梯门打开的一瞬，她鬼使神差地回头。程千峪还杵在原地，长身玉立，在皎白的月光下周身清冷疏离，他动也不动，只是深深地看了她一眼。

奇怪，只是刚开始分离，她便又开始想念他了。

段晴霁的单身公寓和狗窝没什么两样，各种名牌衣服随地乱扔，茶几上摆满了口红，梳妆台也是一片凌乱。

云雨生下意识地蹲下身去整理地上的衣服，听见段晴霁干笑了几声：“前阵子老谢太忙了也没来得及过来帮我收拾……”

“你先洗漱去，我很快就能弄好了。”云雨生麻利地把衣服叠好，放到沙发上。

段晴霁抓了抓头发，一天没洗头了，她早就难受得不行：“那我去了，你想喝什么去冰箱随便拿，当自己家就行。”

不过几分钟，云雨生已经将房间收拾干净，又找来了吸尘器，把地毯清理了一遍。

做完这一切，她刚窝到沙发上，手机突然振动了两下。

是程千峪发来的微信消息：早点儿睡，晚安。

她一瞬间想起高中那个寒假，两个人每天不间断地在手机上没完没了地聊天，每一次她都舍不得和他说晚安，总是聊到她支撑不住终于睡着。

段晴霁洗完澡披着浴巾出来的时候，看到的就是云雨生这副看着手机屏幕呆愣的模样。

“老程给你发的消息吧？”

云雨生点了点头，终于回过神来，给程千峪回复了两个字：晚安。

段晴霁在她身旁坐下：“你还喜欢他吧。”

心事突然被段晴霁直白地拆穿，云雨生惊讶之余，又觉得有些不自在：“小霁你怎么知道……我喜欢他？”

段晴霁拿了毛巾擦着头发：“有眼睛的人都看得出来好不啦？我又不是瞎了。”

高中那会儿，程千峪的目光就一直黏在云雨生后背上，好几次段晴霁回头跟谢殊越说话，都能看见程千峪那副神不守舍的样子。

段晴霁一直认为，这两个人高考完肯定会走到一起的。

谁知道后来竟然变成了那样。

“说说吧，高考之后那个暑假，到底发生了什么？”

云雨生的指甲不自觉嵌入手心，声音有些颤抖：“小霁，我一直没有和你说过我家里的情况吧……”

她把许慧芬瞒着自己收下路家彩礼钱这件事一五一十告诉了段晴霁：“……我觉得挺丢脸的，有一个这样的家，我总觉得，在你们面前，我抬不起头。”

许慧芬是那样暴躁又不讲理的性子，对待自己的女儿从来都是恶语与拳脚相向，婚姻家庭的不幸、工作生活的不顺带给她的挫败情绪，她都在女儿身上发泄着。

云雨生很多时候都觉得自己不像个人，只是母亲的出气筒罢了。

这样的她，和有着幸福家庭的段晴霁他们，根本不在一个世界。

自卑感和无力感总是在深夜一次又一次把她吞没。

从没有想过当初云雨生的离开，居然会是这样荒谬的理由，段晴霁心疼得无以复加，却又不知所措，只能把她搂在怀里。

“为什么不告诉我们？如果当时——”

段晴霁张了张口，却也明白，以云雨生这样强的自尊心，她当时根本不可能会向任何人展露自己的伤疤。

“大一军训结束后，我和老程都去盐溪找过你。

“当时我在你宿舍楼下等了好久，我真的很失望。

“但后来看到学神那个样子，我又觉得，他比我更可怜。”

云雨生怔住，难以置信地开口道：“你说……你们去找过我？”

段晴霁回想起那天，还有些难受：“是，我那时候坐了一天的火车才到了那个破地方。我问遍了人，后来在你们宿舍楼下，我拜托阿姨上楼叫你，还让她把礼物和信转交给你……可你始终不肯下来见我一面。”

大一军训后……

云雨生终于回想起来，那段时间，应该是她人生中最灰暗的时候。

入学后的第二个星期，许慧芬终于从北涪回了盐溪，找了学校管理处硬是要给云雨生办理退宿，并让她住到路家。

云雨生自然不肯，母女俩在学校门口拉拉扯扯。许慧芬本来就没有多少耐心，接受不了女儿的反抗。

“翅膀硬了是吧？我还管不了你了？”中年女人铁青着脸，当着路过的学生们的面骂骂咧咧。

“你这个赔钱货，我白把你养这么大了……”

那些恶毒的话语云雨生早就听得麻木，云雨生转身不愿意再与母亲争辩。可她还没走多远，许慧芬就冲了上来，好像发了疯似的开始扯她的衣服，把她的领口往下拉。

初秋的衣服本就单薄，许慧芬又是那样用力，她的大片肩头都露了出来，白得晃眼，里边的背心也岌岌可危。

“我今天就让大家知道你是个什么玩意儿！”

许慧芬那一巴掌声音清脆响亮，正好扇在云雨生的右脸，尖锐的指甲划过她的眼皮，她被推倒在地，头晕目眩。

女人对着她的脖子掐了下来，指甲抠进血肉，火辣辣地疼。

她却浑然不觉。

周围的人指指点点，云雨生就像一个小丑一般，任人围观。

分不清是身体上的疼痛，还是心脏的抽痛，云雨生闭上眼，有一瞬间特别希望就如许慧芬所说的，不要生下她就好了。

后来有个女生看不下去，打电话报了警，云雨生也被扶着到派出所。

做完笔录，因为是家庭纠纷，警察也只能安慰她：“多体谅下妈妈，她把你拉扯大也不容易，别老跟她对着干……”

多么讽刺，所有人都觉得是她的错，是她不够听话。

被丢在老家的时候，奶奶说，她是个连亲生父母都不想要的赔钱货。

云建国说，别总是惹你妈妈生气。

邻居们说，这孩子真不懂事，一回家就把原本和睦的一家三口闹得是鸡飞狗跳。

她明明一直都是最懂事的那一个，不吵不闹，可母亲还是厌恶她，连半点儿爱都不愿意施舍给她。

对于其他人而言，家是遮风挡雨的港湾；对云雨生而言，却只是一个到死都挣脱不开的牢笼。

后来，她便躲在宿舍，不肯再见许慧芬，还有她最痛恨的罪魁祸首——路霄。

“我不知道，我真的不知道……”

眼泪一瞬间崩溃决堤，如果她当时知道楼下的人是段晴霁而不是母亲或者路霄，那么一切也许就会不一样了。

段晴霁说，后来程千峪又去了学校找她，可听到的却是她和某个富二代搬到校外同居的消息。

那应该是大二那年，许慧芬以死相逼，要云雨生赶紧和路霄定下来，不能让这么个金龟婿跑了。

云雨生不得不和路霄达成协议，她搬进他在学校附近租的房子，为他洗衣做饭，应付路家人，而他帮她打发许慧芬。

“程千峪多骄傲的一个人，那会儿真的被你伤到了。你连手机号都换了，是个人都觉得你是想彻底和我们决裂……有天早上我们去老程宿舍，你知道吗？卫生间里满地都是烟头……

“你也别怪祁序那家伙对你态度不好，你不在的六年，我们都是看着程千峪怎么过来的，跟不要命似的工作，活得像个没有七情六欲的机器人，灵魂都被抽空了……”

段晴霁的话就像是一把又一把的刀，捅在云雨生的心脏上，疼得她无法呼吸。

她一直以为，六年前自己突然销声匿迹，一个人躲起来承受所有的难过，而程千峪他们还能和以前一样继续生活在阳光下，一如既往地肆意自由，可原来，痛苦的人不止她一个。

“其实你最应该说对不起的那个人，是他。”

段晴霁揉了揉云雨生的头发，叹了口气：“我们是朋友啊，你怎么老是忘记？我就是你最强大有力的后盾。

“所以，你能不能别总是凡事自己扛？”

视线被眼泪模糊，云雨生吸了吸鼻涕，重重点头：“嗯。”

她不再是孤身一人了。

以前的云雨生，总是被丢弃的那一个，眼睁睁看着父母拉着行李箱远去，她在后面拼命追啊追，可是怎么也追不到。

孤独久了，她就会更加渴望得到爱，于是一次又一次失望，一次又一次明白母亲给予的永远只是无止境的羞辱和控制。

她总是觉得自己不配得到任何人的尊重和爱，总是想做先离开的那个人。

然而不知不觉之中，她的身后，逐渐多了他们。

云雨生终于意识到，六年前的不告而别，她错得多么厉害。

第二天，云雨生起了个大早，本来想着自己动手做点儿菜，可打开冰箱，里边堆满的是段晴霁最喜欢的橙汁，连个鸡蛋都看不到，柜子里也都是些巧克力和薯片。

巧妇难为无米之炊，她只能放弃。

中午的时候程千峪打来了电话，一如既往地言简意赅——“下来。”

云雨生穿着卡通睡衣，脚下踩着室内拖鞋下了电梯，刚出来一眼就望见站在阴影处身形修长清瘦的男人。

程千峪今天穿得有些正式，一身剪裁得体的灰色西装衬得气质又沉稳了些，乌发朗眉，眉眼间是淬了冰的冷感，薄唇微抿，十足的矜贵又禁欲。

正午的日光有些猛烈，她半抬起手遮在眼上，正要跑过去，他却已经抬腿大步朝自己走了过来。

“今天下午公司有点儿事情。”

程千峪没头没尾说了这样一句，将手里提着的食盒递给了云雨生。

她伸手接过，隔着塑料袋还能感受到食盒上冒出的热气，整整三大盒叠在一起，拎在手上沉甸甸的。

程千峪又突然开口：“……明天出去玩吗？”

云雨生略一思索，明天是3号，张东约了她看展览的日子。

说起来，昨天张东又给她发了一堆乱七八糟的情诗，也不知道他一个体育老师哪儿来那么多文艺细胞。

想到张东，云雨生就有些发愁，对方也没有明确表白，自己到底要怎么委婉拒绝他才好？

她面露难色，落在程千峪眼里又是另一番意味。他垂下眼睫，扯了扯领带，不动声色道：“我先走了，记得趁热吃。”

“好，路上小——”云雨生话还没说完，他已经走远。

“……心。”她莫名有些失落，他似乎是真的很忙。

上楼的时候，段晴霁刚刚醒来，睡眼惺忪，跌跌撞撞走到卫生间，见着她，声音有气无力：“早……”

云雨生催促着：“快刷牙洗手，程千峪刚送了饭过来。”

说完打开食盒，一阵香气袭来，蒜香小龙虾、糖醋排骨、柠檬凤爪，都是云雨生爱吃的，看着色香味俱全，她不自觉咽了咽口水。

段晴霁洗漱完过来坐下，眼睛都瞪直了：“这是湘野食府的大厨做的吧？”

云雨生看了眼食盒上的商标，点了点头：“好像是。”

“我特别爱吃他们家的菜，之前我们台还去过那儿拍了美食纪录片。”

段晴霁迫不及待夹起一块排骨，满足得像只偷腥的猫儿，咀嚼完才想了起来：“老谢不是说他们临时加班吗？”

湘野食府离他们公司那么远，看来程千峪是忙里偷闲特意跑了一趟，就怕小雨生在她家挨饿。

云雨生剥好小龙虾，放到段晴霁碗里：“他们……经常加班吗？”

明明是假期，可看程千峪今天穿的那一身，想来下午是有很重要的事情。

段晴霁撇了撇嘴：“别提了，他们这一行的‘996’都是家常便饭。APP 上线那会儿，老谢可是通宵好几天，我都怕他们哪天就会猝死在电脑前。”

云雨生听得有些心疼，顿时没了食欲，又听段晴霁继续说道：“上一次老谢放假都是年初的事情了，我都不知道他们干吗这么拼。”

看到云雨生坐在自己面前乖巧的模样，段晴霁眼珠一转，突然就有了个主意：“要不你跟老程说说呗，啥时候咱们五个人去国外玩一圈，挣那么多钱不就是用来花的嘛！”

云雨生倒是也希望程千峪能不要那么拼命，劳逸结合自然是最好。可她说的话，他会听进去吗？

她垂眸不语，沉默地继续剥着虾壳。

程千峪刚才问她那句话，到底是什么意思？

是约她吗？

云雨生又陷入了沉思，就像段晴霁看到的那样，即使过了这么久，她还是喜欢程千峪。

可他呢？

云雨生不敢问，又想起重逢那天，程千峪那副像是见到陌生人一般的冷淡模样。

他应该是已经放下了吧。

他虽然性子冷淡寡言，但向来重情重义，一定是因为还把她当成朋友，才会一如既往地温柔和体贴。

她不应该再妄想的。

尤其是每当想起六年前自己给程千峪带来的伤害，她更是无法原谅自己。

就这样吧，还能在不远不近的地方默默看着他，已经是上帝给她的恩赐了。

翌日，云雨生出门的时候，段晴雾还在睡梦中。

从地铁口出来，远远就看到张东在文化馆前边伸头四处张望。

云雨生快步走了过去：“抱歉啊张老师，我来晚了。”

其实并没有，她比约定的时间还早到三分钟。

“没有，我也是刚到。”张东把提前买好的奶茶递给了她，“听余老师说你们女孩儿都爱喝这个，我也不懂。”

“谢谢。”

云雨生不好意思拒绝，刚一伸手，张东已经顺势握住她的手。

她下意识挣开：“张老师！”

张东搔了搔头：“快检票了，咱们进去吧。”

望着他的背影，云雨生不自觉地长叹了一口气。某种意义上来说，张东就像另一个路霄，总让她觉得无所适从。

明明一再暗示拒绝了，可对方就是视而不见，自信满满地觉得还有机会。

想到路霄，云雨生更是满脸愁容，虽然这段时间他没再出现，可她清楚，他那个人的性格，不会善罢甘休的。

就像一颗定时炸弹一般，随时可能摧毁她好不容易得来的平静生活。

看完展览出来，云雨生再一次认真地和张东表明了自己的态度：“张老师，谢谢你一直以来的照顾。”她双眼清澈坦荡，“我有喜欢的人了，所以如果不是工作上的事情，我们还是减少联系，保持适当的距离。”

张东愣住，他一直笃定像云雨生这样从小地方来的姑娘，性格唯唯诺诺，生活圈子单一，应该很好拿下的，没想到今天居然踢到了铁板。

“小雨，你还没有完全了解我，怎么能确定你将来不会喜欢上我？”

张东的自信也不是没有来由的，他是北涪本地人，父母为他在市中心买了套两室一厅的房子，自己又是从体院毕业，一路受到不少女孩儿追捧，工作也稳定，在婚恋市场算是中上水平了。

眼前的小姑娘怎么可能看不上他？

“我说呢怎么这么眼熟，原来是你啊张东，怎么就死性不改，两年不见了还是这副德行。”

身后传来祁序懒懒散散的声音。

云雨生错愕地回过头，程千峪穿了件白色连帽卫衣站在不远处，双手插兜，眸底一片阴霾。

见着了祁序这个“恶魔”，张东已经完全石化，说起话来口齿不清：“你、你又想做什么？”

祁序大摇大摆走了过来，一只手搭在云雨生肩上，笑得人畜无害：“别怕，哥今天不虐你。”他一贯吊儿郎当的，恶劣地朝着张东脸上吹了口气，“不过这妹子我带走了，你呢，赶紧回家找妈吧。”

张东面容僵硬，像是被祁序的出现吓得不轻。

云雨生有些惊讶：“你们认识？”

祁序好心解释道：“他是我大学的下铺，人挺好的，就是大脑发育不太健全。”

不明白张东怎么这么害怕祁序，不过云雨生还是松了口气：“我朋友来找我了，张老师你也快回去吧。”

张东看了看祁序，又看了看云雨生，笑得比哭还难看：“那好吧，小雨你……注意安全。”

他一离开，祁序立马收回手，表情恐怖：“小鹌鹑，真有你的！”

云雨生被他的变脸速度震惊，又感到莫名其妙，她又怎么惹他了？

她直接无视了祁序，转过身问程千峪：“你们怎么在这儿？”

撞上她漆黑的眼，男人不动声色，薄唇动了动：“下来走一圈。”

云雨生视线往下，才看到程千峪手里拿着一杯摩卡星冰乐。她突然想了起来，段晴霁好像是说过，程千峪的公司在这附近。

“吃饭了？”

她摇了摇头：“还没有，小霁应该快到了。”

之前她们约好了就在这边碰面，段晴霁正好想打卡一家新开的网红店。

程千峪无声地勾了勾唇：“正好我们也没吃，一起吧。”

直到在这座城市的最高处坐下，透过透明的落地窗俯瞰着整个北涪，云雨生还有些蒙蒙的。

程千峪临时有事情要处理，偌大的顶层只剩下两个女生和祁序。

段晴霁喝了口咖啡，情不自禁感慨道：“哇，你们这儿的视野比我们台还要好，我都想赖在这儿不走了。”

云雨生的目光落在楼下熙熙攘攘的人群，每个人都像是蚂蚁一般。

她转过头来：“他们还没忙完吗？”

从刚才上楼以后，程千峪和谢殊越就忙得不见人影，说好五个人一起吃饭，最后只有两个女生在这边吃了份 KFC 全家桶。

祁序抬手看了看表：“还早呢，要不是为了你——”他刚说到一半，突然意识到了什么，赶紧把接下来的话吞了回去。

要怪就怪张东那愣头青，平白无故约小鹌鹑看什么展览，被段晴霁一通风报信，程千峪哪还有心思继续工作。

云雨生不自觉蹙眉，这会儿都下午两点了。她说：“再忙也不能不吃饭吧……”

段晴霁已经习以为常：“他不要命就算了，还把谢殊越也带得饮食不规律。”

祁序漫不经心道：“看我有什么用，老程又不听我的。”

他转念一想，不对，能管得住老程的人，不就在眼前吗？

毕竟她可是能让那家伙连烟都戒了的女人。

“小鹌鹑，你去喊一下他俩。我呢，”祁序揉了揉鼻子，“去让前台点个火锅。”

虽然心里有些忐忑，但云雨生还是鼓起勇气来到了四十二楼。

这一层是公司的技术部，一排排电脑后边坐着一个又一个身穿格子衬衫的男人。云雨生一边往里边走，一边左右扫视寻找着程千峪。

空调温度开得很低，周围只剩下手指敲击键盘发出噼里啪啦的声响。

云雨生终于在最后边的角落里看见了程千峪，男人低垂着头，凌乱的黑发垂搭在眉眼前，看不清眼底的神色，鼻梁挺直，薄唇倨傲地紧抿着。

他的一双手如同上好的冷玉一般苍白，手指修长，骨节分明，指甲边缘修得整齐，甲面泛着半透明的浅粉。

此刻，他正全神贯注在键盘上敲打着，电脑屏幕上显示着一行行对于她而言如同天书的代码。

迟疑了片刻，云雨生还是轻轻开口："程千峪，先吃饭吧？"

云雨生的声音实在太弱，一下子就被其他杂音盖住，程千峪没有回头。云雨生不得不伸出手指戳了戳男人宽阔坚硬的后背。

"程千峪？"

他终于回过头来，看见云雨生的一瞬，眉眼间冰凉的冷意褪去几分，喉结滚动了几下："嗯？"

喑哑的一声单音节，落在她的心上又荡起一圈涟漪。

突然便不敢直视他，云雨生小声催促："赶紧吃饭去，这会儿都两点多了，你本来就胃不好。"

程千峪低垂着眼，沉吟片刻："嗯。"

余光中，程千峪终于站起身来，狭长的凤眼染了笑，水光潋滟，又让她心神大乱。

"都听你的。"

这一句，他轻轻俯身，附到她的耳边说的，尾音缱绻温柔，带着蛊惑的意味。

云雨生又一次不争气地红了脸，慌忙往后退了几步："我去看看他们点好菜没。"

她几乎是落荒而逃，心跳声如擂鼓，出来的时候差点儿就撞上别人。

身后的男人嘴角无声弯起，眸光暗沉沉，他不自觉舔了舔下唇。

回到顶层，祁序让人点的火锅已经送上门来，大理石桌面上摆满了一盒又一盒的菜品，正中间摆了个电磁炉，上边的汤锅里漂满了红艳艳的辣椒。

云雨生皱了皱眉："他胃不好，还是别吃这么辣了。"

她走到桌边，看了好一会儿，只找到几碗店家送的酒酿小汤圆。

"偶尔吃一次没事啦。"段晴霁已经迫不及待开了火，"我想喝奶茶，你们想喝点什么？我现在赶紧把外卖点了。"

云雨生若有所思，打开手机下了个外卖 APP，找了半天，终于看到一家做粥的外卖店。

程千峪不爱吃葱花，尤其讨厌生姜的味道，她把所有选项看了一遍，详情描述里都含有葱姜。

云雨生犹豫了下，最后点了一份海鲜砂锅粥，特意备注了：麻烦别放葱姜，谢谢。

刚付完款，程千峪和谢殊越已经过来，五个人各自拉了凳子坐下。

热气沸腾，熏得每个人的脸都有些红。云雨生迟迟没有动筷，时不时看一眼手机。

“出什么事了？”身旁的人侧眼看她，声音温柔得出奇。

云雨生摇了摇头，低声开口：“你胃不好，少吃点儿，一会儿喝点儿酸奶解辣。”

程千峪挑了挑眉，答应得干脆：“好。”

他拿了双干净的筷子涮了几片肥牛卷，放到云雨生的碗里：“想吃什么，我帮你烫。”

对面坐的是段晴霁他们两人，谢殊越帮段晴霁夹了块虾滑，吹了吹才放到她嘴边。段大小姐一边刷着短视频，一边享受着男朋友的伺候，两个人十足的默契。

于是就只剩下祁序孤家寡人，闷头吃了一口鸭血，被辣得呛出眼泪来：“你们能不能适可而止？单身狗也有人权好吗！”

段晴霁嘴里含着东西，说话模糊不清：“你终于承认自己是狗了？”

两个人再次唇枪舌剑，云雨生嘴角弯了弯，如鸦羽般的长睫轻轻颤动。

她没有发现，身旁的程千峪已经放下筷子，侧着头看了她很久，眉眼间藏着深不见底的温柔。

外卖小哥终于把那份海鲜粥送了过来，程千峪顺手接过，看清小票上黑色字体的备注，嘴角无声勾起微小的弧度。

“给我的？”

云雨生有些不自在：“嗯。我怕你吃太辣了对胃不好，所以自作主张……”

程千峪微微挑眉，眼角眉梢都染上温柔：“不是自作主张。”

他顿了顿，语气很认真：“我很喜欢。”

一旁的祁序没好气道：“我陪你吃了那么多好吃的，也没听你说过一句喜欢。”

这小鹌鹑不过是点了一份简单的外卖，就把程千峪哄成这样，祁序自然是愤愤不平，抬眼又看到谢殊越夫妇你侬我侬地互相喂吃的，他摔下筷子："这日子真没法过了！"

两个哥们儿都被女人拿捏得死死的，他这人生还有什么意思？

程千峪打开包装，米粒被炖得软烂，洁白中夹杂着虾仁和鱿鱼，香味扑鼻，可惜最上面还是漂了几点翠绿。

云雨生有些苦恼："我明明让他不要放葱的呀。"

程千峪手握成拳凑在嘴边轻笑了声："看起来很好吃。"

说完，他又给她涮了片牛肚："多吃点儿。"

她太瘦了，仿佛风一吹就会消失，看着就让人心疼。

吃着辣火锅、喝着冰奶茶的确过瘾，然而到了晚上，云雨生就后悔了。

感觉到小腹熟悉的抽痛感，她两眼一闭，得，"大姨妈"又造访了。

接下来的几天，她躺在床上浑身无力、脸色苍白，本来和段晴霁约好的逛街计划也就此落空。

程千峪和谢殊越还是忙得脚不沾地，倒是祁序这个大闲人三天两头往段晴霁家里跑。三个人窝在家里刷剧唠嗑，吵吵闹闹的，假期一眨眼就过去了。

最后一天，虽然有些不舍，但云雨生还是和段晴霁道了别："下次放假我再陪你逛街。"

段晴霁愁眉苦脸："谢殊越陪不了我也就算了，你也不能陪我，我好寂寞啊。"

有云雨生在的这几天，段晴霁的家总是被收拾得干干净净、一尘不染。段大小姐每天一睁开眼桌上已经摆好了饭菜，说是"衣来伸手，饭来张口"也不为过，自然舍不得她走。

云雨生哭笑不得："我有寒暑假呢，到时候大把时间陪你。"

下楼出了电梯，程千峪已经在一楼大厅等了许久："我送你过去。"

几天未见，云雨生觉得他的头发似乎又长了些，因为刚洗过澡，发梢带着水汽，湿漉漉的。

往日凌厉的眉眼也浸了水，乌黑的瞳仁像是染了一层雾，有几分说不清的温柔。

昏黄的路灯下停着一辆黑色卡宴，树叶被夜风吹得摇摇晃晃，落在地面的月光分外皎洁。

他一只手打开前边的车门，另一只手撑在车门顶上，静静望着她。

云雨生有些不自在，她本来是想坐后边的。

在副驾上坐好，程千峪从另一边进来。庆幸的是车内的灯没开，他看不到她脸上已经浮起的热潮。

这样狭窄的空间，光影又昏暗，空气都变得有些黏稠了。

她打开车窗，试图让晚风吹走脸上的温度，然而下一秒，混杂着男性荷尔蒙的柑橘气味钻入鼻腔，她回过头，撞进了男人温热坚实的怀抱。

程千峪俯身过来，俊颜不知不觉凑近，在离她只有一厘米的距离停下。

他的气息温热，喷洒在她的脖颈处，她一下子有些无法呼吸。

那双漆黑的眼亮得出奇，像是暗夜里揉碎了星光、波光粼粼的湖面，往日那深沉阴暗的迷雾突然全部散开，褪去了阴冷的气息，温柔得要命。

他的唇形生得十分好看，唇色很淡，她只要微微仰头，就能亲到男人锋利分明的下颌。

视线蓦然对上的瞬间，她的心跳都慢了半拍。

程千峪低垂着眼睫，嘴角的弧度很小，不仔细看是看不出来的，看着似笑非笑，有些漫不经心。

云雨生身体陡然僵硬，手指不自觉攥紧衣服下摆，喃喃道："怎、怎……么了？"

看她眼神失去焦点，一副呆呆的模样，程千峪突然低低地笑出声来，从胸腔里发出来的、很真实的笑。

半晌，他终于坐了回去："系好安全带了。"

嗯？什么安全带？

云雨生终于反应过来，低头一看，黑色的安全带已经扣好。

原来，他刚刚是给自己系安全带……

她还以为，程千峪刚刚是想亲她。

晃了晃脑袋，她有些羞赧，云雨生啊云雨生，你在胡思乱想什么啊？太丢脸了！

程千峪已经启动车子，转动方向盘往六中开。

六中大门紧闭，程千峪只能把车停在校门口，两个人从侧面的校门进去。

两旁黑压压的树影遮住橘黄色的路灯，缅桂花香气浓烈。

一路沉默无言，云雨生恨不得把脖子都折进胸膛，即使加快了脚步，然而这条路似乎怎么也走不到尽头。

冗长漆黑的雾铺天盖地，身后的人不疾不徐，他虽是不言不语，但带给她的压迫力却分毫不减。

胡思乱想了许多，终于走到职工宿舍楼下，她如蒙大赦，转头轻声道："我到了，你也快回去吧。"

程千峪抬头看了眼昏黄的路灯，视线无所顾忌地落在云雨生的脸上，眸光晦暗不明。

"等下——"

他又朝前跨了两步，单手抄兜，另一只手紧握成拳，神情有几分不自在。

云雨生有些不解，听见他轻咳了声，嗓音有些哑，又低又沉："看到这个，就想到你了。"

事实上，教师节那天，他就想把这枚发卡送给她了。然而那天见到她和男同事说说笑笑，胸口一直发堵，更怕自己会因为嫉妒而失去理智，于是迟迟没有上前。

直到这一刻，程千峪终于松开拳头，在她眼前摊开手心。

月光皎白，男人宽大的掌心上躺着一朵洁白晶莹的黄桷兰。

记忆的闸门突然被洪水冲开，云雨生突然记起 2013 年的愚人节，在祁序那家伙的带领下，班上的男生们玩心大起，在女生们的笔袋里偷偷藏了各种各样的小玩意儿，什么螳螂、七星瓢虫、玩具壁虎等，稀奇古怪的惊吓层出不穷。

当时看到前桌的女生打开笔袋后面如土色，云雨生也心有余悸，一整天都不敢去看自己的笔袋。

直到晚自习的最后十分钟，身后的少年再次捅了捅她的后背，问她借一支青色的荧光笔。

她只好硬着头皮拉开了笔袋上的拉链，然而出乎意料的是，里边没有任何吓人的小虫子。

一朵洁白的黄桷兰安静地躺在黑色水笔的中间，香气淡淡，她当场怔住。

而此刻，程千峪手中的花与记忆里那朵花重叠起来，云雨生缓慢伸手拿起，才发现重量有些变化。

这不是真的黄桷兰，而是一枚造型逼真的发夹。

每一寸细节都极其用心，如果不是触碰到底下金属冰凉的触感，任谁都会以为这是刚从枝头摘下的一朵黄桷兰。

高中那会儿云雨生最爱的就是这种花，每当心情烦闷时，她站在走廊上闻着黄桷兰的香气，整个人就能放松下来。

但她从来都没有对任何人提起过，更没想到程千峪会知道。

云雨生终于后知后觉明白过来，原来高三那会儿，笔袋里那朵花是程千峪放的。

“……谢谢。”

谢谢你在我贫瘠苍白的青春里，留下浓墨重彩的一笔。

她小声开口，心底有一处变得极软：“我很喜欢！”

程千峪定定地盯着她，声音很轻：“上去吧。”

她轻轻点头：“好，你路上慢点儿。”

身后男人声音沉沉：“早点儿睡，晚安。”

直到楼上某个窗口亮起灯光，程千峪还是杵在原地。

他心情躁动难安，伸手想掏出烟盒，才发现自己已经一个多月没买烟了。

男人垂下眼睫，忽然嗤笑了声，原来自己和香樟树下那毛头小子也没什么两样，一见到云雨生，理智便烟消云散。

刚上楼，云雨生的手机振动了下，收到一条信息：别乱想，别沾冷水。

她还没想明白，程千峪发的消息又跳了出来：生理期别熬夜看小说了。

她瞬间红了脸，这人未免太了解她了，连自己睡前总要看会儿言情小说的习惯都知道。

这一夜云雨生辗转难眠，最后干脆开了台灯，静静地看着桌面上躺着的那枚发夹。

过去的六年，她不是没有过追求者，尤其是路霄，时不时就给她带各种精致的礼物。

名牌包、大牌项链、香水……

可她从来都不肯收下，那些东西无法给她带来半点儿快乐，通通只是负担而已。然而今晚，她却因为一枚小发夹，一下子变回了十七岁的少女。

翻了个身，不知道是今晚的第几次，云雨生又开始回味起程千峪说起那句“看到这个，就想到你了”时候的表情。

笑意在那双狭长漆黑的眼一闪而过，他笑的时候，眉眼间的冷意尽数化开，有种春雪初融的温柔感。

心跳声“怦怦”。

糟糕，她想，好像又忍不住多喜欢了他一点儿了。

长假后学生们果然浮躁了不少，与此同时，学校的通知也下来了，要求老师们遏制各班的早恋现象。

自己也是从学生过来的，云雨生明白这个时期少男少女那种朦胧的小心思，因此她在课堂上暗示了几句，让他们把握好和异性相处的分寸，把重心放在学习上。

有好事的男生起哄道：“小雨老师，你答应张老师了吗？”

整个年级谁不知道体育老师张东对他们五班的语文老师情有独钟，有事没事都爱往五班跑。

你说他一个教体育的，老是来旁听语文课干吗？显然醉翁之意不在酒呗。

云雨生板起脸，无奈她个子娇小长相也是柔和清丽的那一款，即使摆出冷脸也一点威慑力都没有。

“安静，不许问和语文无关的问题。”

说罢，她却有些发愁，上回拒绝过张东以后，本以为他总算能够死心，不再纠缠自己了。

谁承想，他消失了几天，又再次发起比之前更为猛烈的攻势。除了每天给她送早餐，还动不动就在朋友圈公开示爱。

毕竟是同事，云雨生不想搞得太难看，最后只能把他微信屏蔽了，眼不见为净。

九月份的工资刚发下来，她点开路霄的头像，只留了一点儿生活费，剩下的又给他转了过去。

他很快便发过来一条语音，云雨生点开，背景音嘈杂，像是在酒吧。

路霄的语气懒洋洋："什么时候回来？"

两方的家长本来已经准备在国庆期间摆酒，她这一走，许慧芬自然觉得一张老脸无处可搁，没少在微信里咒骂女儿赶紧死在外面。

路霄虽然催着云雨生回去，却仍是自个儿在外逍遥自在，像是笃定云雨生闹够了自然就会乖乖回去当他的保姆兼老婆。

她回复过去：收下吧，我会尽快把所有钱还上。

然后和路家老死不相往来。

当然，这一句话她没有直说，反正路霄也不会相信。

晚上洗完澡，云雨生正坐在床上拿着吹风机吹头发，手机铃声急促响起。

"喂？"

程千峪的声音顺着电流传出："下来走走吗？"

她怔住，走到窗边往下望，宿舍楼下的梧桐树旁伫立着身形修长挺拔的男人，上身穿着潮牌棒球服，笔直的长腿包裹在黑色的休闲裤下，面容十足的清冷矜贵。

半天得不到云雨生的回应，男人踢了踢脚下的石块，单手插入裤兜："嗯？"

云雨生终于反应过来，慌忙回道："我马上下来。"

他抬头朝着这边望了一眼，语气淡淡："慢慢来，别急。"

挂了电话，云雨生急急忙忙换下睡衣，打开衣柜的一瞬又呆滞住，左看右看，还是挑不出要穿哪一件衣服去见他。

奇怪，她本来是完全不在意这些的，穿衣打扮向来都是简单得体就好。

也许是夜风太过温柔，她突然便想，应该穿着裙子去见程千峪。

花了好半天，她终于换上一条浅绿色的吊带裙，最近天气逐渐转凉，这样穿出门还有点儿冷，然而眼下她根本考虑不了那么多。

光是想到要出去见他，她的一颗心瞬间就像被丢进气泡水里，咕噜噜沸腾起来。临出门前，她鬼使神差地抓起柜子上那枚发夹，轻轻别在刘海儿的一侧。

走下台阶的时候，她的心跳得飞快。

有种失焦的感觉，周围的一切都变得模糊，只有程千峪在她的眼里越来越清晰。

他似乎是刚剪短了发，薄薄的一层黑楂贴在耳后，看起来清爽利落，像是十七八岁的邻家大男孩儿。

她一步一步走向他，手心不自觉沁出了汗。

第一句话该说什么呢？

糟糕，她怎么和十六七岁时一模一样，一见到他就手足无措，完全不知道眼睛该往哪里看。

看见云雨生的一刻，程千峪的眉心几不可察跳动了下，他舔了舔下唇，嗓音嘶哑："……冷不冷？"

橘黄色的灯光下，娇小的女人披散着柔顺的黑发，圆润的肩头白得晃眼。

夜风吹拂过来的一瞬，其实是冷的，云雨生缩了缩脖子，硬着头皮否认："不冷啊。"

下一秒，她听见男人极低的一声笑。他脱下黑色外套，迅速披上她的肩头。一瞬间她被清冽的男性荷尔蒙气息包裹住，衣服上还残留着他身上的温度。

他里边只穿了件简单的白 T 恤，后背骨骼凸起的形状很是好看，手臂线条野蛮而流畅。

她别开眼，脸上温度不减反增。

程千峪略低着头，抬脚朝着操场跑道走，语气很淡，带着几分漫不经心："老祁说，有人在追你？"

云雨生下意识否认："没有，就是普通同事。"

话音刚落，她又后悔了，自己这样迫不及待地澄清，倒好像真有什么似的。而且，她为什么要觉得心虚……

印象中，程千峪不是祁序那种爱管闲事的性格，他向来是自动屏蔽掉这种八卦消息的。

然而此刻身旁的男人却突然停下脚步，神情格外认真专注："那我呢？"

她愣住，撞进一双漆黑如墨的眸子里，心跳节拍一下子全乱掉。

他的视线落在云雨生脸上："我对你而言，是什么身份？"

她张了张口，却发不出任何声音。

程千峪却难得地耐心，眸光暗沉沉，直勾勾地盯住她的眼睛。

对于自己而言，程千峪究竟是什么身份？又或者，他们现在是什么样的关系？

这些问题连云雨生自己都不知晓答案，她有些茫然。

说是年少的好友，似乎又比这个身份关系更暧昧了些。

说是旧情人，可当初的他们还没来得及走到一起。

她沉默了许久，声音有些涩："……我一直当你是很好很好的朋友。"

不远处有手电筒的光线在摇晃，有些刺眼，程千峪眼睫低垂，额前的碎发挡住冷峻的眉眼，看不清楚他在想什么。

云雨生无意识握紧拳头："在我心里，你和小霁一样，特别的重要。"

程千峪没有开口，周身的气息却突然疏离冷淡了几分。

"兔崽子，别让我逮到你们！"

伍老头儿骂骂咧咧的声音由远及近，他拄着拐杖，走路一瘸一拐，满是皱纹的一张脸却是神采奕奕。

听办公室的其他老师说，伍老头儿退休后仍是不愿意离开六中，于是就在学校图书馆当起了管理员，时不时还做起"棒打鸳鸯"的工作。

高中时他给云雨生留下的阴影挥之不去，因此即使如今换了个身份，见着了他，她还是下意识乖乖站好，脊梁挺直，垂着头一副等着挨训的模样。

伍老头儿老眼昏花，握着手电筒照了半天，认出眼前清瘦孤傲的少年，原来是自己曾经的得意门生——程千峪。

大晚上的，他怎么会出现在这儿？

"小程，怎么是你啊？"

程千峪不动声色道：“老师，我过来办点儿事。”

伍老头儿扶了扶眼镜，这才发现一旁还有个长发及腰、个子不高的小姑娘。

他一下回过味来，难怪上回自己要给这孩子介绍一位女老师，人家冷冷淡淡拒绝了，原来是早已有了目标。

伍老头儿随即点了点头：“好，你们年轻人慢慢聊。”

说完话，他又拿着手电筒踉踉跄跄往前，一边走一边自言自语：“这群孩子真是不让人省心，等我逮到了一个个都要叫家长……”

等他走远，云雨生才小声开口：“伍老师还跟以前那会儿一模一样，逮着个学生劈头盖脸就是一顿训，我以前特别怕他。”

程千峪侧头睨了她一眼，眸光桀骜不驯。

“云雨生，”他嘴角掀了掀，语气骤然冰冷，“别装傻。”

拳头不自觉握紧，一贯清冷自持的男人败下阵来，这一刻的他，和六年前没有任何区别。

“我从来……没有把你当成朋友。”

云雨生张了张口，舌头却像是打了结一般，说不出半个字。

她怔在原地，意识过来之际，程千峪已经大步走远，颀长俊逸的身影融入暗黑的夜色中，路灯把他的影子拉得很长很长，看着有几分寂寥。

直到逐渐变成一个小点，最后完全消失。

夜里的风很大，发丝都被吹乱，耳垂变得冰凉。

云雨生伸手把他的外套又拢紧了一点儿，心乱如麻，她知道，程千峪一定是生气了。

可他是因为什么？她好像有些明白，又似乎不怎么明白。

回到房间，刚关上门她整个人就瘫倒在地上。

手指无意识地上下划动手机屏幕，对话框里程千峪发过来的每一个字，她都在心里反复咀嚼了很多遍。

感情是这个世界上最令人捉摸不透的东西，有些人什么也不用做，光是站在那里，就能让你肝肠寸断。

刷新朋友圈，她才发现一分钟前，程千峪又分享了一首歌——《哪里都是你》。

“在有眼泪的雨里，哪里都是你，擦干是否就看不见你……”

祁序是第一个评论的，他发了个挠头的表情：深夜非主流？

段晴霁紧跟其后：听说周董又要开演唱会了，走起？

云雨生犹豫了下，轻轻给他这条朋友圈点了个赞。

那晚以后，程千峪再没出现过，奇怪的是，张东也突然就在她的生活中销声匿迹了。

哪怕在办公室里偶然碰上，他也一副对云雨生避之不及的样子，仿佛她是什么洪水猛兽一般。

云雨生乐得自在，也没有去找张东追问缘由。

生活似乎又恢复了平静，平时是宿舍——教学楼——办公室三点一线，周末则是和段晴霁出去逛逛街。

转眼就到了十二月，今年北涪的冬天来得有些早，冷风瑟瑟，办公室的女老师们都开始穿上羊绒衫。

学校的宿舍楼都采用了太阳能热水器，到了阴雨天热水总是不够用，常常洗着洗着就变成冷水。而且因为没有安装空调，云雨生常常睡到半夜就被冻醒。

看她着凉患上感冒，段晴霁再次催促她赶紧从学校搬出来，在外边租个有空调的房子。

平安夜是在周四，云雨生刚到办公室坐下，就看到段晴霁发来了微信，要云雨生下班陪她到商场给谢殊越挑礼物。

回了句“好”，云雨生望向玻璃窗外，天空黑压压一片，树木光秃秃的，操场上空荡荡的，看不见一个人影。

天气越来越冷，连平日里最是好动的男生们都懒得动弹，下了课一个个趴在课桌上无精打采。

她低下头，再一次点开程千峪的微信头像，他还是没有更新任何动态。

他的那件棒球服还悬挂在她宿舍的床头，每一夜都陪伴着她入睡。可它的主人，却再没出现过。

前阵子才听段晴霁说，谢殊越他们正在开发一款经营类游戏，忙得完全没时间陪她吃一顿晚饭。

云雨生不自觉叹了口气，她和程千峪也已经有很久没有联系过了。

他还在生气吗？

她潜意识里并不想失去和他的这一层关系，然而她又逐渐想明白了一些事情。

哪有一辈子都不分离的关系，朋友本就是一路走一路丢，何况程千峪也说了，他根本没把自己当成朋友。

可她还是无法避免地感到难过，尤其是想到程千峪终有一天会和其他人走进婚姻的殿堂。

每次一想到那个画面，云雨生就有些无法呼吸。

受许慧芬的影响，她清楚婚姻就是爱情的坟墓，是绝大多数女人的牢笼，她是绝对不允许自己跳进火坑的。

她不能，也不愿意变成第二个许慧芬。

但是，心里一直有个声音，很微弱，却又无法忽视——“他是不一样的！”

程千峪和其他那些男人，不一样。

她好像站在一个十字路口，踌躇着，不安着，不知道应该向前还是退后。

“你觉得这个颜色好看点儿，还是那个？”

段晴霁拿着两盘眼影在云雨生眼前晃了晃，终于打断了云雨生的思绪。

纠结是女孩儿的通病，其实在云雨生看来，两个盘的配色都大同小异，云雨生指了指左边那个：“这个颜色亮一点儿，我觉得更好看。”

段晴霁放下右手上的那盘，表情还是纠结：“可我感觉这一盘颜色更低调一些……”

柜姐走了过来，脸上挂着弧度完美的笑：“不试一试的话，怎么知道合不合适呢？”

说罢，她拿起刚才被段晴霁放下的那一盘眼影，打开盖子，用自带的眼影刷取粉，轻轻涂抹在自己的手臂上。

“好了，小姐姐你看，这个颜色很日常，适合通勤。”

接着她又拿起另一盘眼影，和刚才那样涂抹到手臂，展示给段晴霁她们看：“而这个呢，带着珠光，亮闪闪的，很适合约会妆呢。”

段晴霁不再纠结：“行，这两盘我都要了。”

从商场出来，云雨生后知后觉：“不是说，要给谢殊越买礼物的吗？”

结果两个人逛了半天，提了大包小包，都是些女孩子家家的玩意儿。

段晴霁心情颇好：“这你就不懂了吧，我把自己打扮得漂漂亮亮的，就是给老谢最大的礼物了。”

云雨生似懂非懂，大脑一片混沌，还在想着刚刚柜姐那一番话。

不试一试，怎么知道一定就是坏结局呢？

她状若无意问起：“谢殊越最近还是很忙吗？”

“他说这两天忙完就能陪我了，还不知道呢，唉。”

段晴霁重重叹气：“都怪学神，他那么拼干吗？钱这种东西够用不就得了。”

抱怨了一会儿，段晴霁突然想起一件事来：“我听老谢说，程千峪准备把他们那座大厦全买下来，他疯了吧？”

云雨生的水眸倏地睁大，一整栋大厦总共四十五层，那得多少钱？

“还有，那家伙最近好像在咱们学校附近买了套房，我看要不你搬过去跟他合住好了……”

段晴霁絮絮叨叨，感觉学神和他们之间仿佛有“壁”，人家买套房子就和他们上菜市场买了把菜一样，不声不响的。

云雨生默默听着，突然感觉到一道灼热的视线落在自己后背。她下意识转过头，猛地撞进一双漆黑冷静的眼。

路的对面，程千峪戴着一顶黑色的鸭舌帽，帽檐压得很低，遮住冷峻的眉眼，领口紧抵下颌，纯白色的羊绒衫穿在他身上清冷又贵气十足。

下一秒，绿灯亮起，他跨步朝着她们走来，每一步仿佛都重重踩在她的心坎。

扑通！扑通！

周围的一切都被按下暂停键，世界变成灰白。

她的眼里只剩下那一道亮色。

男人肩宽腰窄，披着黑色的长款外套，脚下那双红色的运动鞋格外耀眼，夺去她的全部心神。

两个月未见，她的喜欢不仅没有变淡，反而比之前还多上不少。

程千峪终于来到云雨生的面前，狭长的眸子映着微亮的光，清晰地映出她的身影。

“云雨生，我有话要跟你说。”

她佯装镇定，心却快跳到嗓子眼儿，声音很轻：“……嗯。”

第八章 /

我属于拥有你的未来

那边段晴霁已经扑向谢殊越，转头和云雨生挥了挥手：“小雨生拜拜啦！”

云雨生的手腕被程千峪猛地拽住，他拉着她往另一个方向走。

“……先跟我去个地方。”

她全然不知所措，跟着他上了那辆黑色卡宴，大脑完全空白。

车内是完全封闭的空间，仿佛世界只剩下他们两人，音乐缓缓地流淌：“青春属于表白，阳光属于窗台，而我想我属于，一个拥有你的未来……”

气氛陷入诡异的沉默，闷得云雨生有些透不过气。她不安地用余光观察着程千峪，他神情很淡，看不出任何情绪。她试探性开口：“那个，我看天气预报说，明天有可能会下雪……”

程千峪仍是沉默，云雨生的声音越来越弱，最后干脆放弃寻找话题。

车子拐入通往六中的路口，在离学校隔一条街的小区前边停下。

他语气很淡：“下车。”

见程千峪拿了串钥匙，云雨生后知后觉想了起来，段晴霁是说过，程千峪在六中附近买了套房。

她还愣着，手腕又被他抓住。这一回，他手指往下，顺势嵌入她的指缝间，与她十指相扣。

六中附近没有新楼盘，这边的房子也建了好些年头，不过绿化倒是做得挺好。

电梯在十二楼停下，他仍牵着她，另一只手拿着钥匙把门打开。

屋内布置得很温馨，干净又整洁，主色调是浅灰色。家具一应俱全，地上铺着浅蓝色的欧式手工流苏边羊毛地毯，踩上去软绵绵的。

他终于松开手，沉声道："去阳台看看。"

云雨生穿过客厅，转了个身，看见眼前的一幕瞬间呆住。

阳台并不大，地上铺着大理石瓷砖，摆满了各种各样的盆栽，粉色的芍药、黄色的月季、绿色的木绣球、紫色的红车轴草、洁白的木梨……还有很多很多她叫不出名字的植物。

贴着墙的一面摆了落地的多层花架，每一层都放了造型各异的多肉，一个个圆润可爱，让她忍不住想伸手去摸一摸。

"……喜欢吗？"

身后传来男人喑哑的嗓音，云雨生转过身去，程千峪半倚在门框上，略低着头，黑短的碎发垂落在额前。

他缓慢掀起眼皮，狭长的眼微微上挑，乌黑的瞳仁里盛满了春水，波光潋滟。

四目相对，他扯了扯嘴角："2012 年 12 月 21 日，你和段晴霁说，你想要拥有一个种满花的阳台。"

那是某节语文课，老师和他们说起关于未来和理想的话题，两个女生叽叽喳喳，彼时她们还觉得未来很是遥远。

少女低垂眼睫，声音很轻："我的话，希望以后能有自己的房子，每天醒来，阳台上绽放着各种各样的花。不用工作的时候，我就搬一张凳子，坐在阳台看看书喝喝酒，那样就很幸福了……"

关于那段记忆，云雨生自己都有些模糊了。可她从没想过，那时候坐在自己身后的少年不仅听得一清二楚，还记得这样清晰深刻。

"2013 年 9 月 19 日，你说你从来不过中秋。你说，家不是你的，房间也不是你的。"

是的，高三那年的中秋节，段晴霁带来了各种馅的月饼，云雨生没有吃，她说自己从来不过中秋。

高中以前，她从来没有在这个节日和家人团圆过；高中以后，她又突然明白，所谓的家，不过是一个冰冷的房子罢了。

她就像宠物一般，如果许慧芬心情不好，随时就会将她扫地出门。

她从来都是没有家的。

不知不觉，程千峪已经来到云雨生的面前。

他弯下腰，让视线与她平行，她的眼眶微湿，睫毛上都挂了水珠，摇摇欲坠。

她怔怔地望着眼前的男人，他的瞳仁像是浸了水的玻璃珠一般，清澈明朗，眼下那颗朱砂痣被冷白的肤色衬得格外明显。

云雨生能感觉到他落在自己脸上的眸光是那样专注而炽热，他的语气分外认真，像是某种承诺："他们没有给你一个家，那就让我来给你。"

下一秒，程千峪双手按住她的肩膀："云雨生，你听好了。"

心脏猛跳，快要让她承受不住，脑袋也有些晕乎乎的，视线里他微薄淡漠的唇一张一合。

"我不想做你的朋友。

"现在站在你面前的，依然是2014年夏天的程千峪，我喜欢你。"

他顿了顿，终于还是克制住想把人搂进自己怀里的冲动。

"我不管你什么时候才能喜欢上我，不论要多久，我都能等。"

他自嘲地笑了声："六年我都等了，所以云雨生，你不许装傻了。"

说完这一句，程千峪没忍住伸手在女孩儿柔软的头顶揉了揉，将她的头发都弄乱。

同时被弄乱的，不只是头发，还有她的一颗心。

云雨生鼻根酸胀，眼泪不听话地往下坠。奇怪，她的心明明轻飘得快要飞到天际，可又莫名其妙感到难过。

自她有记忆以来，她总在不安，害怕会被丢弃，从来没有一个人这样认真郑重地告诉她，他喜欢她，毫无保留地给予她尊重和爱意。

她一哭，眼泪就完全收不住，理智全无。她一屁股坐到地上，不顾形象地放声大哭。

程千峪僵住，宛如有拳头敲打他的心脏一般，胸口发堵，让他完全无法呼吸。

即使是看似无所不能的学神，也有如此笨拙的时候，他蹲下身，清冷的面容闪过一丝慌乱。

"怎么了，是我哪里做得不好吗？"

程千峪轻轻抬起云雨生的下巴，女孩儿眼尾泛红，琥珀色的瞳仁被水雾弥漫，看起来柔软又脆弱。

“别哭了，”程千峪用指腹擦拭着她的泪痕，只觉得自己的一颗心都在抽痛，“都是我的错，是我不好。”

哄女孩儿这回事，无论智商再高也不能无师自通。他身躯僵硬，笨拙地将人搂进怀里，手却在半空滞住，过了好半天，才轻轻落在女孩儿单薄的后背。

程千峪嗓音又低又沉，带着从未有过的温柔与坚定：“云雨生，我在这儿，我一直都在。”

云雨生从来没有这样放肆地哭过，好像要把前二十几年的委屈都一次性发泄出来，哭到全身没有力气，她才沉沉地睡了过去。

醒来的时候外边的天一片漆黑，她头痛欲裂，揉了揉眼睛，掀开被子坐起了身。

屋里没有开灯，身下软绵绵的，显然不是宿舍里那张硬邦邦的床。

意识逐渐清明，云雨生终于想起今天发生的事，在床单上摸了半天，总算找到自己的手机。屏幕上的亮光有些刺眼，这会儿已经是半夜两点。

她下床打开了头顶的水晶灯，试探地小声喊了一句：“程千峪？”

没想到客厅马上传来了脚步声，程千峪穿着毛茸茸的家居服，脚下踩着棉拖鞋，发梢湿漉漉的，是她从未见过的居家模样。

“……饿了？”

视线蓦然对上，没想到他的第一句话居然是问这个。

云雨生莫名想笑，然而下一秒肚子很是配合地抗议出声，发出咕咕的声响。

她别开眼，有点儿不自在：“有点儿饿……”

毕竟晚饭没来得及吃，又哭得那样厉害，把全身的力气都消耗光了。

程千峪了然地微勾嘴角：“等着，我把菜热一下。”

云雨生像是雏鸟一般跟在他身后进了厨房。

程千峪将衣服袖子往上撸起，露出线条好看的手臂，小心翼翼地把从冰箱里拿出来的菜放进微波炉。

他转过身来："很快就好。"

视线落在她的脚上，男人喉结微滚，几不可察地蹙起眉头："去把鞋穿上。"

云雨生乖乖照办，回去房间穿上室内拖鞋。

经过客厅，才发现茶几上摆了一台笔记本电脑，屏幕还亮着，上面是一行行她看不明白的代码。

"你这么晚还在工作吗？"

程千峪正好把菜从微波炉里拿了出来："睡不着，怕你半夜起来找不到人。"

云雨生有些愧疚，又想到自己哭得那样狼狈，形象完全崩塌了："对不起啊，"她喃喃道，"我是不是吓着你了……"

程千峪没有说话，正灵活地掰断虾头，找到虾的第二个和第三个关节处轻松地剥开，再从尾部轻轻一拽，虾壳就跟虾肉完全脱离，整个动作行云流水。

他的手生得很是好看，指节修长，指甲边缘修得很整齐，此刻在头顶白炽灯光线的折射下泛着淡粉莹润的色泽。

等云雨生反应过来的时候，面前已经堆了一盘剥好的虾，色泽红艳艳的，虾肉完整，让她忍不住咽了咽口水。

"吃吧。"

程千峪终于停下手上的动作，抬眼看她，眸光暗沉沉，藏着她读不懂的情绪。

窗外北风呼啸，屋里开了空调，脸上的温度逐渐攀升。

云雨生突然意识到，这会儿是深更半夜，他们孤男寡女共处一室，而且眼前这个男人，不久前才刚刚和她表白。

空气似乎都变得黏稠了一些，有些闷热的气氛在两个人中间流淌着。

他说，他还是那一晚的程千峪。

云雨生心想，才不是呢。眼前的男人和当初在路灯下说着喜欢她的少年，还是有区别的。

这一刻的程千峪，早已经褪去青涩的少年气息，完完全全是一个沉稳、充满力量感、能够为她遮风挡雨的男人。

填饱了肚子，程千峪固执地不肯让云雨生洗碗，她被赶回了房间，刚沾上枕头又迷迷糊糊跌落梦境。

梦里她走在黑暗的隧道里，伸手不见五指，跌跌撞撞，忐忑不安，直到她突然听见少年清朗温柔的嗓音。

“别着急，慢慢来。”

那是某节自习课，她对着厚厚的物理习题册，越做越错，完全没有任何头绪，被挫败感吞没。

后座的他突然伸手，漫不经心地用手指勾着她的发丝把玩：“公式原理你都掌握了，剩下的就是总结题型，慢慢提高解题速度。”

她的心莫名就平静下来，程千峪说她可以，那她就一定没有问题。

一觉醒来，拉开窗帘，才发现外边的世界已经完全被大雪覆盖。

昨夜的北涪迎来了今年的第一场雪，一排排光秃秃的树木仿佛又恢复了生机，绽开了一朵朵洁白的梨花。

云雨生迫不及待打开房门，程千峪坐在客厅沙发上，上身穿着白色衬衫，外边套着件浅蓝色菱格毛衣背心，戴了副金丝框眼镜正在看报，有种文弱的书生气。

“外面下雪了！程千峪。”

程千峪听见声音，侧头看了过来，漆黑的眼中有浅浅的光投射过来，宛若浸了水清澈透亮的黑曜石。

视线对上的一瞬，他嘴角一扯：“早。”

“……早。”

一颗心像是裹上糖霜的棉花一般，甜丝丝，软得一塌糊涂。

云雨生的心情无端雀跃起来，真好，今年的第一场雪，是和程千峪一起看的。

到了办公室，刚摘下毛线帽子和手套，余老师看了云雨生一眼，随口道：“小雨老师今天气色不错，年轻人就应该多笑笑。”

她平时总是有些沉闷，耷拉着眼皮，即使是众人笑成一团的时候，她也总是捂着嘴笑得客气疏离。

而今天，她不自觉眉眼弯弯，嘴角上扬的弧度就没下来过。

像是秘密被戳穿，云雨生有些羞涩，转头掏了个小镜子照了照。

镜子里的女人两颊绯红，眼睛里写满了欢喜。

一整天下来，云雨生都像飘浮在云端一般，整个人轻飘飘的，连学生们都看出她和平时不一样。

“小雨老师，你恋爱了吧？”课代表在云雨生桌上放下一摞作业，挤眉弄眼问了一句。

看着眼前古灵精怪的少女，云雨生无奈，却没有否认：“快回教室学习去。”

她觉得自己一定是疯了，怎么还和十几岁那会儿一样，因为程千峪一个眼神、一句话就辗转难眠，一整天心神不宁的。

下午没有她的课，批改完学生的作文，她又拿起手机。

再一次打开和程千峪的对话框，目光停留在他的最后一句：今天下班就搬过来吧。

上回降温她被冻得感冒的事情，程千峪不知怎的也知道了，让她搬家的理由有理有据，叫她完全找不到借口反驳。

段晴霁苦口婆心：“反正老程那房子那么大，房间空着也是浪费，你就过去住，顺便帮他打扫一下卫生……”

云雨生放下手机，脸颊发烫，那可是程千峪，是她喜欢了整整一个青春的男人。

要跟他住在一个屋檐下，每天抬头不见低头见的，她觉得自己迟早会因为心跳频率过快而昏倒。

然而云雨生还是低估了程千峪和段大小姐的行动力。

放学铃才响起，段晴霁的电话便打了过来。

“老程喊了祁序帮忙，我们今天就帮你把东西都搬到他那儿，不许拒绝！”

云雨生愣住，没多久就看到段晴霁和祁序出现在楼下。两个人各自咬着一根棒棒糖，大有她不配合也要把她绑过去的决心。

云雨生的行李不多，除了一些衣服和洗漱用品再无其他，祁序一个人轻轻松松就拖走了行李箱。

段晴霁拉着云雨生跟在后面：“你难道就不觉得，老程对你真的很用心？”

明眼人都看得出来，程千峪在市中心的高级楼盘住得好好的，离公司也只有几步路，突然莫名其妙就要搬到六中这边的老小区，明显就是为了某人而来。

段晴霁也就是无意间和程千峪提了一句，六中职工宿舍常常停热水，他就把这事记在心上了。这要换成其他人，还真做不到这种程度。

想到昨天自己在程千峪怀里哭得一把鼻涕一把泪，云雨生脸上的温度又攀升上来："小霁，程千峪昨天和我说，他还是六年前的他……"

段晴霁停下脚步，有种恨铁不成钢的意味："昨天？我还以为他早就跟你说了，这家伙怎么跟个木头似的，这么能憋……"

教师节那天段晴霁和他们在学校附近吃饭，当时看着有个男老师一直和云雨生搭话，他们清冷自持的学神浑身都要冒火了，眼角眉梢跟淬了冰似的。

她还以为，程千峪会过去把小雨生拽走，宣示主权。谁知道过了这么久了，合着这家伙一直都没有表明心迹，真够能忍的。

"我跟你说个事，你肯定不知道。"段晴霁凑到云雨生耳边，神秘兮兮，"上回祁蠢狗喝醉酒才被我套出话的，你还记得那个叫关晏的学弟不？"

关晏？

云雨生的脑海里模模糊糊出现了一个身影，高二那会儿运动会她还去问了人家的联系方式。有段时间关晏经常给云雨生发短信，不过她从来没有回复过。

"……记得，他怎么了？"

"听说学神参加竞赛回来以后，去球场把关晏虐得不轻，完了还警告人家别再找你。"

听完段晴霁添油加醋的叙述，云雨生还是难以置信，程千峪不会那么幼稚吧？

云雨生大脑一片混乱，总觉得一切都有些不真实。

她这样普通又愚钝，程千峪究竟喜欢自己什么呢？

像段晴霁这样在爱里长大的小孩儿自然不缺乏安全感，她永远相信自己值得被爱。

而像云雨生这样从小被打压贬低着长大的女孩儿，在感受到他人的爱意时，她的第一反应总是，我不值得。

她总会怀疑和不安，担心下一秒一切美好就会像泡沫一般破裂，被风吹散。

抱着这样忐忑不定的心情，云雨生住进了程千峪的新家。

记得高二那年的圣诞夜，他们五个人是在网吧通宵度过的，时过境迁，他们之间却好像没有任何变化。

云雨生在厨房里张罗了一桌饭菜，等程千峪和谢殊越下了班过来，屋子里热热闹闹，几个人好像又回到了最青涩稚嫩的那个时候。

“来来来，都干一杯，祝我们年年有今日，岁岁有今朝！”

祁序站起身来，酒杯里的白色泡沫都溢了出来。

其他人也倒上酒，酒杯碰撞的声音当啷作响，分外动听。

祁序仰头一饮而尽，拉着谢殊越的袖子：“老谢，别的不多说了，祝你和段大小姐明年就生孩。”

他嘴里含混不清：“记得，一定得生个女孩儿！”

云雨生不解：“为什么？”

祁序松开手，表情格外欠揍：“没听说儿子像妈女儿像爸？要是生儿子，不就跟段大小姐一样疯疯癫癫了。”

段晴霁明白过来，气急败坏：“祁序！我看你就是皮卡丘他弟皮在痒！”

云雨生被逗笑，眉眼弯弯，汤锅上的热气飘了过来，她的一张脸泛起桃粉。

突然，祁序已经把战火蔓延到她这边来：“小鹌鹑，不许笑，我要跟你说正经的！”

水眸瞪大，她很是一本正经地等待祁序发言。

“虽然你矮了点儿、笨了点儿，”祁序又喝了一口酒，“但是呢，你也没自己想象中的那么差。所以，别折磨自己，更别折磨老程。我今天，为我之前的态度，好好跟你道个歉。老祁我随时准备好了喝你俩的喜酒，就这样！”

祁序刚一说完，云雨生有些不自在，抬眼撞上了程千峪淡漠的视线。

四目相对，他缓缓开口：“老祁喝多了。”

她慌乱地起身：“我去拿点儿酸奶。”

走到冰箱前，云雨生一抬手，被自己脸上的热度吓了一跳。

糟糕，她的心跳得又快又重，意外地，她并不讨厌祁序那一番话。

再次回到座位坐下，大家已经说起别的话题。云雨生垂下眼，突然觉得这一刻是那样的幸福。

她的心不再是浮在半空，而是被好好地存放在程千峪的手心。

曾经无助的、躲起来偷偷哭泣的少女，终于被她的天神稳稳接住，再也不怕会跌落黑暗的深渊。

祁序刚才那一番真情实感的肺腑之言没有被两位当事人打断和否认，他也就更加肆无忌惮。

“嫂子，再给我拿瓶酒。”

云雨生听到这声突然变化的称呼瞬间僵住，下意识地把酒给他递了过去。

其他人似乎没有听到，喝得正是尽兴，尤其是程千峪。

她从来没见程千峪像今天这样，一双凤眼被酒气熏得水光潋滟，黑短的发垂搭在冷白的额角，黑与白形成强烈的对比，有种清冷又靡丽的欲感。

他仰头往嘴里灌酒，淡黄色的液体从杯壁滚落，滑过微凸的喉结，最后没入白色的领口。

云雨生不自觉舔了舔嘴角，她觉得，今晚的程千峪，让她莫名很想亲上去。

几个人闹到深夜，祁序和段晴霁都喝得醉醺醺，谢殊越不得不背上背一个、一手扶着另一个把两个醉鬼带走。

屋内一下子从喧闹回归平静，程千峪也一身酒气，拿起衣服进了浴室洗澡。

云雨生把地上杂乱的酒瓶和垃圾清理出来，将碗筷放到洗碗池，拿着抹布把桌子擦了一遍，正准备转身，却被程千峪拦住。

他的发梢湿漉漉的，分成一绺一绺搭在眉骨上。

长而密的睫毛如鸦羽垂落，在眼下投出一片阴影，乌黑的瞳仁也如浸了水一般，有雾气弥漫，肤色白得近乎透明，那颗朱砂痣更为他添了一种说不清道不明的欲。

程千峪那清冷俊美的面容逐渐凑近，他将手撑在云雨生身后的桌面上，把她困在自己的臂弯里。

两个人的身体贴得很近，她的鼻腔间尽是程千峪身上散发出来的沐浴露香味。

像是薄荷糖在舌尖咬碎的气息，清洌又干净，挟带着温热的水汽，让她心跳一下变得不稳。

“怎、怎么了？”她有些结巴，垂下头，眼神都不知道该往哪儿放。

男人精壮的身体被包裹在毛茸茸的黑色家居服里，领口微微敞开，露出一圈冷白的锁骨，上边还有半干未干的水珠悬挂着。

再往下，睡裤松松垮垮，包裹住他笔直修长的腿。

头顶传来程千峪喑哑的嗓音：“我一直有个问题想问你。”

他的呼吸温热，还残留着酒气，洒落在云雨生的脖颈处，有些发痒，迅速红了一片。她不自觉轻咬下唇：“你说。”

程千峪弓着背，低下头来，视线仿佛带着灼热的温度，落在她泛粉的耳垂。

“你是不是，特别在意别人的想法？”

云雨生下意识抬眼，他的神情分外认真。

她鬼使神差地回了句：“特别在意的，是你的想法。”

他半掀眼皮：“那你怎么知道我的想法？”

她答：“我会猜。”

程千峪顿了下，挑了挑眉：“你怎么知道自己猜的就是对的？”

云雨生别开眼：“大部分时候，也许猜得不准。”

他突然伸手将她散落到眼前的发丝拢至耳后，轻轻捏了一下女孩儿那红得能滴出血来的耳垂：“……笨蛋，做你自己就好，不要太在意别人的想法，无论是我、段晴霁还是祁序，或者是其他的任何人。你不需要看他们的眼色，不需要去讨好任何人。”

云雨生怔住，总觉得真实的自己这一刻在程千峪眼中无所遁形，包括她所有的阴暗面和脆弱，全部被程千峪看透。

也许是因为小时候的经历，云雨生总是不自觉会去观察别人的表情，从而判断他们的想法。

她不敢拒绝别人，所以孙婉妍一提出要她换座位，她心里明明不情愿的，却还是点了头。

她不会反抗，明明自己想读的专业是历史，却不得不代替母亲去完成对方未完成的心愿——上师范大学，成为一名人民教师。

是的，她常常失去自我，活得像是许慧芬手里的提线木偶。

而现在，程千峪一语惊醒梦中人，他说，她是不需要去讨好任何人的。

心中掀起一场惊涛骇浪，云雨生想也没想就将自己一直以来的困惑问出了口：“我真的……值得被喜欢吗？”

“程千峪，你会……”其实是有些忐忑的，但她还是鼓起勇气，“喜欢我多久？”

他俯下身来，一点儿一点儿缓慢靠近。

眼前落下大片阴影，她被他完全笼罩，空气都变得稀薄。

他的长睫低垂，很是轻盈地颤动着，唇色很淡。

心跳如擂鼓，一下又一下，震得她脑袋里如同一团搅在一起的毛线，混乱，以至于呼吸不畅。

她完全失去了思考的能力，合上双眼，感觉到身前的人呼吸都变得混浊、粗重。

耳垂上是温热又湿润的触感，耳边充斥着他的呼吸声。

他的喉结滚动了下，嗓音嘶哑：“……一直。”

这一声，彻底让云雨生大脑里那根理智的弦完全绷断。云雨生微微仰头，如鬼迷心窍一般，亲上他那单薄淡漠的唇。

该怎么形容这种感觉？她想不到任何的词汇。

程千峪的唇，有些干燥，有些柔软。

视线纠缠的一瞬，程千峪的双眼暗沉沉的，让她突然心慌意乱。

“我……”

云雨生还没来得及说完，他突然有些粗鲁地把她抱起放到桌上，桌上的花瓶被推到一边。

程千峪微微用力，手指抬起云雨生的下巴，将他的唇贴了上来，把她未说完的话尽数吞了进去。

像是狂风暴雨一般，铺天盖地。

原来接吻是这样的感觉，酥酥麻麻的。

像喝醉酒一样手脚虚浮，又像漂荡在无边无际的海面上，找不到任何支撑。

脑袋晕乎乎的，在这一刻完全宕机，再也无力思考，她只能下意识钩住他的脖子。

云雨生的瞳孔不自觉放大，视线中男人那双丹凤眼水光潋滟，在那宛若黑曜石的瞳仁里，云雨生看到了自己。

这种感觉还不错，她想。

她在脑海里拼命搜刮着以往看过的言情小说里头男女主角接吻的情节，到底该怎么样，没人教过她，而程千峪，完全无师自通，把她吻得晕乎乎。

她有些不服气，笨拙地试着去回应他。

程千峪忽然轻笑了声，刻意压低的嗓音，在这样的夜里变得格外撩人。

云雨生又羞又气，下意识抬腿轻轻地踹了一下他。

谁知道下一秒又被程千峪拉进怀里，撞进他温热坚硬的胸膛，鼻腔间是满满的男性荷尔蒙气息。

耳边能听到他呼吸的声音，粗重而混浊，连同喉结滚动的声响也一清二楚。

“怦怦怦！”

分不清，是他的，抑或是她的心跳声。

就这样拥抱着，仿佛有一个世纪那么久。

“什么东西？”她想低头，“硌着我了……”

她的双手在程千峪的脖颈后边合拢，能感觉到他的身体微微僵硬。白炽灯光线有些刺眼，他的耳根子诡异地泛红。

他舔了舔下唇，艰难地吐出一句：“钥匙……”

他松开禁锢着她细腰的双手，往后退了几步，别开眼摸了摸脖子：“不早了，我去洗碗。”

云雨生愣在原地，慢吞吞地跳下桌，捂住胸口。

原来小说中所说的意乱情迷的感觉，就是这样，危险，却又吸引她不停往前。

回到房间关上门的一瞬，云雨生突然想了起来。

刚才，他好像穿的是没有口袋的家居服……

哪儿来的钥匙？那不就是——

电光石火之间，她突然反应过来，硌着她的，原来是……那个东西。

她脸上腾地浮起红潮，一下子钻进被窝，用被子把自己闷住。

程千峪他！怎么这样！

什么清心寡欲高岭之花，全都是假的！

这一夜以后，他们的关系悄然不同，虽然谁也没有刻意说明，却已经心照不宣。

程千峪依然忙碌，早出晚归，虽然住在一个屋檐下，但云雨生能看见他的时间少得可怜。

期末考将近，她的工作量也增加了不少。

生活好像恢复了平静，她在感受着难得的惬意与美好的同时，总是隐隐约约有些不安。

害怕上帝下一秒会把自己的幸福尽数没收。

转眼就到了一年的尾声，程千峪的工作也告一段落，游戏正式上线，他们终于可以放个长假。

12月31日这天，云雨生刚下课就收到程千峪发过来的消息：在哪儿？我过来接你。

她走下楼梯，远远就看到梧桐树下一身黑衣、长身玉立的男人。

她的脚步不自觉加快，小跑过去，在程千峪面前停下。

女孩儿戴着红色的毛线帽，围巾也是耀眼的红，一张脸被遮住大半，只露出水雾弥漫的一双杏仁眼。

落在程千峪眼里，像一只柔软脆弱的小猫。

“今天怎么下班这么早？”

手上的教材被他顺手拿过：“刚忙完，就想见你。”

云雨生别开眼，一颗心像是掉进蜂蜜罐里，她佯装镇定：“哦。”

下一秒，手腕被程千峪微微用力抓住，放到他的大衣口袋里。

十指紧扣，温度逐渐攀升。

走到综合大楼下时，伍老头儿穿着深蓝色的羽绒服迎面走来，见到了程千峪，他喜不自胜：“小程呀，今天怎么有空回学校？”

即使已经毕业，云雨生见着了伍老头儿还是有些慌，下意识挣开程千峪的手，躲到了他的身后。

“来接女朋友下班。”

程千峪刚说完，伍老头儿才看见他身后的女孩儿，她微微探出个头来，有些腼腆：“伍老师好！”

伍老头儿扶了扶眼镜，只觉得眼前的女孩儿有些眼熟，却想不起来在哪里见过。

“你好你好，你是哪个年级的老师？”

云雨生回答道：“我在带高一（5）班的语文。”

“学文学的啊，不错不错，和小程这种理科生正好互补！”伍老头儿又打量了小姑娘好几眼，越看越满意。

等他走远，云雨生才松了口气。

看她这样，倒是和高中那会儿一模一样，程千峪挑了挑眉，嗤笑了声：“还这么怕他？”

云雨生踢开脚下的石子：“我数学总是不及格，被他骂得都有心理阴影了。”

程千峪再次握住她的手，嘴角几不可察地勾起好看的弧度：“那要不要，哥哥今晚给你补习一下？”

听得出他语气里的揶揄与不正经，云雨生一下红了脸。

“才不要！”

两个人在外边吃了饭回家，云雨生正准备回自己房间，却被身后的人一把拉住。

程千峪神情微动：“你这就走了？”

她莫名有些想笑：“那？”

“……再待一会儿？”

云雨生蹙眉，仰头看见他低垂着眼，看起来有点儿像一只可怜兮兮的巨型犬。

“就一会儿，嗯？”

她心想自己也没啥事做，于是点了点头。

程千峪垂下头，低低闷笑了声，微不可闻。

男人眼角眉梢都染了笑，转身去冰箱里拿了两盒酸奶，将其中一盒递给了她：“看会儿电影？”

云雨生撕开酸奶盒盖，心不在焉道：“都行。”

只要别叫她补习数学。

程千峪找了部豆瓣评分很高的外语片，投影到客厅最大的那一面墙上。

关了灯，屋内一下子变得黑暗。

程千峪在一旁坐下，云雨生能感觉到沙发一下子陷了进去。

电影带了点惊悚悬疑的色彩，压抑的背景音乐和浓重的画面色调让云雨生背脊发凉，越往下看越是害怕，不知不觉把手和脚都缩了回去，整个人蜷缩成一团。

程千峪侧头看了她一眼，嘴角噙了一抹笑："害怕？要不别看了。"

她硬着头皮摇了摇头，继续往下看，想知道幕后凶手是不是自己猜测的那个。

他又靠过来一些，结实有力的手臂从后边轻轻搂住她的肩膀："小鹌鹑，你怎么这么胆小？"

她这副模样看在程千峪眼里有种说不出的可爱，莫名就让人想逗弄一番。

虽是这样想，但他心里又有些舍不得。

即使是性子再寡淡清冷的男人，心底也会有这样一处柔软，若是能把她揣进上衣口袋，时时刻刻放在自己身边就好了。

程千峪干脆换了个姿势，把小姑娘抱在怀里。她的个子本来就小，坐在他的腿上刚刚好，天造地设般的契合。

他将下巴轻轻抵在女孩儿圆润的肩头："哥哥在这儿，别怕。"

云雨生觉得，程千峪最近真是越来越不正经了。

空气中流动着暧昧的气氛，她的后背紧靠着男人坚硬的胸膛，能清楚感受到他的每一次心跳——强壮而有力。

她的身下是程千峪的大腿，肌肉结实而硬，温度逐渐升高，让她的呼吸都有些急促起来。

偏偏始作俑者还在有一下没一下揉乱她的头发，把她的发丝缠绕到他的手指上。

凑近女孩儿柔软的发旋，深吸了一口，程千峪突然感觉喉咙发干。

"好香……"

明明两个人用的是同一瓶洗发水，按照常理来说，他们身上的气味应该变得差不多了。

可他却像是一只黏人的大狗一般，越来越着迷于她身上的气息，沉迷于这样抱着她的感觉。

云雨生捂住胸口，努力让自己平复下过快的心跳频率。

门铃突然被按响，声音尖锐。

云雨生刚想起身，下一秒就被程千峪扯了回去，他声音闷闷的：

“不许去。”

隐约听得见门外祁序和段晴霁两个人斗嘴的声音，云雨生无奈地拍开程千峪的手：“别闹了，快去开门。”

程千峪语气冷冷淡淡，说出来的话却十分孩子气：“不好。”

她还是第一次见着他这副幼稚的模样：“那你想干吗？”

程千峪将她转了过来，与他面对着面，额头也贴在一块儿。

此刻，男人矜冷清隽的眉眼间透着一股戾气，像是特别不爽。

“你说我想干吗？”

不等云雨生回答，耳垂已经被他微微用力啃咬了下。不疼，却痒痒的，让人浑身酥麻。

视线里，程千峪的喉结滚动了几下，他贴在她的耳边，嗓音嘶哑，带着蛊惑的意味：

“我想和你待在一起。”

视线纠缠在一块儿，云雨生觉得大脑有些缺氧，整个人又变得轻飘飘的。

她的脸颊发烫，连呼吸都有些困难，而程千峪那张清冷俊美的脸越凑越近。

鸦羽般的长睫颤动着，那双狭长漆黑的眼里翻涌着深深的欲望，似是要将她完全禁锢。

在云雨生闭上眼的瞬间，手机铃声却突然急促响起。

暧昧的气氛一下被打破，云雨生猛地站起了身，接起电话。

祁序那公鸭嗓同时在门外和手机里响起：“你俩弄啥呢？赶紧给我开门！”

云雨生用力地搓了搓自己的脸，想让温度快点儿降下来，轻轻推了程千峪的肩膀一下，嗓音很软，不自觉撒娇：“快去呀。”

下一秒，他整理了一下衣服，起身披了件外套，声音听起来有些咬牙切齿：“他完了。”

云雨生疑心自己产生了幻觉，刚才那真的是程千峪吗？总觉得像在做梦。

祁序一来，屋内就变成了鸭圈一般，吵得人耳膜疼。

“哟，看片呢？”他从茶几上抓了把花生米塞进嘴里，“也不等我们一起？”

段晴霁放下包：“就你，我怎么没听说狗还懂看电影？”

祁序很不服气：“哥哥我看电影的时候，你还搁地里玩泥巴呢。”

“是是是，您看的都是些苍什么、波多什么的，这觉悟我们可比不上。”

见两个人又杠了起来，谢殊越掏了掏耳朵，已经习以为常。

云雨生到厨房的柜子里拿了好些零食出来，段晴霁打开电视机正好看到最近很火的某档选秀节目，跷着二郎腿看得认真。

“这个15号不错吧，年轻力壮，今年才十八岁，爱了爱了！”

云雨生在一旁坐下，嗑着瓜子，点了点头：“是挺帅的。”

液晶屏幕里正好给了15号选手一个特写，乌发朗眉，有种蓬勃的少年气息，眉眼有几分像学生时代的程千峪。

她不由得侧头看了对面沙发上的男人一眼，又在心里暗念道：还是他要好看更多。

程千峪冷着一张脸，眼角眉梢都透着毫不掩饰的烦闷，嘴角倨傲地紧抿成一条直线，锋利的下巴也绷得紧紧的。

祁序终于回过味来：“老程，我看你这张脸完完全全写满了两个大字。”

见大家都看了过去，他不紧不慢地解释：“寂寞。”

程千峪淡淡睨他一眼，手指骨节掰出声音：

“你最近挺闲的？”

祁序咀嚼着嘴里的花生米，说话含混不清：“还成，你们那些东西我又看不懂，也帮不上忙。”

程千峪冷笑出声：“哦？是时候给你放个长假，听说阿姨准备给你安排相亲。”

祁序猛地从沙发上跳了下来：“你还是不是兄弟了？”

谁不知道他祁小爷一生放荡不羁爱自由，发誓这辈子绝对不要被任何人束缚，尤其是那种性格黏黏糊糊的女人。

然而到了一定的年纪，身旁的人开始成双成对，父母亲戚也热衷于为祁序安排相亲，他这段时间是有家不能回，每天都借口公司加班，宁愿睡在公司也不回家。

段晴霁幸灾乐祸：“我看你就是欠收拾，哪个女的要是跟了你真是倒了八辈子血霉。”

被这么一闹，云雨生倒是想起一个人来。

高中那会儿，她看得清楚，周蛮蛮对祁序这个发小显然抱有不一般的感情。

“祁序，你跟周蛮蛮怎么样了？”

本来还嬉皮笑脸、插科打诨的人突然僵住，嘴角的笑瞬间凝固。好半天他才装作若无其事：“我跟那暴力女能有啥事，还不就那样，和小时候没啥变化。”

说罢，他垂下头：“嫂子，给我拿几瓶酒呗。”

下一秒程千峪毫不客气地踢了他一脚：“冰箱里自己拿去。”

祁序龇牙咧嘴：“啧，至于这么护着吗？”

三个男人在一旁喝酒，两个女孩儿有一搭没一搭地边看电视边瞎聊着。

“对了，你还记不记得，高中那会儿有个女生天天来找周蛮蛮？”

云雨生下意识回答：“记得，你说孙婉妍吧？”

“就是她。”段晴霁陷入回忆，“那会儿我不是老想着跟她过不去吗？其实现在想想，她也挺可怜的。”

大学时期孙婉妍每周都坐十几站的地铁到程千峪的大学去陪他在图书馆刷夜。无论程千峪怎么冷脸拒绝，她都能越挫越勇。

也就是自那时候开始，段晴霁觉得这姑娘也没自己想象中的那样讨厌，虽然她有些爱耍小心机，但对程千峪的喜欢却是横贯了一整个青春，没有半点儿虚假。

大学毕业以后，孙婉妍更是放弃了留在首都的机会，拒绝了一个其他人抢破了头的工作，为了跟着程千峪回到了北涪这个三线城市。

有时候段晴霁都觉得，程千峪的心实在太硬，这么一个掏心掏肺为他好的女孩儿，他总是一次又一次拒绝对方。

直到某天，段晴霁到他们公司去找谢殊越，无意间撞见孙婉妍和程千峪的谈话。

“她有什么好？你了解她吗？只不过是因为你没得到，你好好看看，我有哪里比不上她吗？”

彼时孙婉妍眼角带泪，情绪失控，几乎是吼了出来：“这么多年也该等够了，一个杳无音信的人根本就不值得你一直抓着回忆不放！”

程千峪语气很淡："不是。"他苦笑了下，"我从来没有等过她。"

不只是孙婉妍，连门外的段晴霁也怔住了。

他垂下眼睫，眸光透着化不开的寂寥："五年，一千八百二十五天，我从来没有一刻能忘记她。"

当着孙婉妍的面，程千峪一手搭在胸口，嗓音很哑："她长在这里，拔不掉了。"

不是他刻意要等着她，也不是什么执念。

那个女孩儿在程千峪的心上下了一场雨，也许这场雨永远也不会停了。

认识了十几年，孙婉妍从来没有见过程千峪这副表情，一贯清冷自持的男人，一字一句、认真而郑重地告诉她，他是那样爱着另一个人。

她永远也比不上了。

明明一直陪在他身边、默默付出的那个人，是她孙婉妍，不是云雨生。

可他看不见。

孙婉妍花了五年的时间，一直没有明白云雨生到底有什么值得程千峪等待。直到这一刻孙婉妍才恍然大悟，原来从头到尾她的对手都不是那个女人。无论再过多久，她都永远不可能让程千峪为自己心动。

孙婉妍知道，自己是彻彻底底输了，输给了他，输给了没有回音的山谷。

孙婉妍边哭边笑："……我知道了。"

再见了，她用一整个青春爱着的少年。

再见了，她最用力执着的初恋。

段晴霁轻描淡写的几句话，却让云雨生的心里暗潮汹涌。直到他们离开，她仍在重复想着这件事情。

新年的钟声响起，不知不觉，他们跨入了 2021 年，一个完全崭新的开始。

她抬眼望着正在洗碗池前忙碌的程千峪，喃喃细语："……新年快乐。"

真好，能和他一起走向新的一年。

洗完热水澡出来，程千峪早已等在门外，神情懒倦，双手闲散地插在兜里。

见他像是有话想说，云雨生一边用浴巾包着头发，一边站住：“怎么了？”

男人垂下眼睫，深呼吸了几下，眉梢上挑，似乎只是随意开口：“今年春节，跟我回家？”

云雨生的视线从上往下，最后落在程千峪握紧的拳头上。

和他回家吗？

云雨生怔住，她从没听程千峪提起过自己的家人，倒是祁序以前说过一些，听说他父亲是北涪大学的一名教授，母亲在全市开了许多年的连锁书店，程家算得上是书香门第，夫妻俩也很恩爱。

她有一瞬间觉得自卑，云建国与许慧芬夫妻常常爆发争吵，言语粗俗，她就是在这样的环境下长大的。

与光风霁月的少年，生长在截然不同的世界。

云雨生避开程千峪的视线：“……再看吧。”

这一夜，云雨生睡得很不安稳。

梦里，她走在人群中，每一个人脸上都洋溢着欢乐的笑，眸里微光闪烁。而她戴着沉重的面具，拿不下来，她拼命扯着嘴角，可是笑不出来。

一点儿也笑不出来。

她也想和他们一样快乐，可她不能。

下一秒，梦境陡然翻转，她围着围裙，一边坐在小凳上洗衣服，一边对着身后的小女孩儿破口大骂。

“我怎么会生你这么个赔钱玩意儿……”

云雨生浑身冒汗，很想大喊：不，别说了！

可那些恶毒的语言全都从她嘴里自动跳了出来，怎么也无法停下。

她转身，小女孩儿满脸泪痕，哀求道：“妈妈，我错了，你别不要我……”

云雨生的手不自觉颤抖，她望向镜子，惊恐地发现自己变成了另一个许慧芬，一模一样的面目狰狞、充满怨气。

不！这不是她！

她不要变成这样！

她像是被一只阴冷的手掐住脖子，发不出任何声音，只能任由浓黑的雾将自己吞没。

随着房门被撞开，云雨生终于哭喊出声，倏地睁开了眼，意识逐渐清明，月光惨白，照在眼皮上沾染凉意。

程千峪打开灯，看见女孩儿靠着床背，整个人缩成一团，眼睫上沾着泪珠，眼神有些空洞呆滞。

他在床边坐下，掀开被子的一角，伸手去碰她的手腕。

冰凉的、有些湿润。

"做噩梦了？"

程千峪突然有些后悔，明知道云雨生胆小，他应该早点儿把那部电影关了的。

手臂一个用力，他将云雨生搂进怀里，贴在他的胸口。他向来寡言少语，不懂怎么和女孩儿打交道，在这种时候，更显得笨拙。

"程千峪，"怀里的女孩儿吸了吸鼻子，突然问他，"你妈妈是什么样的人啊？"

他沉吟片刻："她，很温和，喜欢看书。"

程千峪从小独立惯了，母亲忙于事业，几乎很少过问和插手他的事情。记忆里，她从未对他发过脾气。

像是想到了什么，他沉声道："别担心，我爸妈一定会喜欢你。"

云雨生往他胸口蹭了蹭，把眼泪都蹭到他的衣服上。

她才不是担心这个，她是害怕，自己有一天也会变成母亲那样的女人。

云雨生心里隐约有着不祥的预感，过完元旦假期回到学校，果然碰到了她最不想看到的那个人。

路霄单手插兜，模样吊儿郎当，站在六中的校门口，眼神对上的瞬间，云雨生完全来不及躲避。

她冷冷出声："你来这儿干吗？"

路霄嘴里咬了根烟，不紧不慢地吐了口白雾，语气懒洋洋道："老子来看自己媳妇儿还需要理由？"

云雨生侧身躲开他伸过来的手，沉着脸："你到底有什么事？"

"怎么？"

男人微眯着眼："你现在是越来越把自己当回事了，你说，我是不是太惯着你了？”

她的肩膀陡然僵住，那些不愿意再回想起来的记忆席卷而来。

许慧芬以死逼迫，云雨生不得不搬出学校宿舍，住到路霄在师大附近租的房子。

路家在当地算得上是有名的暴发户，路小少爷打小不学无术，整日游手好闲。他父亲指望着云雨生这样的高才生能早日给路家生下一儿半女，也能让路霄收收心。

从认识路霄的那一天起，云雨生就对他厌恶又恐惧。有时候她常常觉得，路霄就是一个恶魔。

和恶魔住在一个屋檐下，他离她只有一墙之隔。每个晚上她都要再三检查好门锁，把柜子推到门后。即使这样，她还是常常半夜被噩梦惊醒，发现自己后背全是冷汗。

路霄整日在灯红酒绿的场所厮混，精神空虚贫瘠，可即使是这样，许慧芬依然认为这就是云雨生最好的归宿。

多么可笑，一个婚姻不幸的女人，为了一笔彩礼钱，心甘情愿推着自己的女儿走向火坑。

云雨生不是没有想过跑。

大二的某天，她正在浴室洗澡的时候，路霄喝得醉醺醺的，突然就闯了进来。

她害怕到极点，看着那扇门即将被他撞开，没有人来救她，所有人都认定了，她已经被卖给路家。

路霄终于踹开门进来，满嘴胡话。

好在他喝得有点儿多，踹开门以后，就一头倒下，彻底昏睡过去。

大半夜的，云雨生连衣服都来不及换，推开门跑了出去。

可是世界那么大，却没有一处容得下她。

路家人很快就动用了关系找到了她。

她握着手机报了警，警察过来以后，许慧芬却说，只是两个孩子闹脾气而已。路霄只是被拘留了几天，出于愧疚，他说服双方父母让她回到学校宿舍。

多么讽刺，所有人都可以将她的尊严肆意践踏。

她常常想，干脆什么都不管了，坐上火车随便到哪个地方，只要能离开盐溪、离开他们就好。

可路霄却冷冷地提醒她，他们随时可以报警找到她。

她不能不懂事，不能不孝顺。

云雨生就这样痛苦着，被控制着，好在毕业以后，她逐渐看到了一点儿希望。

她要去过自由自在的日子。

“欠的那些钱，我今晚就一次性转给你。”

云雨生垂下头打开手机微信，她从来没有问过任何人借钱，但为了摆脱路霄，眼下唯一的办法就是先跟段晴霁借一些钱。

眼看上课铃响起，没有再多时间和路霄纠缠，她先把微信里剩下的钱全部给他转了过去。

“不要来学校找我，就当我求你了。”

说完，云雨生转身走了进去，而身后的路霄掐灭了烟头，眸光晦暗不明。

下了课，云雨生才发现段晴霁给她的银行卡直接打了八万。

段晴霁发来消息：出什么事了？

她眼眶有些湿润，赶紧回复过去：没什么，别担心。

段晴霁又发了过来：够吗？如果不够你再找我。

站在人来人往的操场，她的眼泪陡然跌落，她真的特别喜欢现在的生活，不愿意再回到过去的黑暗中了。

云雨生用手背擦了擦眼泪，终于给路霄回了电话。

“……我们见一面吧。”

她选了一个离六中特别远的咖啡厅，刚坐下，就看见路霄懒懒散散地走了过来。

“我是不会和你结婚的。”无论路霄说什么，云雨生都固执地重复着这一句话。

他勾起嘴角：“攀上高枝了？”

云雨生把刚从银行取出来的钱连带着包一起推了过去：“这些是剩下的钱，你回去吧。”

“谁要你的钱了。”路霄满不在乎，“我家老头儿最不缺的就是钱。”

手机振动了两下，是程千峪发过来的消息：在哪儿？我去接你。

云雨生的眼里闪过一丝慌乱，被对面的路霄敏锐地捕捉到。

“你的小男友？”他放下杯子，语气轻慢，“你妈还不知道你回北涪了吧？”

云雨生失去耐性，不愿意再和他浪费表情和语言，起身离开。

她又打了车回到六中，刚下车就看见门口停着的黑色卡宴。

程千峪在篮球场边上站着，身形清瘦挺拔，将黑色夹克穿得格外有型。

他的头发被风吹得凌乱，眉骨硬朗凌厉，一双凤眼水光潋滟，光是安静地伫在那里就惹得路过的人纷纷侧头看来。

远处夕阳还未收尽最后一丝余晖，晚霞满天，玫瑰色的光线落在他的侧脸，将男人的眉眼都染得柔和了几分。

学校广播站的音乐之声准时响起：“微凉的傍晚有你陪着我，晚霞再美不及你眼眸的颜色……”

云雨生突然不敢往前，脚下像被藤蔓缠住，一步也无法挪动。

她是那样害怕，所有的美好会在下一秒被瞬间打破，变成幻影，支离破碎。

在云雨生失神的时候，程千峪已经转过身来走向她。

“怎么了？”

云雨生摇了摇头，却笑不出来，脸上有些明显的疲惫：“有点儿累。”

下一刻，程千峪在她面前蹲了下来：“那我背你回家。”

身旁时不时有人经过，云雨生又羞又急，伸手拉住他：“快起来呀。”

他难得地固执，漆黑的眼染上笑意，波光粼粼：“你上来，我就起来。”

“这么多人，被看到了不好。”她忍不住跺了跺脚，脸颊发烫。

程千峪挑了挑眉，有些无赖：“我背我女朋友，谁敢有意见？”

最后僵持不下，还是云雨生败下阵来，羞红了脸，小声撒娇：“别闹了……”

他心里分外舒坦，总算站起身来。玫瑰色的黄昏里，两个人手牵着手，慢慢地朝着家的方向走去。

接下去的日子，路霄没有再出现。

云雨生心里的不安和恐慌一天天减少，结束了一个学期的工作，迎来了寒假。

程千峪最近下班的时间越来越早，晚上的时候，她在客厅里看着选秀节目，而他在一旁对着电脑敲代码。

每次到了广告时间，她侧眼看着身旁眉眼冷峻的男人，总是有些恍惚。

十五岁那年坐在自己身旁奋笔疾书的少年，和二十五岁对着电脑认真专注工作的男人，面容慢慢重叠，多么神奇。

兜兜转转，上帝又把程千峪带到她的身边。

自从放了假，办公室的老师们都有些无所事事，整天瘫倒在沙发煲剧。有天余老师打趣，说是哪个老师能占领她的微信运动排行榜第一，就给对方发个大红包。大家一下被激励，暗暗较劲儿，都想拿步数第一占领封面。

云雨生看着自己的步数每天都垫底，觉得有些没面子，于是每天都在客厅里晃来晃去，把自己累出一身汗来。

程千峪知道了缘由后，拿过她的手机一顿操作，三两下后，又还给了她。

接过手机一看，云雨生直接愣在原地。屏幕上显示她的步数翻了好几倍，一下子就登顶了好友圈第一。

她有些崇拜地看向他："你怎么这么厉害？"

程千峪不动声色："……写了个小程序，很简单。"

还有某次她坐在客厅里玩着段晴霁送的拼图，结果程千峪又随手做了个网页，把链接发给了她。

云雨生一打开，页面上是一个拼图小游戏，把每一个部分拼凑到一起，才发现整个图案原来是自己的照片，还是高中那会儿段晴霁偷拍下来的。

"……你怎么还存着这张啊？"她越想越不对，"你是不是还有其他的照片？"

程千峪眼疾手快地合上电脑，面不改色："没有。"

直到后来的某天，云雨生用他的电脑做教学课件，无意间发现他的桌面上有一个文件夹格外显眼，被命名为：Rain。

好奇心促使云雨生偷偷点开，看到第一张照片的瞬间，她的眼眶一下子湿润。

那是高二的体测，她奔跑在赤红色跑道上，刘海儿被风吹起，瞳仁清澈透亮，小脸绯红。尽头的少年将这一幕定格在手机里，而她根本没有察觉。

转眼就到了一月下旬，随之而来的还有云雨生的二十四岁生日。

以往这一天云雨生都是和寻常的日子一样过，然而今年，段大小姐举手发誓一定要让她过一个终生难忘的生日。

程千峪因为公司还有事情没有处理完，一早就出门了。云雨生是被祁序和段晴霁砸门的声音吵醒的，她睡眼惺忪地起来给他俩开了门，本来还准备回去睡个回笼觉，可那两个人嘻笑打闹，吵得她睡意全无。

祁序吵着要看《咒怨》，三个人挤在同一张沙发上被吓得鬼吼鬼叫、瑟瑟发抖，结果门铃突然被按响，弄得他们差点儿魂飞魄散。

段晴霁踹了祁序一脚："滚去开门。"

作为全场唯一一个男人，祁序不情不愿地径自走到门边，一打开发现不是订的外卖到了，来的是个陌生的中年女人。

"大婶，你找谁啊？"

听见这一声，云雨生抬头朝门外看了一眼，在看清来人那张脸的一瞬，身体陡然僵硬，脸上的笑容瞬间凝固。

门外站着的，是自己许久未见的母亲——许慧芬。

她是怎么找到这儿来的？

云雨生起身走了过去："妈……您怎么来了？"

祁序看了看眼前的大婶，又看了看云雨生，才后知后觉，两个人的眉眼有些相似。

许慧芬直接越过祁序上前，鞋子都没有脱，在光洁的地板上踩下一片泥点。

"你还要不要脸了？"

许慧芬的这一巴掌极其用力，又快又狠，落在云雨生的脸上，瞬间留下清晰的五指印。

段晴霁嘴里塞着的薯条掉到地面，空气中是死一般的沉寂。

云雨生还没有反应过来，手腕被许慧芬紧紧拽住，那样用力，仿佛要把她的手掐断。

"跟我回家，你这个没脸没皮的小畜生。"

女人嘴上骂骂咧咧，拽着云雨生就要出去，却被祁序眼疾手快拦住：“不是，你这大婶怎么回事，干吗打人啊？”

他迅速把门关上，上前想把两人分开，语气也严肃起来：“我警告你啊，赶紧把她放开。”

段晴霁已经跑了上来，挡在云雨生面前：“阿姨，有话好好说。”

云雨生垂下眼睫，看着地板上黑色的脚印。

程千峪有很严重的洁癖，每天下班回来无论多累都会花时间把整间屋子打扫一遍，将地板擦得一尘不染。

她觉得，被毁坏的，不只是干净的地板，还有她的整个身心。

当着朋友的面，自尊心再一次被眼前怒目圆睁的女人——她名义上的母亲踩在脚底，而对方显然根本不觉得自己有任何不对。

这一刻，云雨生长久以来累积的委屈和不平彻底爆发。

“我不要脸？”

她仰起头，直直地望进许慧芬冷漠衰败的眼。

“您告诉我，我怎么不要脸了？”

许慧芬冷笑一声，振振有词：“人家霄霄都告诉我了，你在跟一个男人同居，我就是这么教你的？”

前些日子，路家人联系上许慧芬，说是两个孩子不合适，加上云雨生也把钱还给路霄了，于是决定解除婚约。

这她哪能答应，先不提这死丫头背着自己傻乎乎给人家送钱，就说解除婚约这事，她是一万个不同意。

路家是什么人啊，盐溪首屈一指的富商家庭，又只有路霄一个独苗。当年许慧芬怎么也没想到路霄能看上自己的女儿，她高兴得一夜没睡着。攀上路家这层关系，以后儿子云日升的下半辈子也吃喝不愁。

就这么一个金龟婿，哪有放跑的道理？

“你自己看看你现在过的是什么日子？霄霄房子都买好了，就等着你们领了证搬进去，多好，你怎么就不知道珍惜？

“我供你吃供你穿，辛辛苦苦把你拉扯到这么大，你倒好，不声不响辞了工作，跟一个穷小子窝在这种地方！”

还是同样的陈词滥调，用着所谓的“生育之恩”压得云雨生喘不过气，无处可逃。

眼前的女人早已不再年轻，声音嘶哑，并没有多少的力量，却如雨点一般，浇得云雨生浑身冰凉。

“妈！”云雨生已经没有了眼泪，“我真的很累。”

用力挣开被许慧芬拽住的手，她自顾自继续说道：“我真的很爱您和爸爸，可是我真的很累，特别累。

“我从来都没有跟您顶嘴过，因为我知道你们很辛苦，我一直都很懂事啊。

“可是，您从来都没有理解过我、保护过我，我也是人，不是钢铁，我也会疼，您知道吗？”

一次次的拳打脚踢，一次次将她推入火坑，云雨生越来越绝望地发现，她爱着的母亲，根本不是来保护她的。

更不如说，她人生的大部分伤害和阴影都是由她的母亲带来的。

许慧芬会知道她总是整夜整夜睡不着吗？会知道大学时她甚至有过轻生的念头吗？

祁序已经率先反应过来，立刻做出送客的姿态：“大婶，今天是雨生的生日，如果你是来给她添堵的，那不好意思，我这人向来不懂尊老爱幼。”

他刚打开门，程千峪和谢殊越正好走出电梯，见到这场面，他们都愣了一下。

许慧芬却是误会了，她下意识以为祁序就是路霄嘴里那位和云雨生同居的小男友，劈头盖脸就骂了过去：“我教育我的女儿，和你有什么关系？”

祁序哧了一声：“教育？冲到别人家里来动手撒泼，也算教育？”

“她是我生的，轮不到你一个外人来指手画脚！”许慧芬转过头，“还有你，别以为我跟你爸会同意你跟这么个穷鬼待在一起，马上就收拾东西跟我回家。”

在她破口大骂的同一时间，程千峪已经来到云雨生面前，淡漠的视线落在她脸上的红痕上，语气里听不出任何情绪：“她打的？”

云雨生轻轻推开挡在自己身前的程千峪，声音冷静：“妈，我不回去。钱我已经都还给路家了，我不欠他们的了。”

这一句话彻底激怒了许慧芬，她随手拿起鞋柜上的羽毛球拍，高高举起，重重落下。

云雨生闭上了眼，然而想象中的疼痛却没有出现。

羽毛球拍落到程千峪的背上，声音响亮，令人无法忽视。

云雨生后知后觉地睁开眼，又是错愕又是心疼，他明明可以躲开的，可他没有，像是故意为了她承受这一份疼。

“阿姨，我是她的男朋友。”

男人身形高大英挺，身上的驼色长款外套一看就价值不菲，尤其是举手投足间那种长期身处高位的沉稳气息，一下子把许慧芬震慑住。

程千峪垂下眼眸，另一只手轻轻揉了揉云雨生的头顶，用眼神示意和安抚她：“你先进去。”

段晴霁顺势把云雨生拉着往里边走，走到房间把门关上。

看见云雨生进了屋，程千峪终于松开握住球拍的手，低头看着面前的中年女人，眸光不带一点温度，语气冰冷，客气而疏离：

“阿姨，我们到楼下谈一谈。”

关上门，云雨生的眼泪瞬间决堤。段晴霁柔声哄了半天，见她哭红了眼，一边哽咽一边问：“我是不是很丢脸啊……”

段晴霁心疼得不知所措：“哪有，小时候我也没少被我妈揍。”

为了转移云雨生的注意力，段大小姐不得不绘声绘色说起自己七岁那年，一时心血来潮，趁她妈妈午睡的时候拿了把手工剪刀咔嚓咔嚓，愣是把她妈妈一头柔软垂顺的长发折腾成参差不齐、狗啃一般。她妈妈一醒来看到镜子里的自己完全崩溃，提着扫把追了她十几条街，揍得她哇哇大哭。

在好友的陪伴下，云雨生的心情逐渐平复下来。

因为许慧芬的突然来访，几个人也没有了玩闹的心情，分完了生日蛋糕又说了会儿话，他们都默契地找了理由离开。

晚上程千峪回来的时候，云雨生正趴在地上拿着抹布擦地板，神情认真，看起来情绪已经恢复得差不多。

他在玄关处脱了外套，换上室内拖鞋，沉默地拦腰打横将她抱回沙发。

“你——”

云雨生被吓了一跳，随即苦笑了下：“我妈没为难你吧？”

程千峪抽了张纸巾轻轻把她手上的水珠擦干，又缓慢抬手将她的下巴捏住，盯着她脸上还未完全散去的痕迹，眸光晦暗不明：“还疼吗？”

云雨生摇了摇头：“不疼，我都习惯了。”

不过是一个巴掌，与衣架落在身上的感觉比起来不值一提。

习惯了。

这三个字就像一把生了锈的刀一下子捅到程千峪的心尖，钝痛感袭来。

程千峪不自觉握紧拳头，这些年，在他看不见的地方，云雨生到底一个人承受了多少委屈？

男人俊颜微凛，漆黑清冷的眼翻涌着阴冷的戾气，用指腹轻轻摩挲着她脸上红色的指印。

“她不会再来了。”

那个女人开出了条件，无非是要钱，程千峪爽快答应了。

想到陈煊在电话里所说的，有关于云雨生当年被更改志愿之后发生的一系列事情，程千峪握紧拳头，拼命压着心里的火气。

如果那个姓路的此刻出现在自己眼前，他真的不敢想象自己会做出什么。

他会让这些人付出代价的，但这些没有必要让云雨生知道。他的女孩儿，只需要开开心心继续守着阳台上的花过每一天就好。

程千峪一蹙眉，云雨生就忍不住想伸手把它抚平。

云雨生按住他的手，抬眼认真看他。

这样的夜晚，她突然很想告诉他，所有的一切，毫无保留地全部告诉他。

“小时候，我是跟着奶奶长大的。我爸我妈只有春节的时候才会回来，我记得我妈穿着很洋气的外套，远远站在那里。

“当时我就想，我要赶紧去告诉隔壁家二丫，我不是没人要的野孩子，我有妈妈的，我妈妈很漂亮。

“可是我身上很脏，手上和裤腿都是泥巴。我看见妈妈皱眉，我立马跑去水井边打水洗手。

“可是她不喜欢我。春节过完她就走了，他们坐上车，我在后面拼命追，拼命追，可是我追不上她。”

说这些的时候，云雨生始终是笑着的，程千峪却胸口发堵。

“我很想妈妈，很想她身上的味道。

“四年级的时候老师让我们写一篇作文，题目是——《我的妈妈》。同桌得了满分，老师念给大家听。她写的是，当她生病时，她的妈妈冒着大雨背着她去医院。

“我好难过啊，真的。我生病的时候，发高烧一直降不下来的时候，我妈妈不在我身边。

“我总是一个人，走在路上自己和自己说话。班上的男生们总是欺负我，因为他们知道，就算我哭得再厉害，我的爸妈也不会来学校和老师告状。没有人管我，我常常告诉自己，没事的，很快妈妈就会回来接我了。

“十五岁的时候，我终于回到妈妈身边，可她讨厌我。她让我剪了头发，我就剪了，我很乖的。可他们还是不喜欢我，想送走我。她说，我是赔钱货，如果没有生下我，她的人生不会像现在这样糟糕。怎么办，连她都不喜欢我？我觉得自己好像真的，特别、特别多余……”

云雨生笑着笑着，还是没能控制住自己哽咽出声，这些年来，她从来没有像今天这样和任何人吐露过自己的心声。

“你很重要。”

程千峪将下巴抵在女孩儿柔软的头顶，用手轻轻拍着她的后背，低声继续说道：“你很努力，很关心学生，你带的那帮孩子也很喜欢你，他们的眼睛不会骗人。”

他的女孩儿，心思敏感，骨子里极其自卑，却又比任何人都努力和上进。

以前的她熬夜刷题，会因为一次考试失误躲在教室里偷偷哭泣，也会因为努力得到回报而雀跃。现在的她在台灯下认真备课，下了课也会关心学生的小烦恼，为他们答疑解惑。

不知道是从哪天起，程千峪的眼眸总是不自觉追随着坐在自己身旁那个单薄瘦弱的少女。

想让她开心，想一直陪着她。

不知不觉，早已情根深种，而那时他们还浑然不知。

“我还没有跟你说过，我有多爱你。”

说出这句话时，程千峪的耳根红得滴血，狭长漆黑的眼专注地盯着怀里的人。

他的视线灼热，带着难以忽视的温度落到云雨生的脸上，云雨生胸口微微一窒。眼下的泪痕被他轻轻拭去，他的指腹温热，像是电流经过一般，激起皮肤一阵战栗。

“以后有我，我不会再让你难过了。”

如果可以，他多想早一点儿出现，在那些她一个人被悲伤笼罩的年月里，走到她身边，为她打伞，告诉她，这个世界还有很多人爱她。

“你可以害怕，可以脆弱，可以和我撒娇，我一直都在。

“雨生，跟我回家吧。”

程千峪低下头来，看着女孩儿琥珀色的瞳仁，耐心地等待着她的回应。

过了很久，像是有一个世纪那么漫长，云雨生终于点头，瓮声瓮气：“好……”

跟程千峪回家，勇敢地站在他的身边。

桌上七零八落的，还有剩下大半的蛋糕，程千峪却不让云雨生收拾，霸道地把人扛了起来，走到房间的大床上才放下。

“还有十分钟，许愿吗？”

云雨生眼睛肿得像核桃，轻轻摇头：“吃蛋糕的时候许过了。”

她的愿望是，程千峪一直陪在她身边。

“那拆礼物吧。”

被他提醒，云雨生才想起墙角摆放的那一堆礼盒。

其中有一大半是谢殊越今天从楼下搬上来的，说是程千峪为她准备的惊喜，离手边最近的是段晴霁送来的，粉色的礼盒上打着漂亮的蝴蝶结。

云雨生刚一打开，眼前猝不及防出现一块轻薄到近乎透明的黑色蕾丝布料。

似乎是，一条内裤？

云雨生并不确定，总之，是很不正经的东西就对了，她面红耳赤，想要盖上盒子已经来不及。

程千峪似笑非笑，嘴角勾起的弧度恣意又邪气：

“不去试试？”

云雨生慌乱地把礼盒放下：“试……什么？”

他却伸手拿起那个盒子，用手指钩起那块薄薄的布料，一双凤眼水光潋滟，眼下那点朱砂痣透着几分说不清的意味。

“我再看看别的。”

云雨生急忙转身去拆其他的盒子，好在其他的礼物都很正常。

VanCleef&Arpel 玫瑰金钻石腕表、Dior 的马鞍包、TOM FORD 限量口红礼盒、miumiu 游转幻境香水……都是一些女孩子看到就爱不释手的玩意儿。

“这些……都是给我的？”

她不可置信地数了又数，有整整二十三件。

“还剩一个没拆，不看看吗？”

云雨生这才看到角落里那个长方形的盒子，抬手拿了起来，重量特别轻，她的好奇心一下子被勾起。

“这是什么？”

程千峪却不回答，黑眸的颜色渐渐加深。

她慢吞吞地将它拆开，脑海里闪过各种猜测，然而当她真的看到的那一刻，还是诧异得手指完全滞在半空。

盒子里安静躺着的，是一份房产赠与协议书，白纸黑字，清清楚楚。

赠与人后那三个字云雨生再熟悉不过，是程千峪，而受赠人写的是她的名字。

云雨生张了张口，说不出半个字来。

程千峪轻笑出声：“什么时候有空，一起去把手续办了？”

那栋被视为北涪的地标建筑、价值上亿的大厦，他就这样轻描淡写地，将它作为生日礼物送给了她。

从错愕中反应过来，她将那份协议书推了过去：“你别开这种玩笑……”

程千峪却很认真：“你不喜欢吗？”

“不是！你——”她瞪了他一眼，“这太贵重了……”

“是有点儿贵。”程千峪佯装叹气，“所以如今我是一穷二白，还得靠小雨老师养我了。”

那份协议书又被他推了过来，男人挑了挑眉：“小雨老师，可以吗？”

他难得用这种语气和自己说话，略带撒娇，云雨生心慌意乱，全然不知所措。

“不早了，你快出去，我要睡了！”

女孩儿红着脸，用力把程千峪推了出来，“啪”的一声将门关上。

看着合上的房门，程千峪低垂着眼，闷笑出声：“……生日快乐。”

祝他的女孩儿今后所有的日子里，都是阳光万丈，道路平坦。

十五岁的云雨生曾经说过，这个城市很大，却没有一处属于她。

如果真的有穿梭时空的机器，程千峪想回到那个时候，回到云雨生离家出走的那个晚上，回到她躲在废弃球场偷偷哭泣的时候，跑过去告诉她，不是的，在未来，少年会在北涪的最高处写上她的名字，给她一个家。

爱她这件事情，他会用漫长的岁月来告诉全世界。

临近春节，程千峪总算给自己放了假。

除夕那晚，云雨生第一次踏进程家在市中心住了好几年的那套房子。

和程千峪说的一样，他的母亲性格很是温和，见着两人，高高兴兴地上前来接过云雨生手里拎着的水果。

“不是说了吗？回家来把人带上就行，以后别买这么多东西了。”

程千峪的父亲慈眉善目，从沙发上起身戴上眼镜：“快进来坐，就等你们回家吃饭了。”

晚饭很是丰盛，程母一边时不时给云雨生夹菜，一边唠叨着：“这姑娘哪里都好，就是瘦弱了些。”

“你们年轻人啊，就是不把身体当一回事，阿峪一工作起来就常常忘记吃饭，迟早把身体弄垮了。”

听到丈夫这么说，程母附和道：“就是，身体可是革命的本钱。阿峪要是没时间做饭，小雨你就过来跟我们吃，你叔叔做菜可是有两下子的。”

云雨生像小鸡啄米一般点头，却是越来越放松。

程家的氛围和她家截然不同，一家人和和乐乐的，这个春节可以说是她二十几年人生中过得最轻松自在也最开心的一个。

其间谈到未来的规划，云雨生说起自己准备在职考研的事情，程母很是赞同——“能找到自己喜欢做的事情是好事，我们做父母的，一定全力支持你们。”

吃过年夜饭，云雨生下意识收拾碗筷擦桌子，却被程千峪的妈妈拦住。

“女孩子家家的，这手总是沾水可不好。”她笑眯眯的，“让他们爷俩刷碗去，你陪我看会儿电视。”

云雨生有些茫然，看了程千峪一眼，他正戴上手套：“去吧，哥哥洗了碗就来陪你。”

当着程父的面，这人就这样没脸没皮，云雨生瞬间红了脸，慌忙逃到客厅去。

她从来没有看过春晚，而这一年春节，她在程千峪的家里第一次好好坐下来看着电视机里的节目，内心是从未有过的安定。

“小雨还没看过阿峪小时候的照片吧？”程母神神秘秘，把云雨生拉到主卧，在抽屉里找出一本厚厚的相册。

“这里啊，是从他出生到高中毕业为止的所有照片。”她把相册摊开来，一张一张介绍着，“这是阿峪刚出生的时候，我当时看到的第一眼都急哭了，琢磨着这孩子怎么这么丑呢？”

看着照片上胖乎乎闭着眼睛的婴儿，云雨生哭笑不得。

“还好后来长开了，我一看，皮肤白、眼睛大像我，鼻子挺这点像他爸，我才放下心来。结果你猜怎么着？”

程母指着另一张照片，上边的小男孩儿估摸有十三四岁，脸庞稚嫩而俊美，面无表情的样子有些不合乎年龄的稳重。

“他呀，自打上了幼儿园以后可受女孩子欢迎了，大家都争着抢着要跟他玩，还有女孩子为了和他做同桌都打架了，可把我乐的。

“但是吧，我们家阿峪从小就不爱笑，跟他爸一模一样，性子闷得很，也不跟女孩子来往。我还一直担心他会不会找不到女朋友……”

看着那一张张照片，云雨生也入了迷，十六岁的少年眉目矜冷，眸光深冷，透着化不开的寒意。

程千峪似乎特别钟爱黑白，衣服几乎只有这两个颜色。穿上黑色时，少年桀骜不驯，有种生人勿近的阴郁和冷感。换上白色时，他周身气息清冷，却又有种清风朗月的温柔感。

直到听见程千峪单手叩门的声响，云雨生才呆呆地抬起头。男人半倚在门框边上，神情疏懒，朝着她勾了勾手。

云雨生起身走了过去，他刚洗了澡，濡湿的黑发贴在光洁的额头上，肤色净白，长睫沾了水珠，唇色被水汽蒸得有些殷红。

看着就，有几分可口。

云雨生不自觉咽了咽口水：“……怎么了？”

程千峪垂下头，漫不经心道：“想陪老爸喝点儿酒，今晚不回去了？”

喝了酒的确不适合开车，而云雨生又没有驾照，她迟疑了下：“那我打车回去？”

男人漆黑清冷的眼染上水光，似笑非笑：“你觉得我会让你一个人回去？”

“可是……我没带换洗的衣服。”

刚说完，云雨生就被程千峪抓着手腕进了他的房间。

男人打开衣柜，神情很是自然：“将就一下？”

她无奈地点头，皱着眉开始翻找。他的衣服都偏大，她随意拿了一件浅色条纹衬衫当作睡衣，红着脸进了一边的浴室。

拧开热水，水汽氤氲，脸上的温度逐渐攀升。

听着程千峪和父母道完晚安把门合上的声响，云雨生有些心慌意乱，脚下一滑差点儿摔倒。

摆台上的沐浴露和他们小家里的一模一样，带着淡淡的佛手柑的香味，她半躺在浴缸里，脑袋完全放空。

直到感觉大脑有些缺氧，云雨生才慢吞吞起来擦干身体穿上衣服。程千峪的衬衫穿到她身上长度直接盖过屁股，松松垮垮的。

总觉得这样出去她会因为心跳频率过快而昏倒，视线落到门后挂着的男士家居服，她踮着脚将它拿了下来，披到自己身上。

缓缓打开门，靠在床背上玩手机的男人一下子就望了过来。

她头上裹着浴帽，小脸被热气蒸得像是熟透的虾，娇小的身躯被包裹在毛茸茸的家居服里，衣服下摆垂到小腿处，看上去完全是个偷穿大人衣服的小孩儿。

程千峪收回视线，喉结不自在地滚动了几下。

云雨生慢吞吞地走到床的另一边坐下，他的床很软，铺着深灰色的真丝床单，整个房间的主色调是浅灰，有种性冷淡的感觉。

她垂下眼睫，突然感觉周围的空气都被抽空，变得稀薄，呼吸渐渐不畅。

余光中，男人修长白皙的手放下了手机，拉开抽屉，从里边取出了黑色的吹风机。

“过来，我给你吹头发。”

也许是错觉，云雨生总觉得程千峪的嗓音比平时还要喑哑几分，沙沙的，又低又沉。

“哦……”

她缓慢地往他那边挪动，将浴帽摘了下来。

他坐直了身体，打开了吹风机，骨节分明的手指轻轻插入女孩儿浓密的发丝中，动作十分温柔。

不知道是因为吹风机“嗡嗡”的声响，还是因为剧烈的心跳声，云雨生的大脑一片混乱，连手都不知道该往哪儿放。

时间变得格外漫长，过了许久，程千峪终于拔下插头。

“穿这么多，不热吗？”男人的声音带着明显的笑意，嘶哑而凉，从她的耳畔拂过。

屋里开了空调，加上刚洗完澡，的确有些热了。

云雨生钻进被窝，才慢腾腾地将外边套着的家居服脱下。她刚探出个头来，就对上程千峪那双漆黑凛冽的眼。

视线蓦然对上，空气一下变得浓稠。

程千峪的喉咙突然有点儿发干，没有哪个正常的男人在看到女朋友穿着自己衬衫的情况下，还能够面不改色，他也一样。

渴求了多年的一个梦，终于被他紧紧握在手心。

当她那双水雾弥漫的杏眼看了过来，程千峪听见脑海里那根名为理智的弦彻底绷断的声音。

克制不了，他也不想再克制。

翌日。

云雨生醒来的时候，才发现喉咙很干，身体里所有水分仿佛都被抽干。

她气呼呼地洗漱完，房门被打开，程千峪提着餐盒走了进来。

看样子他应该是刚跑完步回来，额前的汗水还未散去，黑色毛衣薄薄的布料贴在精壮的胸膛上，手臂肌肉线条野蛮流畅。

浑身散发着荷尔蒙的味道。

虽然昨晚折腾到半夜，但是他看起来却神采奕奕。

云雨生不愿看他，自顾自玩着手机。

程千峪放下餐盒，径直朝她走了过来，揉乱她的头发，嗓音清冽：“早。”

她背过身去，仍是看着手机屏幕，凉凉开口：“……哦。”

听见他轻声笑了下，转身去拿早点，在她面前坐下，极其耐心地用勺子一点儿一点儿地给她喂皮蛋瘦肉粥。

“多吃点儿，老祁他们一会儿过来。”

刚说完，云雨生的手机便振动了两下。

打开来，是段晴霁的消息：你俩跑哪儿去了，我敲了半天门都不开。

云雨生赶紧回复过去：我在程千峪他们家。

段晴霁几乎是秒回：？？？

三个巨大的问号已经能完全概括她的全部心情，她随即又发了一句：我马上过来。

几个人陆陆续续到了程千峪家，又再次浩浩荡荡出了门。

这一次的目的地是，六中。

几个人找到当年自己所坐的位置，一瞬间有种时光倒流的错觉。

“同桌，早啊。”身旁的人侧头朝她看了一眼。

云雨生微抬下巴，笑着看他：“早啊，同桌。”

程千峪突然开口：“闭上眼。”

她有些不解，却还是下意识乖乖照办。

四周一片安静，连祁序那个大嗓门儿也出乎意料地不再说话。

有风轻柔吹拂过她额前的头发，眼皮凉凉的，她的脑海里突然闪过一个念头。

“程……千峪？你们在弄什么？”

没有人回答，她又试探性开口：“小霁？”

然而一向闹腾的段大小姐也没有回应。

心里的疑惑不断扩大，云雨生莫名紧张起来，手指不安地攥紧校服下摆，心跳声“怦怦”。

耳边逐渐响起窸窸窣窣的声响，鼻腔间嗅到一阵浓郁的甜香。

云雨生掀开眼皮，落入眼中的是满眼的红，一大片娇艳欲滴的红玫瑰，美得惊心动魄，铺满了面前的课桌，将她包围。

晨光中，穿着蓝白校服的少年推开教室后门，眉眼清俊，大步朝云雨生走来。在云雨生诧异的视线中，他虔诚地单膝跪下。

“你……”她张了张口，手指微微颤抖，心跳声如擂鼓。

在云雨生清澈的目光中，程千峪缓缓打开了手上的戒指盒。

红色丝绒盒子里，安静躺着一枚耀眼夺目的钻戒，内圈刻着“Rain”的英文字母。

他缓缓开口，耳根泛红：“2011年8月29日，在去总务室的路上，有个笨笨的女孩儿撞上我的后背。新学期第一天，她成了我的同桌。

“认识她的那天，我从未想过，未来她会牵动着我所有的喜怒哀乐。

“她说，她害怕婚姻，害怕没完没了的争吵。可我想不出，未来的我和她会因为怎样的事争吵。我只能保证，如果有那么一天，我一定会先一步向她承认错误。

“我想一直陪着她，照顾她。”

云雨生的眼眶已经完全被泪水润湿，模糊的视线中，程千峪神情专注，郑重而缓慢地问：

“雨生，你愿意嫁给我吗？”

一旁的祁序、谢殊越，还有不知道从哪儿冒出来的陈煊、周蛮蛮不约而同地大喊着：“嫁给他！嫁给他！”

而段晴霁已经激动得红了眼，一边跟着他们喊着，一边抽抽搭搭。

云雨生吸了吸鼻子，又想哭又想笑，看着身前紧张得额头沁出汗的男人，终于开口：

“我好像，还没有对你说过那句话。”

她微微俯身，将左手放入他的掌心，缓慢地与他十指相扣。

“程千峪，我喜欢你，从以前到现在，我也一样，一直没有变过。”

即使那六年，她没有任何关于他的消息，在她心底，程千峪也从没有离开过。

六年前那个夏天，她心里真正的答案，终于在这一刻被和盘托出。

“我愿意。”

原来，这世上真的会有人始终坚定不移地走向她。

多么庆幸，漫长的时光洪流也没能将他们冲散。

和程千峪去领证的那天早上，云雨生一个人推开了云家的门。

想来程千峪之前已经和许慧芬他们打过招呼，云雨生进门的时候，父亲正在客厅喝茶，脸上喜气洋洋，户口本已经放到茶几上。

许慧芬从卧室出来，难得给了云雨生一张好脸，只是仍不忘唠叨着，要她尽快生个儿子，把程家人拿捏住，话里话外又提到云日升——

“你现在飞上枝头了，可得多帮着点儿弟弟。”

云雨生本来不欲多言，直到许慧芬硬塞过来一枚所谓从大仙那儿求来的生子符，她不得不坦诚相告：“我不打算生孩子。”

这话一出，夫妻俩都吓了一跳，尤其是许慧芬，脸都绿了。

“大白天的，你这死丫头又在说什么胡话？”

对方这着急的模样，让云雨生突然很想笑，她认真地问：“妈妈，对你而言，我是什么？”

是随时可以放弃的累赘，是失败的试验品，还是高价出卖的货物？

她不知晓答案，也不再在意许慧芬的回答了。

临走前，云雨生定定地看了这个家最后一眼，而后，终于毫不留恋地合上门离开。

不再去听背后那对夫妻无休止的争吵和辱骂。

走下楼梯，程千峪已经在楼下等了许久。

日光下，男人身形高大挺拔，穿着笔挺的西装，袖口处精致的银色袖扣亮得晃眼。

见到她的一刻，他的眉眼瞬间变得柔和。

“办好了？”

云雨生仰头，语气认真：“办好了。”

程千峪一手牵住她，另一只手抬高了些挡住射向女孩儿脸上的阳光。

“程千峪，我们……”

云雨生停下脚步，有些不知道如何开口，在她犹豫的同时，程千峪的神情掠过一丝慌乱，下一秒，握着她的那只手不自觉用力。

“……你后悔了吗？”

一向冷清的人，难得也有如此慌乱的表情。

她没忍住笑出了声，踮起脚来，手指轻轻抚平了程千峪蹙起的眉头。

“不是，我不后悔。”

云雨生顿了顿，才开口：“我是在想，我们能不能不要生孩子？”

她害怕，害怕自己会变成母亲那样的人，害怕她的孩子会重复自己的悲剧。

尽管，她一直在努力让自己释怀，但想治愈童年那个无助的自己，也许还要花上很长很长的时间。

面前男人紧绷的神情终于松弛下来，他轻轻呼了一口气，手指微微用力捏了下云雨生的耳垂，语气分外认真：“我只要你。”

云雨生怔住，又听程千峪说：“你想生孩子，咱们就生，我会努力挣钱让你们过上安稳的生活；你不想生孩子，那就不要。我只想让你开开心心的，做你想做的事情就好。无论你想选择哪种生活方式，我都会支持你。”

她喃喃道：“可是别人会说……”亲朋好友的打探和关心，他们难免要面对。

程千峪弯下腰，视线与她平行：“笨蛋，你怎么总是忘记？”

云雨生愣愣的：“啊？”

“在我这里，你永远是第一位。别人的想法，和我们有什么关系？人生这么短，我们已经错过了六年，再来一个孩子，会分走我跟你的时间。”

程千峪没有说出口的是，自从听祁序那家伙说起孙婉妍生产时差点儿因为羊水栓塞丢了性命后，他就一直害怕，他的小姑娘这么瘦弱，如果真的怀孕了，那得吃多少苦头？

他舍不得，何况，这一辈子，他的所有爱只能放在她身上，再分不出来多一分给其他人了，即使那个人是自己的孩子。

办理结婚的流程并不复杂，在签下名的一刻，云雨生侧眼看去，身旁的人神情很是认真，鸦羽般的长睫微微颤动，握着黑色水笔的手有些抖，她的心又柔软了几分。

后来程千峪说，那是他这一辈子写下自己名字最用心的一次。

从民政局出来后，他们看见了一对年迈的夫妇。

老爷子步履蹒跚，一手搀扶着老太太，一手拿着一枝红玫瑰。

她情不自禁地感慨："真好。"

程千峪从身后搂住她，下巴抵在她的头顶："程太太，咱们回家吧。"

日光耀眼而温柔，他突然就想起十年前的某天，少年抱着篮球走在去往废弃球场的路上，无意间瞥见蹲在路灯下后背微微颤动的小姑娘。

少女抬头时，程千峪才看清她的脸，少女皮肤很白，浅褐色瞳仁是他从未见过的清澈，有些尖的下巴看上去柔弱可怜。

那时候他对于感情还处在懵懂混沌的状态，亦不懂得那种怜惜的心情就是喜欢。少年只是单纯地想，如果她能笑一笑，一定很好看。

开学那天，程千峪在进教室的第一眼，又看到了坐在最后一排角落里的她。少女看起来很安静，和周围的喧闹格格不入。

他想也没想，抬腿朝她走去。

那次是程千峪这一辈子第一次主动接近一个女孩儿，也是最后一次。

因为她，少年从此爱上了雨天。

在分开的两千多个日夜，程千峪从来没有忘记过云雨生。

他常常坐着过夜火车去她出生的那个小城，在她宿舍楼下站着，只为了远远看她一眼。

谢殊越曾说，既然喜欢，既然放不下，那就去抢过来。

程千峪苦笑了下，他不是没想过，不要当什么君子了，直接把人困在自己身边，让她再也离不开他。

可他做不到，他无法随心所欲，无法委屈自己喜欢的姑娘。

爱她，所以尊重她所有的选择。

程千峪开始没完没了地抽烟酗酒，在夜里一次又一次打着那个空号，幻想着有一天云雨生会回头。

身边的追求者仍然有不少，其间也有过不少和云雨生相像的，或是眼睛像，或是性格像。

程千峪总是冷声拒绝掉一个又一个的女人，他抱着侥幸，万一哪天她就会回来。所以在那天到来之前，他要一直一个人。不然等她回来，小姑娘生气了怎么办？

再一次见到云雨生的那一刻，他有多欣喜若狂，就有多害怕一切只是自己一场梦。一夜未眠，他坐在车里，在她的宿舍楼下守了一晚上，害怕她会再次离开。

在云雨生面前，程千峪所有的冷静和理智通通失去了作用，他拼命克制着自己，告诉自己，要慢慢来，别再把她吓跑。

好在，他终于等到了。

即使冗长燥热的青春已经结束，或甜或苦的回忆也已经全部褪色。但程千峪知道，只要她在身旁，即使到了头发花白的那一天，他的世界也一直会是炽热沸腾、充满生命力的盛夏。

番外 /

程千峪的秘密

2011 年的夏天，杨幂以一首《爱的供养》火遍大江南北。歌声从路口那家发廊店的破音响里传出来，跟着燥热不堪的风吹过大街小巷。

程千峪一向欣赏不来这种黏糊糊的情歌，索性戴上了耳机。MP3 里循环的是一首英文快歌，于是少年踩着单车的速度也越来越快。

经过那家音像店门口时，程千峪鬼使神差地又一次急急刹住车头。

第三次了。

算上今天，这已经是他第三次特意绕远路，就为了骑着单车经过这家店的三秒钟，短暂的三秒钟。

少年状若无意地向店里瞥去一眼，那人没在。

不知为何，他心口涌上来一种难以言状的焦灼感。

也许是天气真的太热了。

程千峪只觉大脑乱糟糟，胸口有股无名火急需发泄，却怎么也找不到出口。

他不太明白这些天发生在自己身上的所有不对劲儿究竟是怎么一回事，却又隐隐有种直觉，如果再见到她一面，也许一切都会有答案。

说到她，事情得从两个星期前说起。

那是再寻常不过的一天，刚吃过晚饭，祁序便抱着篮球找上门来。

那阵子北涪持续高温，白天只能待在空调房里，几天没摸到球，程千峪不免也有些心痒痒。

两个大男孩儿一拍即合，就这么一路慢悠悠地朝着附近废弃的篮球场走去。

谁知路上祁序突然接到了发小周蛮蛮的电话，软磨硬泡要他立刻回家一趟。

球是打不成了，程千峪也不恼，干脆一个人吹着夜风，漫无目的地在街上晃着。

而那个有些古怪的少女，便是在这时候，不经意地闯进了他的世界。

路灯下，女孩儿缩成一团蹲在地上，后背微微颤动，正小声呜咽着。

听见程千峪逐渐靠近的脚步声，少女似乎被吓了一跳，陡然抬起头来，泪眼婆娑。

就像是《聊斋》里写到的，会迷惑书生的那种山野精怪。

那一秒钟，少年心神俱震。

程千峪还未来得及再看她一眼，对方就像看到什么洪水猛兽似的，撒腿就跑。程千峪愣了好一会儿，才发现怀里的篮球不知何时已经悄然落地。

但程千峪的确从未想过，自己还会再遇见那个少女。

因此，当他百无聊赖地站在音像店门口等着祁序他们过来集合，刚抬起眼却忽然间瞥见她抱着书推门出来时，少年有一瞬间以为自己又陷入了那种古怪的、令他茫然又懊恼的梦境。

她是真实存在的。

这一刻，程千峪的心头掠过一丝隐秘的欣喜。

可惜少女还是没有注意到他。

她似乎很喜欢低着头，行色匆匆，抱着那本厚厚的书一溜烟儿又跑不见了。

程千峪微微蹙了下眉，他从未进过那家租书店，只隐约记得祁序曾提起过，那里边的书都不太正经。

至于具体怎么个不正经法，程千峪也没问过，总之，那些书大抵是长辈不允许他们看的。

少年忽然就有些想笑，她看起来那么胆小，原来也有这么一面。

那天以后，程千峪莫名其妙地，开始频繁地梦见她。

之后他仅有的几次出门，每回也总是会无意识就骑车绕到这家音像店门口。

可惜的是，少年再不曾看见过她。

和祁序打篮球时，程千峪全程都不在状态。

见状，祁序也觉得没意思："走，找周蛮蛮那个男人婆去。"

程千峪生性冷淡，不怎么喜欢和女生来往。看祁序和一帮女生打闹，他只觉得无聊至极。

少年干脆靠在门框上，胡乱想着心事。

直到祁序突然吼叫了一声，程千峪漫不经心投过去一眼，就这么撞进少女那双水雾弥漫的眼。

是她。

少年眼睛一亮，喉结缓慢滑动了下，她居然也是这所学校的吗？

程千峪不知道自己到底在高兴些什么，更不知道这种情况下他该说什么才能引起对方的注意。

想起周蛮蛮刚提起让他俩带新同学去领校服，少年摸了摸鼻子，故作镇定："行。"

听他答应得干脆，祁序还有些意外，嘟囔了句："老程，你不是不管闲事的吗？"

程千峪哪管得了那么多，大脑甚至来不及思考，双腿已经自动走向她。

他只觉喉咙发干，嗓音哑得厉害——"新同学？跟我走吧。"

少女便真的乖乖跟他走了。

她的个子可真小。

程千峪走在前头，满脑子想的都是身后的少女。

有好几次，他都想主动开口跟她聊些什么，可一张口，大脑却是一片空白。少年越想越焦灼，直到她突然撞了上来。

他还没来得及说什么，就听见祁序责怪起她。

她连头都不敢抬，程千峪真怕她下一秒就会被祁序吓得哭出声来。

这是他第一次维护起一个女生："老祁。"

接收到程千峪眼里的警告意味，祁序才收敛了些。

拿完校服，她一声招呼也没打，急匆匆就走了。

祁序说，这姑娘和周蛮蛮一个太静，一个太闹腾，要是两人能中和一下就好了。

自然，因为这话，他又被周蛮蛮追着打了一圈。

趁他俩闹起来，程千峪拿起名单，总算看到他想知道的名字——云雨生。

这名字也挺怪的，不过倒是很适合她。

在所有人看来，他和云雨生成为同桌，不过是一个巧合而已。

只有程千峪自己知道，一切都是他的精心谋划。

少年也说不清到底是因为什么，每一次见到她闷闷不乐的模样，他总会觉得心口一窒。

无法自控地，他想靠近她，想对她好。

情不知所起，一往而深。等程千峪渐渐觉察出自己对云雨生这份感情超出了对同桌的界限时，一切早已经完全失控。

看到班上那些女生拉帮结派搞小动作欺负她，他第一次觉得干脆用拳头解决问题也不错。

反正，他就是见不得云雨生受一点儿委屈。

后来，少年更是一次次为了她打破自己的原则，帮她出气。

可惜云雨生太迟钝，所有人都看出他的心意了，只有她丝毫没有一点觉察。

少女一直以为她的暗恋是一个不见天光的秘密，可她哪里知道，早在她喜欢上程千峪以前，少年就已经悄悄将她纳入自己的人生规划里。

程千峪对云雨生的感情，比她想象中的来得更早，也更为深刻。

而这，也许才是这世界上永远不为人知的一个秘密了。